比较文学与世界文学研究丛书

主编 曹顺庆

三编 第1册

印度古典梵语文艺美学多棱镜（上）

尹锡南 著

花木兰文化事业有限公司

国家图书馆出版品预行编目资料

印度古典梵语文艺美学多棱镜（上）／尹锡南 著 -- 初版 --
新北市：花木兰文化事业有限公司，2024〔民 113〕
目 4+162 面；19×26 公分
（比较文学与世界文学研究丛书 三编 第 1 册）
ISBN 978-626-344-800-1（精装）
1.CST：梵文 2.CST：古典文学 3.CST：文学评论
4.CST：印度
810.8　　113009364

ISBN-978-626-344-800-1

9 786263 448001

比较文学与世界文学研究丛书
三编　第一册　　ISBN：978-626-344-800-1

印度古典梵语文艺美学多棱镜（上）

作　　者 尹锡南
主　　编 曹顺庆
企　　划 四川大学双一流学科暨比较文学研究基地
总 编 辑 杜洁祥
副总编辑 杨嘉乐
编辑主任 许郁翎
编　　辑 潘玟静、蔡正宣　美术编辑 陈逸婷
出　　版 花木兰文化事业有限公司
发 行 人 高小娟
联络地址 台湾 235 新北市中和区中安街七二号十三楼
电话：02-2923-1455 ／传真：02-2923-1452
网　　址 http://www.huamulan.tw 信箱 service@huamulans.com
印　　刷 普罗文化出版广告事业
初　　版 2024 年 9 月
定　　价 三编 26 册（精装）新台币 70,000 元　

印度古典梵语文艺美学多棱镜（上）

尹锡南 著

作者简介

尹锡南，土家族，四川大学南亚研究所教授，博士生导师，祖籍为重庆市酉阳土家族苗族自治县（1997年前为四川省涪陵地区酉阳县）。主要研究印度古典梵语文艺理论、印度汉学史、中印文艺理论比较等。出版《〈舞论〉研究》、《印度文论史》、《印度诗学导论》、《梵语诗学与西方诗学比较研究》、《印度汉学史》、《英国文学中的印度》、《世界文明视野中的泰戈尔》、《发现泰戈尔》、《印度古典文艺理论选译》、《舞论》等著作和译著。

提　　要

古典梵语文艺理论是印度古典文艺美学的代名词。以古典梵语文艺理论为核心的印度古典文论与中国古代论、古希腊文论并称古代世界三大文艺理论（文艺美学）体系。印度古典文艺美学体系独树一帜，在东、西方的古典印度学或西方的东方学研究界，均占有十分重要的地位。因此，本书即《印度古典梵语文艺美学多棱镜》聚焦印度梵语文艺美学的多维度、多层次研究。它包括对古典梵语诗学论、戏剧论、音乐论、舞蹈论和美术论（绘画、工巧造像与营造论）等的多角度研究。具体而言，本书关于印度古典文艺美学的研究主要涉及梵语戏剧论、诗学论、音乐论、舞蹈论、美术论等各个分支。本书第一部分为梵语诗学研究，涉及印度文学理论发展轨迹、梵语诗学的“诗”、“味”和“庄严”范畴研究等。本书第二部分为梵语戏剧论研究。本书第三部分涉及婆罗多《舞论》、角天《乐舞渊海》、般多利迦·韦陀罗《乐舞论》、《毗湿奴法上往世书》和《工巧宝库》的乐舞艺术论研究等。本书第四部分为比较视域下的中印古典戏剧理论和传统戏剧研究。本书第五部分涉及梵语诗学理论的现代批评运用，其阐发对象为印度伟大诗人泰戈尔的英语诗集《吉檀迦利》和中国酉阳土家族诗人冉仲景的汉语诗集。

本书为 2021 年国家社会科学基金
重大项目“印度古代文艺理论史”
（项目编号为 21&ZD275）阶段性成果

比较文学的中国路径

曹顺庆

自德国作家歌德提出“世界文学”观念以来，比较文学已经走过近二百年。比较文学研究也历经欧洲阶段、美洲阶段而至亚洲阶段，并在每一阶段都形成了独具特色学科理论体系、研究方法、研究范围及研究对象。中国比较文学研究面对东西文明之间不断加深的交流和碰撞现况，立足中国之本，辩证吸纳四方之学，而有了如今欣欣向荣之景象，这套丛书可以说是应运而生。本丛书尝试以开放性、包容性分批出版中国比较文学学者研究成果，以观中国比较文学学术脉络、学术理念、学术话语、学术目标之概貌。

一、百年比较文学争讼之端——比较文学的定义

什么是比较文学？常识告诉我们：比较文学就是文学比较。然而当今中国比较文学教学实际情况却并非完全如此。长期以来，中国学术界对“什么是比较文学？”却一直说不清，道不明。这一最基本的问题，几乎成为学术界纠缠不清、莫衷一是的陷阱，存在着各种不同的看法。其中一些看法严重误导了广大学生！如果不辨析这些严重误导了广大学生的观点，是不负责任、问心有愧的。恰如《文心雕龙·序志》说”岂好辩哉，不得已也“，因此我不得不辩。

其中一个极为容易误导学生的说法，就是“比较文学不是文学比较“。目前，一些教科书郑重其事地指出：比较文学不是文学比较。认为把“比较”与“文学”联系在一起，很容易被人们理解为用比较的方法进行文学研究的意思。并进一步强调，比较文学并不等于文学比较，并非任何运用比较方法来进行的比较研究都是比较文学。这种误导学生的说法几乎成为一个定论，

一个基本常识，其实，这个看法是不完全准确的。

让我们来看看一些具体例证，请注意，我列举的例证，对事不对人，因而不提及具体的人名与书名，请大家理解。在 Y 教授主编的教材中，专门设有一节以“比较文学不是文学比较”为题的内容，其中指出“比较文学界面临的最大的困惑就是把‘比较文学’误读为‘文学比较’”，在高等院校进行比较文学课程教学时需要重点强调“比较文学不是文学比较”。W 教授主编的教材也称“比较文学不是文学的比较”，因为“不是所有用比较的方法来研究文学现象的都是比较文学”。L 教授在其所著教材专门谈到“比较文学不等于文学比较”，因为，“比较”已经远远超出了一般方法论的意义，而具有了跨国家与民族、跨学科的学科性质，认为将比较文学等同于文学比较是以偏概全的。”J 教授在其主编的教材中指出，“比较文学并不等于文学比较”，并以美国学派雷马克的比较文学定义为根据，论证比较文学的“比较”是有前提的，只有在地域观念上跨越打通国家的界限，在学科领域上跨越打通文学与其他学科的界限，进行的比较研究才是比较文学。在 W 教授主编的教材中，作者认为，“若把比较文学精神看作比较精神的话，就是犯了望文生义的错误，一百余年来，比较文学这个名称是名不副实的。”

从列举的以上教材我们可以看出，首先，它们在当下都仍然坚持“比较文学不是文学比较”这一并不完全符合整个比较文学学科发展事实的观点。如果认为一百余年来，比较文学这个名称是名不副实的，所有的比较文学都不是文学比较，那是大错特错！其次，值得注意的是，这些教材在相关叙述中各自的侧重点还并不相同，存在着不同程度、不同方面的分歧。这样一来，错误的观点下多样的谬误解释，加剧了学习者对比较文学学科性质的错误把握，使得学习者对比较文学的理解愈发困惑，十分不利于比较文学方法论的学习、也不利于比较文学学科的传承和发展。当今中国比较文学教材之所以普遍出现以上强作解释，不完全准确的教科书观点，根本原因还是没有仔细研究比较文学学科不同阶段之史实，甚至是根本不清楚比较文学不同阶段的学科史实的体现。

实际上，早期的比较文学“名”与“实”的确不相符合，这主要是指法国学派的学科理论，但是并不包括以后的美国学派及中国学派的学科理论，如果把所有阶段的学科理论一锅煮，是不妥当的。下面，我们就从比较文学学科发展的史实来论证这个问题。“比较文学不是文学比较”“comparative literature is not literary comparison"，只是法国学派提出的比较文学口号，只是法国学派一派的主张，而不是整个比较文学学科的基本特征。我们不能够把这个阶段性的比较文学口号扩大化，甚至让其突破时空，用于描述比较文学所有的阶段和学派，更不能够使其"放之四海而皆准"。

法国学派提出"比较文学不是文学比较"，这个"比较"（comparison）是他们坚决反对的！为什么呢，因为他们要的不是文学"比较"（literary comparison），而是文学"关系"（literary relationship），具体而言，他们主张比较文学是实证的国际文学关系，是不同国家文学的影响关系，influences of different literatures，而不是文学比较。

法国学派为什么要反对"比较"（comparison），这与比较文学第一次危机密切相关。比较文学刚刚在欧洲兴起时，难免泥沙俱下，乱比的情形不断出现，暴露了多种隐患和弊端，于是，其合法性遭到了学者们的质疑：究竟比较文学的科学性何在？意大利著名美学大师克罗齐认为，"比较"（comparison）是各个学科都可以应用的方法，所以，"比较"不能成为独立学科的基石。学术界对于比较文学公然的质疑与挑战，引起了欧洲比较文学学者的震撼，到底比较文学如何"比较"才能够避免"乱比"？如何才是科学的比较？

难能可贵的是，法国学者对于比较文学学科的科学性进行了深刻的的反思和探索，并提出了具体的应对的方法：法国学派采取壮士断臂的方式，砍掉"比较"（comparison），提出比较文学不是文学比较（comparative literature is not literary comparison），或者说砍掉了没有影响关系的平行比较，总结出了只注重文学关系（literary relationship）的影响（influences）研究方法论。法国学派的创建者之一基亚指出，比较文学并不是比较。比较不过是一门名字没取好的学科所运用的一种方法……企图对它的性质下一个严格的定义可能是徒劳的。基亚认为：比较文学不是平行比较，而仅仅是文学关系史。以"文学关系"为比较文学研究的正宗。为什么法国学派要反对比较？或者说为什么法国学派要提出"比较文学不是文学比较"，因为法国学派认为"比较"（comparison）实际上是乱比的根源，或者说"比较"是没有可比性的。正如巴登斯佩哲指出："仅仅对两个不同的对象同时看上一眼就作比较，仅仅靠记忆和印象的拼凑，靠一些主观臆想把可能游移不定的东西扯在一起来找点类似点，这样的比较决不可能产生论证的明晰性"。所以必须抛弃"比较"。只承认基于科学的历史实证主义之上的文学影响关系研究（based on scientificity and positivism and literary influences.)。法国学派的代表学者卡雷指出：比较文学是实证性的关系研究："比较文学是文学史的一个分支：它研究拜伦与普希金、歌德与卡莱尔、瓦尔特·司各特与维尼之间，在属于一种以上文学背景的不同作品、不同构思以及不同作家的生平之间所曾存在过的跨国度的精神交往与实际联系。"正因为法国学者善于独辟蹊径，敢于提出"比较文学不是文学比较"，甚至完全抛弃比较（comparison），以防止"乱比"，才形成了一套建立在"科学"实证性为基础的、以影响关系为特征的"不比较"的比较文学学科理论体系，这终于挡住了克罗齐等人对比较文学"乱比"的批判，形成了以"科学"实证为特征的文学影响关系研究，确立了法国学派的学科理论和一整套方法论体系。当然，法国学派悍然砍掉比较研究，又不放弃"比较文学"这个名称，于是不可避免地出现了比较文学名不副实的尴尬现象，出现了打着比较文学名号，而又不比较的法国学派学科理论，这才是问题的关键。

当然，法国学派提出"比较文学不是文学比较"，只注重实证关系而不注重文学比较和文学审美，必然会引起比较文学的危机。这一危机终于由美国著名比较文学家韦勒克（René Wellek）在 1958 年国际比较文学协会第二次大会上明确揭示出来了。在这届年会上，韦勒克作了题为《比较文学的危机》的挑战性发言，对"不比较"的法国学派进行了猛烈批判，宣告了倡导平行比较和注重文学审美的比较文学美国学派的诞生。韦勒克作了题为《比较文学的危机》的挑战性发言，对当时一统天下的法国学派进行了猛烈批判，宣告了比较文学美国学派的诞生。韦勒克说："我认为，内容和方法之间的人为界线，渊源和影响的机械主义概念，以及尽管是十分慷慨的但仍属文化民族主义的动机，是比较文学研究中持久危机的症状。"韦勒克指出："比较也不能仅仅局限在历史上的事实联系中，正如最近语言学家的经验向文学研究者表明的那样，比较的价值既存在于事实联系的影响研究中，也存在于毫无历史关系的语言现象或类型的平等对比中。"很明显，韦勒克提出了比较文学就是要比较（comparison），就是要恢复巴登斯佩哲所讽刺和抛弃的"找点类似点"的平行比较研究。美国著名比较文学家雷马克（Henry Remak）在他的著名论文《比较文学的定义与功用》中深刻地分析了法国学派为什么放弃"比较"（comparison）的原因和本质。他分析说："法国比较文学否定'纯粹'的比较（comparison），它忠实于十九世纪实证主义学术研究的传统，即实证主义所坚持并热切期望的文学研究的‘科学性’。按照这种观点，纯粹的类比不会得出任何结论，尤其是不能得出有更大意义的、系统的、概括性的结论。……既然值得尊重的科学必须致力于因果关系的探索，而比较文学必须具有科学性，因此，比较文学应该研究因果关系，即影响、交流、变更等。”雷马克进一步尖锐地指出，“比较文学”不是“影响文学”。只讲影响不要比较的“比较文学”，当然是名不副实的。显然，法国学派抛弃了“比较”（comparison），但是仍然带着一顶“比较文学”的帽子，才造成了比较文学“名”与“实”不相符合，造成比较文学不比较的尴尬，这才是问题的关键。

美国学派最大的贡献，是恢复了被法国学派所抛弃的比较文学应有的本义——“比较”（The American school went back to the original sense of comparative literature ——“comparison”），美国学派提出了标志其学派学科理论体系的平行比较和跨学科比较：“比较文学是一国文学与另一国或多国文学的比较，是文学与人类其他表现领域的比较。”显然，自从美国学派倡导比较文学应当比较（comparison）以后，比较文学就不再有名与实不相符合的问题了，我们就不应当再继续笼统地说“比较文学不是文学比较”了，不应当再以“比较文学不是文学比较”来误导学生！更不可以说“一百余年来，比较文学这个名称是名不副实的。”不能够将雷马克的观点也强行解释为“比较文学不是比较”。因为在美国学派看来，比较文学就是要比较（comparison）。比较文学就是要恢复被巴登斯佩哲所讽刺和抛弃的“找点类似点”的平行比较研究。因为平行研究的可比性，正是类同性。正如韦勒克所说，“比较的价值既存在于事实联系的影响研究中，也存在于毫无历史关系的语言现象或类型的平等对比中。”恢复平行比较研究、跨学科研究，形成了以“找点类似点”的平行研究和跨学科研究为特征的比较文学美国学派学科理论和方法论体系。美国学派的学科理论以“类型学”、“比较诗学”、“跨学科比较”为主，并拓展原属于影响研究的“主题学”、“文类学”等领域，大大扩展比较文学研究领域。

二、比较文学的三个阶段

下面，我们从比较文学的三个学科理论阶段，进一步剖析比较文学不同阶段的学科理论特征。现代意义上的比较文学学科发展以“跨越”与“沟通”为目标，形成了类似“层叠”式、“涟漪”式的发展模式，经历了三个重要的学科理论阶段，即：

一、欧洲阶段，比较文学的成形期；二、美洲阶段，比较文学的转型期；三、亚洲阶段，比较文学的拓展期。我们将比较文学三个阶段的发展称之为“涟漪式”结构，实际上是揭示了比较文学学科理论的继承与创新的辩证关系：比较文学学科理论的发展，不是以新的理论否定和取代先前的理论，而是层叠式、累进式地形成“涟漪”式的包容性发展模式，逐步积累推进。比较文学学科理论发展呈现为层叠式、“涟漪”式、包容式的发展模式。我们把这个模式描绘如下：

法国学派主张比较文学是国际文学关系，是不同国家文学的影响关系。形成学科理论第一圈层：比较文学——影响研究；美国学派主张恢复平行比较，形成学科理论第二圈层：比较文学——影响研究＋平行研究＋跨学科研究；中国学派提出跨文明研究和变异研究，形成学科理论第三圈层：比较文学——影响研究＋平行研究＋跨学科研究＋跨文明研究＋变异研究。这三个圈层并不互相排斥和否定，而是继承和包容。我们将比较文学三个阶段的发展称之为层叠式、“涟漪”式、包容式结构，实际上是揭示了比较文学学科理论的继承与创新的辩证关系。

法国学派提出，可比性的第一个立足点是同源性，由关系构成的同源性。同源性主要是针对影响关系研究而言的。法国学派将同源性视作可比性的核心，认为影响研究的可比性是同源性。所谓同源性，指的是通过对不同国家、不同民族和不同语言的文学的文学关系研究，寻求一种有事实联系的同源关系，这种影响的同源关系可以通过直接、具体的材料得以证实。同源性往往建立在一条可追溯关系的三点一线的“影响路线”之上，这条路线由发送者、接受者和传递者三部分构成。如果没有相同的源流，也就不可能有影响关系，也就谈不上可比性，这就是“同源性”。以渊源学、流传学和媒介学作为研究的中心，依靠具体的事实材料在国别文学之间寻求主题、题材、文体、原型、思想渊源等方面的同源影响关系。注重事实性的关联和渊源性的影响，并采用严谨的实证方法，重视对史料的搜集和求证，具有重要的学术价值与学术意义，仍然具有广阔的研究前景。渊源学的例子：杨宪益，《西方十四行诗的渊源》。

比较文学学科理论的第二阶段在美洲，第二阶段是比较文学学科理论的转型期。从 20 世纪 60 年代以来，比较文学研究的主要阵地逐渐从法国转向美国，平行研究的可比性是什么？是类同性。类同性是指是没有文学影响关系的不同国家文学所表现出的相似和契合之处。以类同性为基本立足点的平行研究与影响研究一样都是超出国界的文学研究，但它不涉及影响关系研究的放送、流传、媒介等问题。平行研究强调不同国家的作家、作品、文学现象的类同比较，比较结果是总结出于文学作品的美学价值及文学发展具有规律性的东西。其比较必须具有可比性，这个可比性就是类同性。研究文学中类同的：风格、结构、内容、形式、流派、情节、技巧、手法、情调、形象、主题、文类、文学思潮、文学理论、文学规律。例如钱钟书《通感》认为，中国诗文有一种描写手法，古代批评家和修辞学家似乎都没有拈出。宋祁《玉楼春》词有句名句："红杏枝头春意闹。"这与西方的通感描写手法可以比较。

比较文学的又一次危机：比较文学的死亡

九十年代，欧美学者提出，比较文学作为一门学科已经死亡！最早是英国学者苏珊·巴斯奈特1993年她在《比较文学》一书中提出了比较文学的死亡论，认为比较文学作为一门学科，在某种意义上已经死亡。尔后，美国学者斯皮瓦克写了一部比较文学专著，书名就叫《一个学科的死亡》。为什么比较文学会死亡，斯皮瓦克的书中并没有明确回答！为什么西方学者会提出比较文学死亡论？全世界比较文学界都十分困惑。我们认为，20世纪90年代以来，欧美比较文学继"理论热"之后，又出现了大规模的"文化转向"。脱离了比较文学的基本立场。首先是不比较，即不讲比较文学的可比性问题。西方比较文学研究充斥大量的 Culture Studies（文化研究），已经不考虑比较的合理性，不考虑比较文学的可比性问题。第二是不文学，即不关心文学问题。西方学者热衷于文化研究，关注的已经不是文学性，而是精神分析、政治、性别、阶级、结构等等。最根本的原因，是比较文学学科长期囿于西方中心论，有意无意地回避东西方不同文明文学的比较问题，基本上忽略了学科理论的新生长点，比较文学学科理论缺乏创新，严重忽略了比较文学的差异性和变异性。

要克服比较文学的又一次危机，就必须打破西方中心论，克服比较文学学科理论一味求同的比较文学学科理论模式，提出适应当今全球化比较文学研究的新话语。中国学派，正是在此次危机中，提出了比较文学变异学研究，总结出了新的学科理论话语和一套新的方法论。

中国大陆第一部比较文学概论性著作是卢康华、孙景尧所著《比较文学导论》，该书指出："什么是比较文学？现在我们可以借用我国学者季羡林先生的解释来回答了：‘顾名思义，比较文学就是把不同国家的文学拿出来比较，这可以说是狭义的比较文学。广义的比较文学是把文学同其他学科来比较，包括人文科学和社会科学’。”[1]这个定义可以说是美国雷马克定义的翻版。不过，该书又接着指出:“我们认为最精炼易记的还是我国学者钱钟书先生的说法:‘比较文学作为一门专门学科，则专指跨越国界和语言界限的文学比较’。更具体地说，就是把不同国家不同语言的文学现象放在一起进行比较，研究他们在文艺理论、文学思潮，具体作家、作品之间的互相影响。”[2]这个定义似乎更接近法国学派的定义，没有强调平行比较与跨学科比较。紧接该书之后的教材是陈挺的《比较文学简编》，该书仍旧以“广义”与“狭义”来解释比较文学的定义，指出：“我们认为，通常说的比较文学是狭义的，即指超越国家、民族和语言界限的文学研究……广义的比较文学还可以包括文学与其他艺术（音乐、绘画等）与其他意识形态（历史、哲学、政治、宗教等）之间的相互关系的研究。”[3]中国比较文学早期对于比较文学的定义中凸显了很强的不确定性。

由乐黛云主编，高等教育出版社 1988 年的《中西比较文学教程》，则对比较文学定义有了较为深入的认识，该书在详细考查了中外不同的定义之后，该书指出：“比较文学不应受到语言、民族、国家、学科等限制，而要走向一种开放性，力图寻求世界文学发展的共同规律。”[4]“世界文学”概念的纳入极大拓宽了比较文学的内涵，为“跨文化”定义特征的提出做好了铺垫。

随着时间的推移，学界的认识逐步深化。1997 年，陈惇、孙景尧、谢天振主编的《比较文学》提出了自己的定义：“把比较文学看作跨民族、跨语言、跨文化、跨学科的文学研究，更符合比较文学的实质，更能反映现阶段人们对于比较文学的认识。”[5]2000 年北京师范大学出版社出版了《比较文学概论》修订本，提出：“什么是比较文学呢？比较文学是—种开放式的文学研究，它具有宏观的视野和国际的角度，以跨民族、跨语言、跨文化、跨学科界限的各种文学关系为研究对象，在理论和方法上，具有比较的自觉意识和兼容并包的特色。”[6]这是我们目前所看到的国内较有特色的一个定义。

1 卢康华、孙景尧著《比较文学导论》，黑龙江人民出版社 1984，第 15 页。
2 卢康华、孙景尧著《比较文学导论》，黑龙江人民出版社 1984 年版。
3 陈挺《比较文学简编》，华东师范大学出版社 1986 年版。
4 乐黛云主编《中西比较文学教程》，高等教育出版社 1988 年版。
5 陈惇、孙景尧、谢天振主编《比较文学》，高等教育出版社 1997 年版。
6 陈惇、刘象愚《比较文学概论》，北京师范大学出版社 2000 年版。

具有代表性的比较文学定义是2002年出版的杨乃乔主编的《比较文学概论》一书，该书的定义如下："比较文学是以跨民族、跨语言、跨文化与跨学科为比较视域而展开的研究，在学科的成立上以研究主体的比较视域为安身立命的本体，因此强调研究主体的定位，同时比较文学把学科的研究客体定位于民族文学之间与文学及其他学科之间的三种关系：材料事实关系、美学价值关系与学科交叉关系，并在开放与多元的文学研究中追寻体系化的汇通。"[7]方汉文则认为："比较文学作为文学研究的一个分支学科，它以理解不同文化体系和不同学科间的同一性和差异性的辩证思维为主导，对那些跨越了民族、语言、文化体系和学科界限的文学现象进行比较研究，以寻求人类文学发生和发展的相似性和规律性。"[8]由此而引申出的"跨文化"成为中国比较文学学者对于比较文学定义所做出的历史性贡献。

我在《比较文学教程》中对比较文学定义表述如下："比较文学是以世界性眼光和胸怀来从事不同国家、不同文明和不同学科之间的跨越式文学比较研究。它主要研究各种跨越中文学的同源性、变异性、类同性、异质性和互补性，以影响研究、变异研究、平行研究、跨学科研究、总体文学研究为基本方法论，其目的在于以世界性眼光来总结文学规律和文学特性，加强世界文学的相互了解与整合，推动世界文学的发展。"[9]在这一定义中，我再次重申"跨国""跨学科""跨文明"三大特征，以"变异性""异质性"突破东西文明之间的"第三堵墙"。

"首在审己，亦必知人"。中国比较文学学者在前人定义的不断论争中反观自身，立足中国经验、学术传统，以中国学者之言为比较文学的危机处境贡献学科转机之道。

三、两岸共建比较文学话语——比较文学中国学派

中国学者对于比较文学定义的不断明确也促成了"比较文学中国学派"的生发。得益于两岸几代学者的垦拓耕耘，这一议题成为近五十年来中国比较文学发展中竖起的最鲜明、最具争议性的一杆大旗，同时也是中国比较文学学科理论研究最有创新性，最亮丽的一道风景线。

7 杨乃乔主编《比较文学概论》，北京大学出版社2002年版。
8 方汉文《比较文学基本原理》，苏州大学出版社2002年版。
9 曹顺庆《比较文学教程》，高等教育出版社2006年版。

比较文学“中国学派”这一概念所蕴含的理论的自觉意识最早出现的时间大约是20世纪70年代。当时的台湾由于派出学生留洋学习，接触到大量的比较文学学术动态，率先掀起了中外文学比较的热潮。1971年7月在台湾淡江大学召开的第一届“国际比较文学会议”上，朱立元、颜元叔、叶维廉、胡辉恒等学者在会议期间提出了比较文学的“中国学派”这一学术构想。同时，李达三、陈鹏翔（陈慧桦）、古添洪等致力于比较文学中国学派早期的理论催生。如1976年，古添洪、陈慧桦出版了台湾比较文学论文集《比较文学的垦拓在台湾》。编者在该书的序言中明确提出：“我们不妨大胆宣言说，这援用西方文学理论与方法并加以考验、调整以用之于中国文学的研究，是比较文学中的中国派”[10]。这是关于比较文学中国学派较早的说明性文字，尽管其中提到的研究方法过于强调西方理论的普世性，而遭到美国和中国大陆比较文学学者的批评和否定；但这毕竟是第一次从定义和研究方法上对中国学派的本质进行了系统论述，具有开拓和启明的作用。后来，陈鹏翔又在台湾《中外文学》杂志上连续发表相关文章，对自己提出的观点作了进一步的阐释和补充。

在“中国学派”刚刚起步之际，美国学者李达三起到了启蒙、催生的作用。李达三于60年代来华在台湾任教，为中国比较文学培养了一批朝气蓬勃的生力军。1977年10月，李达三在《中外文学》6卷5期上发表了一篇宣言式的文章《比较文学中国学派》，宣告了比较文学的中国学派的建立，并认为比较文学中国学派旨在“与比较文学中早已定于一尊的西方思想模式分庭抗礼。由于这些观念是源自对中国文学及比较文学有兴趣的学者，我们就将含有这些观念的学者统称为比较文学的‘中国’学派。”并指出中国学派的三个目标：1、在自己本国的文学中，无论是理论方面或实践方面，找出特具“民族性”的东西，加以发扬光大，以充实世界文学；2、推展非西方国家“地区性”的文学运动，同时认为西方文学仅是众多文学表达方式之一而已；3、做一个非西方国家的发言人，同时并不自诩能代表所有其他非西方的国家。李达三后来又撰文对比较文学研究状况进行了分析研究，积极推动中国学派的理论建设。[11]

继中国台湾学者垦拓之功，在20世纪70年代末复苏的大陆比较文学研

10 古添洪、陈慧桦《比较文学的垦拓在台湾》，台湾东大图书公司1976年版。
11 李达三《比较文学研究之新方向》，台湾联经事业出版公司1978年版。

究亦积极参与了“比较文学中国学派”的理论建设和学科建设。

季羡林先生 1982 年在《比较文学译文集》的序言中指出：“以我们东方文学基础之雄厚，历史之悠久，我们中国文学在其中更占有独特的地位，只要我们肯努力学习，认真钻研，比较文学中国学派必然能建立起来，而且日益发扬光大”[12]。1983 年 6 月，在天津召开的新中国第一次比较文学学术会议上，朱维之先生作了题为《比较文学中国学派的回顾与展望》的报告，在报告中他旗帜鲜明地说：“比较文学中国学派的形成（不是建立）已经有了长远的源流，前人已经做出了很多成绩，颇具特色，而且兼有法、美、苏学派的特点。因此，中国学派绝不是欧美学派的尾巴或补充”[13]。1984 年，卢康华、孙景尧在《比较文学导论》中对如何建立比较文学中国学派提出了自己的看法，认为应当以马克思主义作为自己的理论基础，以我国的优秀传统与民族特色为立足点与出发点，汲取古今中外一切有用的营养，去努力发展中国的比较文学研究。同年在《中国比较文学》创刊号上，朱维之、方重、唐弢、杨周翰等人认为中国的比较文学研究应该保持不同于西方的民族特点和独立风貌。1985 年，黄宝生发表《建立比较文学的中国学派：读〈中国比较文学〉创刊号》，认为《中国比较文学》创刊号上多篇讨论比较文学中国学派的论文标志着大陆对比较文学中国学派的探讨进入了实际操作阶段。[14]1988 年，远浩一提出“比较文学是跨文化的文学研究”（载《中国比较文学》1988 年第 3 期）。这是对比较文学中国学派在理论特征和方法论体系上的一次前瞻。同年，杨周翰先生发表题为“比较文学：界定‘中国学派’，危机与前提”（载《中国比较文学通讯》1988 年第 2 期），认为东方文学之间的比较研究应当成为“中国学派”的特色。这不仅打破比较文学中的欧洲中心论，而且也是东方比较学者责无旁贷的任务。此外，国内少数民族文学的比较研究，也应该成为“中国学派”的一个组成部分。所以，杨先生认为比较文学中的大量问题和学派问题并不矛盾，相反有助于理论的讨论。1990 年，远浩一发表“关于‘中国学派’”（载《中国比较文学》1990 年第 1 期），进一步推进了“中国学派”的研究。此后直到 20 世纪 90 年代末，中国学者就比较文学中国学派的建立、理论与方法以及相应的学科理论等诸多问题进行了积极而富有成效的探讨。

---

12 张隆溪《比较文学译文集》，北京大学出版社 1984 年版。

13 朱维之《比较文学论文集》，南开大学出版社 1984 年版。

14 参见《世界文学》1985 年第 5 期。

刘介民、远浩一、孙景尧、谢天振、陈淳、刘象愚、杜卫等人都对这些问题付出过不少努力。《暨南学报》1991 年第 3 期发表了一组笔谈，大家就这个问题提出了意见，认为必须打破比较文学研究中长期存在的法美研究模式，建立比较文学中国学派的任务已经迫在眉睫。王富仁在《学术月刊》1991 年第 4 期上发表“论比较文学的中国学派问题”，论述中国学派兴起的必然性。而后，以谢天振等学者为代表的比较文学研究界展开了对“X+Y”模式的批判。比较文学在大陆复兴之后，一些研究者采取了“X+Y”式的比附研究的模式，在发现了“惊人的相似”之后便万事大吉，而不注意中西巨大的文化差异性，成为了浅度的比附性研究。这种情况的出现，不仅是中国学者对比较文学的理解上出了问题，也是由于法美学派研究理论中长期存在的研究模式的影响，一些学者并没有深思中国与西方文学背后巨大的文明差异性，因而形成“X+Y”的研究模式，这更促使一些学者思考比较文学中国学派的问题。

经过学者们的共同努力，比较文学中国学派一些初步的特征和方法论体系逐渐凸显出来。1995 年，我在《中国比较文学》第 1 期上发表《比较文学中国学派基本理论特征及其方法论体系初探》一文，对比较文学在中国复兴十余年来的发展成果作了总结，并在此基础上总结出中国学派的理论特征和方法论体系，对比较文学中国学派作了全方位的阐述。继该文之后，我又发表了《跨越第三堵‘墙’创建比较文学中国学派理论体系》等系列论文，论述了以跨文化研究为核心的“中国学派”的基本理论特征及其方法论体系。这些学术论文发表之后在国内外比较文学界引起了较大的反响。台湾著名比较文学学者古添洪认为该文“体大思精，可谓已综合了台湾与大陆两地比较文学中国学派的策略与指归，实可作为‘中国学派’在大陆再出发与实践的蓝图”[15]。

在我撰文提出比较文学中国学派的基本特征及方法论体系之后，关于中国学派的论争热潮日益高涨。反对者如前国际比较文学学会会长佛克马（Douwe Fokkema）1987 年在中国比较文学学会第二届学术讨论会上就从所谓的国际观点出发对比较文学中国学派的合法性提出了质疑，并坚定地反对建立比较文学中国学派。来自国际的观点并没有让中国学者失去建立比较文学中国学派的热忱。很快中国学者智量先生就在《文艺理论研究》1988 年第

15 古添洪《中国学派与台湾比较文学界的当前走向》，参见黄维梁编《中国比较文学理论的垦拓》167 页，北京大学出版社 1998 年版。

1 期上发表题为《比较文学在中国》一文，文中援引中国比较文学研究取得的成就，为中国学派辩护，认为中国比较文学研究成绩和特色显著，尤其在研究方法上足以与比较文学研究历史上的其他学派相提并论，建立中国学派只会是一个有益的举动。1991 年，孙景尧先生在《文学评论》第 2 期上发表《为“中国学派”一辩》，孙先生认为佛克马所谓的国际主义观点实质上是“欧洲中心主义”的观点，而“中国学派”的提出，正是为了清除东西方文学与比较文学学科史中形成的“欧洲中心主义”。在 1993 年美国印第安纳大学举行的全美比较文学会议上，李达三仍然坚定地认为建立中国学派是有益的。二十年之后，佛克马教授修正了自己的看法，在 2007 年 4 月的“跨文明对话——国际学术研讨会（成都）”上，佛克马教授公开表示欣赏建立比较文学中国学派的想法[16]。即使学派争议一派繁荣景象，但最终仍旧需要落点于学术创见与成果之上。

比较文学变异学便是中国学派的一个重要理论创获。2005 年，我正式在《比较文学学》[17]中提出比较文学变异学，提出比较文学研究应该从“求同”思维中走出来，从“变异”的角度出发，拓宽比较文学的研究。通过前述的法、美学派学科理论的梳理，我们也可以发现前期比较文学学科是缺乏“变异性”研究的。我便从建构中国比较文学学科理论话语体系入手，立足《周易》的“变异”思想，建构起“比较文学变异学”新话语，力图以中国学者的视角为全世界比较文学学科理论提供一个新视角、新方法和新理论。

比较文学变异学的提出根植于中国哲学的深层内涵，如《周易》之“易之三名”所构建的“变易、简易、不易”三位一体的思辨意蕴与意义生成系统。具体而言，“变易”乃四时更替、五行运转、气象畅通、生生不息；“不易”乃天上地下、君南臣北、纲举目张、尊卑有位；“简易”则是乾以易知、坤以简能、易则易知、简则易从。显然，在这个意义结构系统中，变易强调“变”，不易强调“不变”，简易强调变与不变之间的基本关联。万物有所变，有所不变，且变与不变之间存在简单易从之规律，这是一种思辨式的变异模式，这种变异思维的理论特征就是：天人合一、物我不分、对立转化、整体关联。这是中国古代哲学最重要的认识论，也是与西方哲学所不同的“变异”思想。

16 见《比较文学报》2007 年 5 月 30 日，总第 43 期。

17 曹顺庆《比较文学学》，四川大学出版社 2005 年版。

由哲学思想衍生于学科理论，比较文学变异学是“指对不同国家、不同文明的文学现象在影响交流中呈现出的变异状态的研究，以及对不同国家、不同文明的文学相互阐发中出现的变异状态的研究。通过研究文学现象在影响交流以及相互阐发中呈现的变异，探究比较文学变异的规律。”[18]变异学理论的重点在求“异”的可比性，研究范围包含跨国变异研究、跨语际变异研究、跨文化变异研究、跨文明变异研究、文学的他国化研究等方面。比较文学变异学所发现的文化创新规律、文学创新路径是基于中国所特有的术语、概念和言说体系之上探索出的“中国话语”，作为比较文学第三阶段中国学派的代表性理论已经受到了国际学界的广泛关注与高度评价，中国学术话语产生了世界性影响。

四、国际视野中的中国比较文学

文明之墙让中国比较文学学者所提出的标识性概念获得国际视野的接纳、理解、认同以及运用，经历了跨语言、跨文化、跨文明的多重关卡，国际视野下的中国比较文学书写亦经历了一个从“遍寻无迹”“只言片语”而“专篇专论”，从最初的“话语乌托邦”至“阶段性贡献”的过程。

二十世纪六十年代以来港台学者致力于从课程教学、学术平台、人才培养，国内外学术合作等方面巩固比较文学这一新兴学科的建立基石，如淡江文理学院英文系开设的“比较文学”（1966），香港大学开设的“中西文学关系”（1966）等课程；台湾大学外文系主编出版之《中外文学》月刊、淡江大学出版之《淡江评论》季刊等比较文学研究专刊；后又有台湾比较文学学会（1973 年）、香港比较文学学会（1978）的成立。在这一系列的学术环境构建下，学者前贤以“中国学派”为中国比较文学话语核心在国际比较文学学科理论、方法论中持续探讨，率先启声。例如李达三在 1980 年香港举办的东西方比较文学学术研讨会成果中选取了七篇代表性文章，以 *Chinese-Western Comparative Literature: Theory and Strategy* 为题集结出版，[19]并在其结语中附上那篇“中国学派”宣言文章以申明中国比较文学建立之必要。

学科开山之际，艰难险阻之巨难以想象，但从国际学者相关言论中可见西方对于中国比较文学学科的发展抱有的希望渺小。厄尔·迈纳（Earl Miner）

18 曹顺庆主编《比较文学概论》，高等教育出版社 2015 年版。

19 ***Chinese-Western Comparative Literature*： *Theory & Strategy***, Chinese Univ Pr.1980-6

在 1987 年发表的 *Some Theoretical and Methodological Topics for Comparative Literature* 一文中谈到当时西方的比较文学鲜有学者试图将非西方材料纳入西方的比较文学研究中。（until recently there has been little effort to incorporate non-Western evidence into Western com- parative study.）1992 年，斯坦福大学教授 David Palumbo-Liu 直接以《话语的乌托邦：论中国比较文学的不可能性》为题（*The Utopias of Discourse: On the Impossibility of Chinese Comparative Literature*）直言中国比较文学本质上是一项“乌托邦”工程。（My main goal will be to show how and why the task of Chinese comparative literature, particularly of pre-modern literature, is essentially a *utopian* project.）这些对于中国比较文学的诘难与质疑，令美国加州大学圣地亚哥分校文学系主任张英进教授在其 1998 编著的 *China in a polycentric world: essays in Chinese comparative literature* 前言中也不得不承认中国比较文学研究在国际学术界中仍然处于边缘地位（The fact is, however, that Chinese comparative literature remained marginal in academia, even though it has developed closely with the rest of literary studies in the United Stated and even though China has gained increasing importance in the geopolitical world order over the past decades.）。[20]但张英进教授也展望了下一个千年中国比较文学研究的蓝景。

新的千年新的气象，“世界文学”“全球化”等概念的冲击下，让西方学者开始注意到东方，注意到中国。如普渡大学教授斯蒂文·托托西（Tötösy de Zepetnek, Steven）1999 年发长文 *From Comparative Literature Today Toward Comparative Cultural Studies* 阐明比较文学研究更应该注重文化的全球性、多元性、平等性而杜绝等级划分的参与。托托西教授注意到了在法德美所谓传统的比较文学研究重镇之外，例如中国、日本、巴西、阿根廷、墨西哥、西班牙、葡萄牙、意大利、希腊等地区，比较文学学科得到了出乎意料的发展（emerging and developing strongly）。在这篇文章中，托托西教授列举了世界各地比较文学研究成果的著作，其中中国地区便是北京大学乐黛云先生出版的代表作品。托托西教授精通多国语言，研究视野也常具跨越性，新世纪以来也致力于以跨越性的视野关注世界各地比较文学研究的动向。[21]

20 Moran T . Yingjin Zhang, Ed. China in a Polycentric World: Essays in Chinese Comparative Literature[J].现代中文文学学报,2000,4(1):161-165.

21 Tötösy de Zepetnek, Steven. "From Comparative Literature Today Toward Comparative Cultural Studies." CLCWeb: Comparative Literature and Culture 1.3 (1999):

以上这些国际上不同学者的声音一则质疑中国比较文学建设的可能性，一则观望着这一学科在非西方国家的复兴样态。争议的声音不仅在国际学界，国内学界对于这一新兴学科的全局框架中涉及的理论、方法以及学科本身的立足点，例如前文所说的比较文学的定义，中国学派等等都处于持久论辩的漩涡。我们也通晓如果一直处于争议的漩涡中，便会被漩涡所吞噬，只有将论辩化为成果，才能转漩涡为涟漪，一圈一圈向外辐射，国际学人也在等待中国学者自己的声音。

上海交通大学王宁教授作为中国比较文学学者的国际发声者自 20 世纪末至今已撰文百余篇，他直言，全球化给西方学者带来了学科死亡论，但是中国比较文学必将在这全球化语境中更为兴盛，中国的比较文学学者一定会对国际文学研究做出更大的贡献。新世纪以来中国学者也不断地将自身的学科思考成果呈现在世界之前。2000 年，北京大学周小仪教授发文（*Comparative Literature in China*）[22]率先从学科史角度构建了中国比较文学在两个时期（20 世纪 20 年代至 50 年代，70 年代至 90 年代）的发展概貌，此文关于中国比较文学的复兴崛起是源自中国文学现代性的产生这一观点对美国芝加哥大学教授苏源熙（Haun Saussy）影响较深。苏源熙在 2006 年的专著 *Comparative Literature in an Age of Globalization* 中对于中国比较文学的讨论篇幅极少，其中心便是重申比较文学与中国文学现代性的联系。这篇文章也被哈佛大学教授大卫·达姆罗什（David Damrosch）收录于《普林斯顿比较文学资料手册》（*The Princeton Sourcebook in Comparative Literature*，2009[23]）。类似的学科史介绍在英语世界与法语世界都接续出现，以上大致反映了中国学者对于中国比较文学研究的大概描述在西学界的接受情况。学科史的构架对于国际学术对中国比较文学发展脉络的把握很有必要，但是在此基础上的学科理论实践才是关系于中国比较文学学科国际性发展的根本方向。

我在 20 世纪 80 年代以来 40 余年间便一直思考比较文学研究的理论构建问题，从以西方理论阐释中国文学而造成的中国文艺理论“失语症”思考

22 Zhou, Xiaoyi and Q.S. Tong, “Comparative Literature in China”, Comparative Literature and Comparative Cultural Studies, ed., Totosy de Zepetnek, West Lafayette, Indiana: Purdue University Press, 2003, 268-283.

23 Damrosch, David (EDT)***The Princeton Sourcebook in Comparative Literature***: Princeton University Press

属于中国比较文学自身的学科方法论，从跨异质文化中产生的“文学误读”“文化过滤”“文学他国化”提出“比较文学变异学”理论。历经 10 年的不断思考，2013 年，我的英文著作：*The Variation Theory of Comparative Literature*（《比较文学变异学》），由全球著名的出版社之一斯普林格（Springer）出版社出版，并在美国纽约、英国伦敦、德国海德堡出版同时发行。*The Variation Theory of Comparative Literature*（《比较文学变异学》）系统地梳理了比较文学法国学派与美国学派研究范式的特点及局限，首次以全球通用的英语语言提出了中国比较文学学科理论新话语：“比较文学变异学”。这一新概念、新范畴和新表述，引导国际学术界展开了对变异学的专刊研究（如普渡大学创办刊物《比较文学与文化》2017 年 19 期）和讨论。

欧洲科学院院士、西班牙圣地亚哥联合大学让·莫内讲席教授、比较文学系教授塞萨尔·多明戈斯教授（Cesar Dominguez），及美国科学院院士、芝加哥大学比较文学教授苏源熙（Haun Saussy）等学者合著的比较文学专著（Introducing Comparative literature: New Trends and Applications[24]）高度评价了比较文学变异学。苏源熙引用了《比较文学变异学》（英文版）中的部分内容，阐明比较文学变异学是十分重要的成果。与比较文学法国学派和美国学派形成对比，曹顺庆教授倡导第三阶段理论，即，新奇的、科学的中国学派的模式，以及具有中国学派本身的研究方法的理论创新与中国学派”（《比较文学变异学》（英文版）第 43 页）。通过对“中西文化异质性的“跨文明研究”，曹顺庆教授的看法会更进一步的发展与进步（《比较文学变异学》（英文版）第 43 页），这对于中国文学理论的转化和西方文学理论的意义具有十分重要的价值。（“Another important contribution in the direction of an imparative comparative literature-at least as procedure-is Cao Shunqing’s 2013 *The Variation Theory of Comparative Literature*. In contrast to the“French School”and“American School”of comparative Literature, Cao advocates a “third-phrase theory”, namely, “a novel and scientific mode of the Chinese school,” a “theoretical innovation and systematization of the Chinese school by relying on our *own* methods” (*Variation Theory* 43; emphasis added). From this etic beginning, his proposal moves forward emically by developing a “cross-civilizaional study on the heterogeneity between

24 Cesar Dominguez,Haun Saussy,Dario Villanueva Introducing Comparative literature: New Trends and Applications，Routledge,2015

Chinese and Western culture" (43), which results in both the foreignization of Chinese literary theories and the Signification of Western literary theories.)

法国索邦大学（Sorbonne University）比较文学系主任伯纳德·弗朗科（Bernard Franco）教授在他出版的专著（《比较文学：历史、范畴与方法》）*La littératurecomparée: Histoire, domaines, méthodes* 中以专节引述变异学理论，他认为曹顺庆教授提出了区别于影响研究与平行研究的“第三条路”，即“变异理论”，这对应于观点的转变，从“跨文化研究”到“跨文明研究”。变异理论基于不同文明的文学体系相互碰撞为形式的交流过程中以产生新的文学元素，曹顺庆将其定义为“研究不同国家的文学现象所经历的变化”。因此曹顺庆教授提出的变异学理论概述了一个新的方向，并展示了比较文学在不同语言和文化领域之间建立多种可能的桥梁。（Il évoque l'hypothèse d'une troisième voie, la « théorie de la variation », qui correspond à un déplacement du point de vue, de celui des « études interculturelles » vers celui des « études transcivilisationnelles . » Cao Shunqing la définit comme « l'étude des variations subies par des phénomènes littéraires issus de différents pays, avec ou sans contact factuel, en même temps que l'étude comparative de l'hétérogénéité et de la variabilité de différentes expressions littéraires dans le même domaine ».Cette hypothèse esquisse une nouvelle orientation et montre la multiplicité des passerelles possibles que la littérature comparée établit entre domaines linguistiques et culturels différents.）[25]。

美国哈佛大学（Harvard University）厄内斯特·伯恩鲍姆讲席教授、比较文学教授大卫·达姆罗什（David Damrosch）对该专著尤为关注。他认为《比较文学变异学》(英文版）以中国视角呈现了比较文学学科话语的全球传播的有益尝试。曹顺庆教授对变异的关注提供了较为适用的视角，一方面超越了亨廷顿式简单的文化冲突模式，另一方面也跨越了同质性的普遍化。[26]国际学界对于变异学理论的关注已经逐渐从其创新性价值探讨延伸至文学研究，例如斯蒂文·托托西近日在 *Cultura* 发表的（Peripheralities: "Minor" Literatures, Women's Literature, and Adrienne Orosz de Csicser's Novels）一文中便成功地将变异学理论运用于阿德里安·奥罗兹的小说研究中。

---

25 Bernard Franco La litt é raturecompar é e: Histoire, domaines, m é thodes，Armand Colin 2016.

26 David Damrosch Comparing the Literatures,Literary Studies in a Global Age,Princeton University Press,2020.

国际学界对于比较文学变异学的认可也证实了变异学作为一种普遍性理论提出的初衷，其合法性与适用性将在不同文化的学者实践中巩固、拓展与深化。它不仅仅是跨文明研究的方法，而是一种具有超越影响研究和平行研究，超越西方视角或东方视角的宏大视野、一种建立在文化异质性和变异性基础之上的融汇创生、一种追求世界文学和总体问题最终理想的哲学关怀。

以如此篇幅展现中国比较文学之况，是因为中国比较文学研究本就是在各种危机论、唱衰论的压力下，各种质疑论、概念论中艰难前行，不探源溯流难以体察今日中国比较文学研究成果之不易。文明的多样性发展离不开文明之间的交流互鉴。最具“跨文明”特征的比较文学学科更需要文明之间成果的共享、共识、共析与共赏，这是我们致力于比较文学研究领域的学术理想。

千里之行，不积跬步无以至，江海之阔，不积细流无以成！如此宏大的一套比较文学研究丛书得承花木兰总编辑杜洁祥先生之宏志，以及该公司同仁之辛劳，中国比较文学学者之鼎力相助，才可顺利集结出版，在此我要衷心向诸君表达感谢！中国比较文学研究仍有一条长远之途需跋涉，期以系列丛书一展全貌，愿读者诸君敬赐高见！

曹顺庆

二零二一年十月二十三日于成都锦丽园

目次

上册

前　言

本书即《印度古典梵语文艺美学多棱镜》是对印度古典文艺理论或曰梵语文艺美学多维度、多层次的打量。这便是“多棱镜”一词的内涵和本质。这里首先说说印度古典文艺理论研究的意义。

所谓的“文艺理论”或曰“文艺美学”并非指国内学界通常理解的狭义的文学理论，而是指涵盖美学或文艺美学范畴的广义的文艺理论，它包括诗论（诗歌论或诗学论）、戏剧论、音乐论、舞蹈论和美术论（绘画、雕塑和建筑艺术论）等。所谓的“印度古典文艺理论”、“古典梵语文艺美学”或“印度古代文艺理论”主要指古典梵语文艺理论，也包含印度古代泰米尔语文论等。笔者不懂泰米尔语，因此只聚焦古典梵语文艺理论。

某种程度上可以说，古典梵语文艺理论是印度古代文艺理论的代名词。以古典梵语文艺理论为核心和基石的印度古典文艺理论与中国古代文艺理论、古希腊文艺理论并称世界古代三大文艺理论体系。“在古代文明世界，中国、印度和希腊各自创造了独具一格的文艺理论，成为东西方文艺理论的三大源头。”[1]印度古典文艺理论体系独树一帜，在东、西方的古典印度学或西方的东方学研究界，均占有十分重要的地位。印度古典文艺理论在古代文明世界的重要地位不容置疑，而这又与印度文化的世界地位密切相关。例如，季羡林先生在1988年7月16日撰写的文章《西域在文化交流中的地位》中说：“据我自己多年观察和探讨的结果，真正能独立成为体系、影响比较大又比较久远、特点比较鲜明的文化体系，世界上只有四个：1.中国文化体系、2.印度文化体

1　黄宝生：《印度古典诗学》，“序言”，北京：北京大学出版社，2000年，第1页。

系、3.闪族伊斯兰文化体系、4.希腊、罗马西方文化体系。”[2]

国内学界长期存在某种不健康的倾向，即以中国文学与文艺理论完全取代内涵丰富的东方文学、东方文艺理论的自我中心或日本位立场，这对东西方文学对话、东方文学内部对话均非佳音，更不利于体现学术研究的中国视角，不利于展现当下基础理论研究的中国特色、中国风格，不利于回应构建中国特色哲学社会科学话语体系的时代命题。全面而系统地研究印度古典文艺理论，是破除本位思想的有益举措。

看看国内学界的一些模糊认知，也可明白忽视中国以外的东方文艺理论研究，特别是印度古典文艺理论研究会产生某些意想不到的消极后果。例如，中国古代音乐理论研究者的某些观点便足以发人深省。1931 年成书、1934 年中华书局首次出版的王光祈《中国音乐史》写道：“上文曾言苏祇婆系来自西域，而当时的西域音乐又在‘亚剌伯波斯音乐文化’势力之下，故吾人可以推定苏祇婆所用者当与亚剌伯琵琶相同。”[3]这显然是对西域（龟兹等地）音乐与天竺（古印度）音乐历史关联的视而不见。如果说王光祈彼时此说因为视野所限尚可理解，那么另一位当代中国音乐理论研究者的言论足以引起学界的警惕：“中国古代乐律学是在中国音体系的乐律形态下进行的研究。当今世界分为三大音体系，即中国音体系、欧洲音体系和波斯-阿拉伯音体系。”[4]该学者将印度音乐体系和整个南亚、东南亚国家的音乐文化排除在考察范围之外。三大音乐体系说有明显的缺陷，因为没有包括南亚、东南亚国家的音乐体系，其弊端一目了然，所以，大力提倡研究印度古代音乐论或印度古典文艺理论体系，是很有学术创新价值和现实意义的。同时，这种系统研究也是对国内学界某些误解的一种澄清。

近年来，国内先后出现下述受国家社会科学基金资助并不同程度涉及东方文学与文化、东方文艺理论或文艺美学研究的重点项目或重大项目：“东方文化史”（2011 年）、“中国东方学学术史研究”（2014 年）、“古代东方文学插图本史料集成及其研究”（2016 年）、“印度古典梵语文艺学重要文献翻译和研究”（2018 年）、“东方古代文艺理论重要范畴、话语体系研究及资料

2 季羡林：《季羡林全集》（第 14 卷），北京：外语教学与研究出版社，2010 年，第 297 页。

3 王光祈：《中国音乐史》，桂林：广西师范大学出版社，2005 年，第 69 页。

4 陈其射：《中国古代乐律学概论》，“前言”，杭州：浙江大学出版社，2011 年，第 5 页。

整理”（2019年）、“二十世纪以来日本学者中国古典诗学研究目录汇编与学术史考察”（2020年）、“印度古典文艺理论史”（2021年）。此外，近年来立项的其他一些项目也不同程度地涉及东方文艺美学研究。可以说，目前的东方文艺理论研究及名著翻译已步入充满希望的新时期。在此背景下，聚焦印度古典文艺美学研究是有意义的。

正如数学是一切自然科学或理工科之母，文艺美学是文学艺术各个门类的思想之父。研究印度古典文艺美学，自然是深入了解印度古代文化、现代文学艺术不可或缺的重要一环。

研究印度古典文艺美学，可在某种程度上适应当前国内的外国文艺理论研究、东方美学研究、外国文学教学、艺术表演的现实需要，解决一些理论和现实的学术难题，发挥学术研究经世致用的效益，从而体现学术研究的特殊价值。套用一篇文章中的话“为中国而研究西方”[5]，本课题在很大程度上是为中国而研究印度。

研究印度古典文艺美学，有助于弥补某些十分重要的学术短板或空白。国内学者主要关注中国文艺理论和西方文艺理论的研究，对于中国古代文艺理论之外的东方古代文艺理论的系统研究较少，对于东方文学理论和艺术理论的整合研究或跨学科研究非常欠缺，因此，对印度古典文艺理论的多角度研究具有重要的理论意义。

具体而言，本书关于印度古典文艺美学的研究主要涉及梵语戏剧论、诗学论、音乐论、舞蹈论、美术论等各个分支。

本书第一部分为梵语诗学论，其中的第一章简略梳理印度文学理论发展轨迹，第二章对梵语诗学的“诗”范畴进行研究，第三、四章分别对梵语诗学最重要的两个理论范畴“味”和“庄严”进行全面考察，第五章对般努达多夹杂戏剧味、诗味的梵语名著《味花簇》进行研究。

本书第二部分涉及梵语戏剧论，其中的第六章涉及“戏剧”的范畴研究，第七章研究毗首那特《文镜》的戏剧理论，第八章介绍国内学界鲜为人知的古典梵剧现代继承者即被联合国教科文组织于2001年列入“人类非物质文化遗产代表作”名录的南印度库迪亚旦剧。

本书第三部分涉及梵语乐舞艺术论，其中的第九章论述婆罗多《舞论》的

5　佚名：“为国家哪何曾半日闲空：追忆徐大同先生”，参见全国哲学社会科学工作办公室网站，2019年6月11日上网。

音乐论，第十章研究重要的理论范畴“舞蹈”，第十一章介绍印度古代乐舞理论史上地位仅次于婆罗多《舞论》的角天《乐舞渊海》，第十二章介绍印度中世纪时期的重要乐舞论著即般多利迦·韦陀罗的《乐舞论》，第十三章介绍《毗湿奴法上往世书》的乐舞剧论和绘画论，第十四章介绍《工巧宝库》的工巧造像论，第十五章涉及印度古代音乐世界地位及国内外印度古代音乐研究史的学术考察。

本书第四部分为比较视域下的中印古典戏剧理论和传统戏剧研究，其中的第十六章涉及《舞论》与《文心雕龙》的比较研究，第十七章涉及《舞论》与《闲情偶寄》的比较研究，第十八章涉及中国戏剧起源探索，并涉及贵州德江傩堂戏、重庆酉阳面具阳戏与梵剧（库迪亚旦剧）这两类中印传统戏剧的比较。

本书第五部分涉及印度古典文艺理论的现代阐发，其中的第十九章介绍20 世纪以来印度学术界关于梵语诗学理论流派的现代批评运用，第二十章依据梵语诗学味论重新解读印度伟大的现代诗人、1913 年诺贝尔文学奖获得者泰戈尔的著名代表作《吉檀迦利》，第二十一章尝试在梵语诗学烛照下重新阐发中国重庆酉阳土家族诗人冉仲景的汉语诗歌。

限于作者精力和研究水平，本书肯定还存在这样、那样的不足或谬误，希望得到学界同行的指正。

梵语诗学论

第一章　印度文学理论的发展轨迹

印度文学理论经历了萌芽期（公元前5世纪左右至公元初）、古典梵语诗学（公元初至13世纪）、中世纪文论（13世纪至19世纪）、近现代文论（19世纪至1947年印度独立）和当代文论（印度独立以来）等几个发展阶段。包括梵语戏剧学在内的广义的梵语诗学是世界文论三大源头之一，它对印度近现代和当代文论发展具有深远的影响。中世纪时，印度各种方言文学理论在萌芽的过程中继承了梵语诗学。般努达多和鲁波·高斯瓦明等人大力阐发虔诚味论，显示了后期梵语诗学的宗教美学特色。印度文学理论在其近现代发展过程中，既没有完全脱离梵语诗学的传统，也没有拒斥西方文论的影响。当代多元发展的印度文论更是深受西方文论的深刻影响。这一时期，印度学者在比较文学理论、后殖民批评、翻译研究、女性主义文学批评、达利特文学批评、电影文学和戏剧文学批评等方面都有许多建树。一些海外印度文论家如斯皮瓦克、霍米·巴巴等在西方传播带有印度文化色彩的后殖民理论和文化翻译论，且产生了广泛而深刻的世界影响。以上诸多复杂现象构成了印度文论史的基本内容。

第一节　印度古典文论的分期

印度古代梵语文学历史悠久，大致可以分为三个时期，即吠陀时期（公元前15世纪至公元前4世纪）、史诗时期（公元前4世纪至4世纪）和古典梵语文学时期（1到12世纪）。[1]漫长的两千多年间，印度产生了印欧语系最古老

1　该分期法参见季羡林主编：《印度古代文学史》，北京：北京大学出版社，1991年，第1、41、163页。

的诗歌总集《梨俱吠陀》、宏伟的两大史诗、丰富的神话传说、寓言故事、精美的抒情诗、叙事诗、戏剧和小说。在这片广袤肥沃的文学土壤上，印度古代文学理论得以萌芽。[2]

事实上，经过漫长的历史发展，古代印度形成了世界上独树一帜的梵语文学理论即梵语诗学体系。它有自己的一套批评概念或术语，如味（रस，rasa）、情（भाव，bhāva）、韵（ध्वनि，dhvani）、庄严（अलङ्कार，alaṅkāra）、音庄严（शब्दालङ्कार，śabdālaṅkāra）、义庄严（अर्थालङ्कार，arthālaṅkāra）、诗德（गुण，guṇa）、诗病（दोष，doṣa）、风格（रीति，rīti）、曲语（वक्रोभि，vakrokti）、合适（औचित्य，aucitya）、魅力或惊喜（चमत्कार，camatkāra）、“诗人学”（कविशिक्षा，Kaviśikṣā）、表示者或能指（वाचक，vācaka）、表示义或所指（वाच्य，vācya）、音义结合（शब्दार्थौ，śabdārthau）和文学（साहित्य，sāhitya）等。印度古代文论至今闪耀着夺目的理论光辉，潜藏着宝贵的现代运用价值。

追溯印度文论的萌芽，必须研究印度最古老的经典文献、大约产生于公元前1500-前1000年的《梨俱吠陀》。史诗《罗摩衍那》也孕育着一些文论种子，其他一些文化经典也是如此。

广义的梵语诗学包括梵语戏剧学和梵语诗学。梵语戏剧学产生在前，它主要探讨戏剧表演艺术，其中也包括语言表演艺术，因此含有诗学成分。梵语诗学中“诗”（काव्य，kāvya）的概念一般指广义的诗，即纯文学或美文学，有别于宗教经典、历史和论著。诗分为韵文体（叙事诗和各种短诗）、散文体（传说和小说）和韵散混合体（戏剧和占布）。尽管如此，梵语诗学研究中的主要对象是诗歌（包括戏剧中的诗歌）。因此，一般的梵语诗学著作不涉及梵语戏剧学，只有毗首那特的《文镜》例外。“梵语戏剧学和梵语诗学是印度古代文学理论在发展过程中自然形成的学术分工。”[3]

M.C.夏斯特里将梵语诗学发展分为三个阶段，即从婆摩诃到楼陀罗吒的前韵论时期（600-900 A.D.）、欢增到曼摩吒的韵论时期（900-1200 A.D.）和鲁耶迦到世主的后韵论时期（1200-1700 A.D.）。[4]这一划分遮蔽了梵语诗学的源头即《舞论》。因此，同为印度学者的苏曼·潘德的划分更加合理。他将梵语诗学的发展划分为四个阶段，即从《舞论》的出现到婆摩诃的形成阶段，从婆

2 黄宝生：《梵学论集》，北京：中国社会科学出版社，2013年，第277页。
3 黄宝生：《梵学论集》，北京：中国社会科学出版社，2013年，第283页。
4 Mool Chand Shastri, *Buddhistic Contribution to Sanskrit Poetics*, Delhi: Parimal Publications, 1986, p.11.

摩诃到欢增的创造阶段，从欢增到曼摩吒的阐释阶段以及曼摩吒到世主的保守阶段。[5]这种划分的好处在于，第一阶段的模糊划分可以将婆罗多的《舞论》包括在内。印度学者承认，限于古代史料缺乏等复杂因素，要确定某些梵语诗学家的生卒年代很难。历史证据的不足，给确认梵语诗学的发展演变带来了不小的挑战。有时，只能通过梵语诗学著作的某些时间记载或引文信息，来确认文本与文本间的先后顺序或某位诗学家的大致生活年代。[6]下面按照苏曼·潘德的划分对广义的梵语诗学发展演变作一简介。

先看梵语诗学的形成阶段。在这一阶段，最重要的著作是公元前后出现的婆罗多《舞论》。《舞论》的原始形式产生于公元前后不久，而现存形式大约定型于4、5世纪。它是早期梵语戏剧实践经验的理论总结，是印度古代戏剧工作者实用手册。它把戏剧作为一门综合艺术来对待，以戏剧表演为中心，涉及与此相关的所有论题。作为戏剧学著作，《舞论》的基本内容虽然是总结戏剧表演理论、为戏剧表演制定规则，但实际上它的很多论述却成为后来梵语诗学的种子和胚胎。《舞论》关于情味、诗相、庄严、诗德、诗病的论述，大多成为后来梵语诗学的雏形，只有诗相后来被淘汰。[7]从此意义上说，《舞论》可谓名副其实的梵语诗学之源，这与亚里士多德《诗学》之于西方诗学的深远影响有些类似。现代学者很难在婆罗多到婆摩诃的几百年中寻觅到现存的梵语诗学著作。20世纪以来，虽有学者致力于考证或发掘这一段时期有无诗学著述的历史之谜，但它却依然是至今无法破解的学术难题。

在考察梵语诗学的源头《舞论》时，不可忽视几乎与之同时产生的泰米尔语文论。泰米尔族人是古代达罗毗荼人的后裔。泰米尔语属于达罗毗荼语系中最古老、最丰富、组织最严密的语言，也是印度最古老、最富有生命力的语言之一。公元前5世纪至公元2世纪，是泰米尔语文学史的第一个时期，称作桑伽姆时期。晚期桑伽姆文学出现了一些泰米尔语法书，这里面以《朵伽比亚姆》最为著名，它是目前现存的最古老的泰米尔语法书。作者朵伽比亚尔生平不详。从内容上看，《朵伽比亚姆》不是一般意义上的语法书，它包括了文学创作的各个方面，如文学修辞和诗歌格律等等方面的问题。因此，称它为泰米尔

5 R. C. Dwivedi, ed., *Principles of Literary Criticism in Sanskrit*, Delhi: Motilal Baranarsidass, 1969, p.190.

6 Sujit Mukherjee, ed., *The Idea of an Indian Literature: A Book of Readings*, Mysore: Central Institute of Indian Languages, 1981, p.2.

7 黄宝生：《印度古典诗学》，北京：北京大学出版社，2000年，第35-37页。

文学理论的开山之作应不为过。[8]大体说来，《朵伽比亚姆》包含了一些类似梵语诗学庄严论、“诗人学”、味论等的文论原理。“《朵伽比亚姆》总结了古代泰米尔语言文学的规律和法则，使之规范化和系统化，成为后世泰米尔语言文学发展的指南，其影响是十分深远的。”[9]一般认为，印度古代文论主要指梵语戏剧学和梵语诗学等两个部分。不过，如将《朵伽比亚姆》纳入考察视野，印度古代文学理论或曰印度古典诗学的外延尚需学界斟酌。

在梵语诗学滥觞期，也出现了一些论及语言哲学或宗教美学的印度佛典。这些著作包括公元 1 世纪的《维摩诘经》、3 世纪的《中论》（龙树）和《入楞伽经》、5 至 6 世纪左右的《集量论》（陈那）等。[10]《中论》为代表的中观派思想和《集量论》等揭示的遮诠论等，成为中国古代美学和文艺理论的重要的印度之源。

在这一时期，印度还出现了一些艺术美学著述，其中以大约定型于公元 1、2 世纪的《画像量度经》等为代表。它们是印度古典文艺理论的重要组成部分。

接下来是公元 7 世纪到 10 世纪左右的梵语诗学创造性阶段。生活于 7 世纪的婆摩诃的《诗庄严论》是印度现存最早的独立的诗学著作，它的出现标志着有别于梵语戏剧学的梵语诗学正式产生。《诗庄严论》和稍晚出现的檀丁《诗境》都引述了前人的诗学观，这说明，梵语诗学论著的实际存在或许早于 7 世纪，但大约不会早于公元 5、6 世纪。

之所以称 7 世纪到 10 世纪为梵语诗学的创造阶段，是因为这一时期里产生了梵语诗学的几个重要流派。它们包括以婆摩诃、优婆吒、楼陀罗吒等为代表的庄严派，著作分别为《诗庄严论》、《摄庄严论》和《诗庄严论》，主要论述词语的运用，相当于修辞学著述；以檀丁和伐摩那为代表的风格派，著作分别是《诗境》和《诗庄严经》，主要从诗德角度论述语言风格；欢增为代表的韵论派，著作为《韵光》，主要论述语言的暗示功能即“言外之意”；王顶的《诗探》阐述“诗人学”，探讨诗人的修养、作诗法则等等。这些人的著作代表了梵语诗学在创造阶段充满活力的一面。无论是庄严论、风格论，还是韵论

8 关于《朵伽比亚姆》的基本内容，参阅季羡林主编：《印度古代文学史》，北京：北京大学出版社，1991 年，第 142-145 页。

9 季羡林主编：《印度古代文学史》，北京：北京大学出版社，1991 年，第 143 页。

10 Rajnish Kumar Mishra, *Buddhist Theory of Meaning and Literary Analysis*, New Delhi: D.K. Printworld Ltd., 2008, pp.1-47, 87-140.

和“诗人学”，都充满着原创意识，自然也就具有重要的创新价值。这一阶段，还出现了胜财对《舞论》的简写本，即戏剧学著作《十色》。

公元7世纪出现了著名的语言哲学家伐致呵利。他的代表作《句词论》是对梵语语法学的阐释。重要的是，伐致呵利提出的一些理论成为欢增韵论的基础。伐致呵利语言哲学是梵语诗学发展必不可少的一根链条。另外，公元7世纪至11世纪之间出现的一些佛典，也程度不一地表述了印度古代语言哲学或宗教美学观，这包括法称的《释量论》、寂护的《摄真实论》和宝称的《离论证论》等。那罗达为后世留下了最早的梵语艺术学著作之一《乐歌蜜》，它大约成书于7-11世纪。

10世纪到13世纪的300年里，梵语诗学进入所谓阐释阶段。这一时期出现了一些以前辈学者的著作或某个原理为线索进行阐发的诗学家。新护《舞论注》阐释婆罗多在《舞论》中提出的味论，从而取得了味论诗学的最高成就。新护《韵光注》则阐释欢增的韵论，也提出了一些新观点。楼陀罗跋吒的《艳情吉祥痣》虽然存在诸多疑点，但其为后来的梵语诗学家和当代学者一再引用和研究，说明它的艳情味论自有特色；13 世纪一位同名的楼陀罗跋吒的《味魅力》也有值得注意的地方；恭多迦则在《曲语生命论》里改造庄严论，以古已有之的曲语思想为线索，创立自成体系的曲语论；安主以古已有之的合适概念为线索，创立了自己的合适论体系；摩希摩跋吒则以反驳姿态阐释欢增的《韵光》，试图以推理论代替韵论，但并无真正的理论建树；波阇则以《艳情光》和《辩才天女的颈饰》对前人的诗学观进行再阐释，但他在味论上有一定的创新；曼摩吒则以教科书性质的《诗光》，对以往的梵语诗学成果进行全面总结；耆那教学者雪月著有《诗教》，另两位同名伐格薄吒的耆那教学者留给后世的著作分别是《庄严论》和《诗教》，这三部书都无多少理论创新，只是对前人成果进行解释；阿利辛赫和阿摩罗旃陀罗师生俩著有《诗如意藤》，阐释“诗人学”思想，但其范围和内容未能超越王顶的著作，缺乏创新；匿名学者于12世纪撰写的《诗人如意藤辩》和13至14世纪的代吠希婆罗所著《诗人如意藤》也大抵如此；鲁耶迦的《庄严论精华》着重论述无韵的诗和81种庄严，其观点对后世学者有一定的影响；13 世纪的佛教学者僧伽罗吉多著有《智庄严论》，该书直接催生了泰国古典文论的萌芽。这一时期，梵语戏剧学方面出现了沙揭罗南丁《剧相宝库》、罗摩月和德月合著《舞镜》、沙罗达多那耶《情光》等著作，其论述主要依据《舞论》，缺乏创新。从这一时期的梵语诗学和戏剧学著述来看，虽然有一些新意甚至是重大的创新如新护的味论和恭多迦的曲语论等，但大部分著作都是对前人的阐释，独创性理论的含量开始下降。越到后来，越是如此。这体现梵语诗学开始出现创造力减退的迹象。

第二节　印度中世纪文论简述

有的学者认为，印度文论包括梵语诗学、中世纪诗学和现代诗学，前二者属于古代诗学范畴。“梵语诗学的大致时限是公元初至12世纪，中世纪诗学的时限是12世纪至19世纪。”[11]准确地说，印度中世纪文学理论或曰中世纪诗学的时限是13世纪至19世纪早期。梵语诗学在12世纪左右的衰落，开始进入创造力明显疲软的几百年保守期，这与印度社会文化的急剧变化有关。梵语诗学发展出现衰落，这里存在很多原因。其中，很多梵语诗学家缺乏创新、一味引经据典、尊崇前人，这影响了诗学创新的斗志和热情，这一点连富有创新和反叛精神的世主也没有完全摆脱。其次，社会思想的变化和地方语言文学的兴起，也给梵语诗学的发展带来了负面影响。随着德里苏丹王朝和莫卧儿帝国在印度统治的建立，伊斯兰文化向印度文化渗透，加上各方言文学如印地语、孟加拉语文学的兴起，梵语和梵语文学逐渐失去了独尊的地位，梵语诗学赖以繁衍的文化土壤越来越贫瘠。这些复杂因素导致梵语诗学趋于衰落。

以语言因素为例。大约在10世纪前后，印度大多数地区语言发展趋向定型。这是一个漫长的发展历程。雅利安人进入印度以后，在不同地区形成不同的俗语。后来，各种俗语逐渐变化，形成不同地区的方言。这些方言包括印地语（7 世纪后字体演变成与梵语字体相似的天城体）、旁遮普语、奥里萨语、古吉拉特语、马拉提语、孟加拉语等，其中印地语使用范围较广。语言演化的同样过程也发生在南印度。顺便指出，外来入侵者即伊斯兰人统治印度的德里苏丹和莫卧儿帝国期间，波斯语文论、阿拉伯语文论和乌尔都语文论也成为印度文论百花园中的一朵。其中，前二者成为一些方言文学理论的组成部分。各种地方语言的形成催生了地方语言文学的产生，这加快了梵语文学的衰落速度。

梵语文学的边缘化，不可避免地导致梵语诗学创造力的进一步减退。尽管梵语文学和梵语诗学的创作仍然存在，但只是作为印度中世纪文学和文论的

11 黄宝生：《印度古典诗学》“序言”，北京：北京大学出版社，1999年，第3页。

一个分支而已，它再也无力恢复欢增时代的繁荣局面。不可否认的事实是，印度中世纪各种方言文学的文论直接继承梵语诗学，一方面大量翻译和改编梵语诗学著作，另一方面大力阐发虔诚味论，尤其是以艳情为象征的虔诚味论。这说明，印度中世纪文论虽然是以各种方言而非梵语作为书写载体，是一种复数而非单数的印度文论，但是，它毕竟没有脱离梵语诗学传统，某种程度上保留了印度古代文论的单数特性。这从一个侧面印证了印度古代文论家尊重文化遗产的学术姿态。在印度中世纪文论中，可以发现印地语文论、马拉提语文论、孟加拉语文论、波斯语文论和乌尔都语文论等多语种文论，它折射了印度社会和文化格局的错综复杂。以印地语文论为例。在印度印地语文学史上，格谢沃达斯是第一个文学理论家。在他以前，印地语文学中虽然有人零星地借用过梵语文学理论，但系统的理论著作一部也没有。[12]格谢沃达斯继承了梵语文学衰落期的形式主义文论，写出了代表作《诗人所爱》。这部著作对后来印地语诗歌的发展产生了很大的影响。

作为中世纪文论的重要组成部分，梵语诗学并没有退出历史舞台，相反，它还在很多诗学家那里得到了某种程度的发展，曼摩吒、毗首那特和世主等人的著述便是例子。经过阐释阶段后，梵语诗学进入了保守阶段，即进入几百年墨守成规的衰退期。由于曼摩吒《诗光》的影响，一些诗学家开始模仿他的体例进行综合阐释，如维底亚达罗的《项链》、维底亚那特的《波罗多波楼陀罗名誉装饰》、格维格尔纳布罗的《庄严宝》和毗首那特的《文镜》等。这些人的著作大都缺乏创新，论述的内容多是依据前人。这一时期的诗学著作还有胜天的《月光》、维希吠希婆罗·格维旃陀罗的《魅力月光》、般努达多的《味花簇》和《味河》、盖瑟沃·密湿罗的《庄严顶》和阿伯耶·底克希多的《莲喜》、《画诗探》、鲁波·高斯瓦明的《虔诚味甘露河》和《鲜艳青玉》等。戏剧学方面有辛格波普罗的《味海月》、鲁波·高斯瓦明的《剧月》等，他们都依据或模仿《舞论》、《十色》等进行著述。虽然总体上缺乏创新，上述一些著作仍有值得一提的地方，如毗首那特的《文镜》是梵语诗学家中惟一论述戏剧学原理的著作，并以味为标准来定义诗歌；胜天的《月光》论述了长期以来被诗学家们淘汰的诗相；鲁波·高斯瓦明的《虔诚味甘露河》和《鲜艳青玉》创造性地涉及虔诚味论述；底克希多的《莲喜》是梵语诗学中论列庄严数目最多的一部著作；格维旃陀罗的《魅力月光》首次以“魅力”为标准衡量诗歌的艺术，

12 刘安武：《印度印地语文学史》，北京：人民文学出版社，1987 年，第 159 页。

将诗分成三类。

在这一阶段，梵语诗学还出现了一部综合性著作，这就是世主的《味海》。著名梵语诗学史专家 S.K.代认为："世主的《味海》是梵语诗学的最后一部杰作。"[13]P.V.迦奈认为，《味海》是一部"标准的诗学著作，它的庄严论尤其如此。在诗学领域，《味海》仅次于《韵光》和《诗光》。尽管是近代的一位学者，世主对古典诗学烂熟于心"。[14]迦奈的结论是："世主是梵语诗学最后一位大家。"[15]还有人认为，在梵语诗学漫长的发展历史上，世主最后姗姗来迟。"世主之后，积极大胆、充满独立精神的一代梵语诗学家终于谢幕了。"[16]黄宝生则认为，世主是"梵语诗学史上最后一位重要的理论家。他的《味海》标志着梵语诗学的终结"。[17]

现代学者一般都将世主的《味海》视为梵语诗学终结的标志。因为，世主之后还出现了很多梵语诗学著作，但它们在著作规模与学术深度方面，都无法与《味海》相比拟。不过，也有学者指出："一般认为，梵语诗歌止于世主，《味海》是最后一部诗学巨著。（应该承认，这两种夸张的说法都对后来的作者极为不公。）不应该设想，梵语诗学在 17 世纪后已经寿终正寝。它今天仍在发展之中。"[18]总之，追溯梵语诗学或印度诗学的发展历史，不能放弃对那些二流甚至三流著作的打量，甚至还必须将梵语诗学的近代和现代变异性发展纳入研究视野。实际上，印度学者也正是这么做的。

印度学者 M.S.斯瓦米的研究表明，从现有资料来看，后世主时代，即 18 和 19 世纪里，印度一共出现了 80 到 85 部左右的梵语诗学著作。这些著作中，有 30 部已经出版，另外一些以手稿形式保存着。在这 80 多部著作中，25 部是全面论述梵语诗学的综合性著作，其余的则涉及一到两个领域，如庄严、味、画诗等，但大部分只论述庄严。斯瓦米介绍了其中 83 部著作，他认为，这些著作的共同特征是，对曼摩吒以后的诗学观点进行嫁接，受到世主和底克希多诗学论战的启迪而在语法等领域进一步展开论争，同时对世主和底克

13 S. K. De, *History of Sanskrit Poetics, Vol.2*, Calcutta: Firma K.L. Mukhopadhyay, 1960, p.252

14 P. V. Kane, *History of Sanskrit Poetics*, Delhi: Motilal Banarsidass, 1971, p.321

15 P. V. Kane, *History of Sanskrit Poetics*, Delhi: Motilal Banarsidass, 1971, p.325

16 K. Krishnamoorthy, *The Dhvanyaloka and Its Critics*, Delhi: Bharatiya Vidya Prakashan, 1968, p.304

17 黄宝生：《梵学论集》，北京：中国社会科学出版社，2013 年，第 295 页。

18 R. Ganesh, *Alamkaarashaastra*, Trans. by M.C. Prakash, Bengaluru: Bharatiya Vidya Bhavan, 2010, p.66.该书是泰卢固语版原著的英译。

希多的论争进行评价和阐释。斯瓦米的结论是："这一时期的诗学家的贡献在于对各个诗学概念进行阐释，而不是传播新的诗歌理论。"[19]这一评价可谓十分恰当。

梵语诗学经过漫长的历史发展，已经形成了世界上独树一帜的文学理论体系。"就梵语诗学的最终成就而言，可以说，庄严论和风格论探讨了文学的语言美，味论探讨了文学的感情美，韵论探讨了文学的意蕴美。这是文艺学的三个基本问题。因此，梵语诗学这宗丰富的遗产值得我们重视。如果我们将它放在世界文学理论的范围内进行比较研究，就更能发现和利用它的价值。"[20]这说明，梵语诗学的重要价值无法否认，其自成体系的诗学思想具有重要的研究价值。

13 世纪至 19 世纪的几百年中，先后出现了一些关于戏剧表演、音乐、舞蹈等方面的梵语著作，它们也可归入艺术学或文艺学的范畴。这些著作包括：南迪盖希婆罗大约于 5 至 13 世纪成书的《表演镜》，阿输迦摩罗大约于 14 世纪成书的《舞章》，伐迦那查利耶·苏达伽罗娑大约于 14 世纪即 1324-1350 年左右成书的《乐歌奥义书精选》，室利罡陀大约于 1575 年成书的《味月光》，普罗娑达摩·密湿罗于 17 世纪成书的《乐歌那罗延》，波罗蜜希婆罗大约于 1750 年左右成书的《维纳琴篇》，匿名学者于 17 世纪编订的《维纳琴相》，等等。

综上所述，印度中世纪文论首先是一种复数意义上的文学理论。梵语诗学和各种方言文论在印度中世纪漫长的几百年间同时存在。在这一复数文论体系中，枝繁叶茂、历史悠久的梵语诗学延续着自己的生命轨迹。客观地看，越到后来，它的躯体变得越来越羸弱。相反，各方言文论越来越根深叶茂。中世纪文论发展的这种奇特格局，对于现当代印度文论发展具有深远的影响。

印度中世纪时期，还出现了梵语诗学的国际辐射现象，这就是梵语诗学对中国西藏和蒙古地区少数民族文论的奠基性影响。同时，巴利语文论和梵语诗学还在泰国和越南等东南亚国家传播开来。例如，泰国的修辞学理论最初受到巴利语《胜庄严》的影响，对泰国诗学影响最大的著作是巴利文的《妙觉庄严》亦即《智庄严论》。《妙觉庄严》脱胎自 7 世纪时的梵语诗学庄严论，主要涉及庄严、诗德和味等三个诗学范畴。这间接显示印度古典文论通过巴利文对

19 M. Sivakumara Swamy, *Post-Jagannatha Alankarasastra*, Delhi: Rashtriya Sanskrit Sansthan, 1998, pp.66-67.
20 黄宝生：《梵学论集》，北京：中国社会科学出版社，2013 年，第 297 页。

泰国诗学施加的影响。[21]梵语诗学的国际辐射也应该视为印度古代文论外向型发展的一个重要组成部分。

第三节 印度近现代文论简述

1857 年印度民族大起义失败后，英国正式确立了对印度的殖民统治。英国此前为强化殖民统治进行的英语教育不断显示出它所期望的效益。部分印度知识精英接受了英语教育后，思想上急剧变化，这便影响到他们对待自己文化的态度。在东西文化交汇的时代背景下，印度近现代文论正式启航。从印度学者的著述来看，这里的“近现代文论”其实也可以 modern literary theory（现代文论）或 modern literary criticism（现代文学批评）来称呼。

从时间上算，印度现代文论将近一个世纪。在这段时间里，印度文学理论界的有识之士首先领略了东西文化交融的时代风气，在文论著述方面融合东西，创立了自己的思想体系。这方面以泰戈尔和室利·奥罗宾多二人最为典型。泰戈尔和奥罗宾多两人不仅是印度现代文学巨匠，也是卓有建树的文学理论家。他们的文化心灵受到印度古典文化和西方文化的双重洗礼，因此，他们以孟加拉语和英语为载体撰写的文学理论体现了东西合璧的文化特色，这和同一时期王国维融汇中西的文论话语建构有些相似。他们的文论建树均体现了东方智者在现代文论转型期的敏感意识。值得注意的是，梵语诗学因子没有在泰戈尔等印度学者那里销声匿迹。相反，泰戈尔明显地受到了梵语诗学的深刻影响，他不仅利用味论研究印度和西方文学，还在文论著述中自觉维护梵语诗学的尊严。他对梵语诗学味论的关注就是明显的例子。泰戈尔的文论思想是印度现代文论的代表性成果之一。他以梵语诗学味论阐释东西方文学更是一个典范。

奥罗宾多的文论集《未来诗歌》提出了“未来诗歌”的设想。这是一种建立在精神进化论基础上的文学理论。奥罗宾多还以此理论为基础，对英语诗歌进行了独具特色的阐释。《未来诗歌》体现了奥罗宾多强烈的个人色彩，但因为他的“未来诗歌论”带有神秘的宗教美学色彩，其对西方文学的评价便存在诸多问题。“未来诗歌论”是一种旨在捍卫印度文化价值的民族主义色彩浓厚的理论，也体现了奥罗宾多在殖民时期抵抗西方话语霸权的文化策略。奥

21 参阅裴晓睿：“印度诗学对泰国诗学和文学的影响”，《南亚研究》，2007 年第 2 期。

罗宾多的这一策略要回到当时的历史语境才能真正得以理解。

与此相似，面对西方学者对印度美学和文艺理论的诸多误解，从 1919 年至 20 世纪 50 年代即印度独立初期的近半个世纪里，著名学者 H.希利亚南相继撰写了《印度美学》、《味和韵》与《艺术体验》等论文，对印度传统美学和梵语诗学等进行了现代阐释。他的这些论文于 1954 年结集为《艺术体验》出版。该书颇受当代印度学者重视。

就印度各方言文学理论而言，也继续涌现出一批代表性人物，如著名印地语小说家普列姆昌德的文论著述便是一例。印地语文论家罗摩钱德拉·修格尔、婆罗登杜等的相关著述值得重视。拉贾·拉奥、R.K.纳拉扬等人对印度英语文学的产生作出了有力的辩护。这为印度英语文学的顺利发展扫清了某些障碍。

梵语诗学名著如《舞论》等的发掘、翻译和研究，两部梵语诗学史的出版、V.拉克凡等人的梵语诗学研究，这一切构成了 1947 年独立以前印度现代文论发展的有机组成部份。泰戈尔对梵语诗学的尊崇和利用，预示着印度学者在梵语诗学翻译、研究和批评运用上，将会走得更远。1947 年印度独立以前，著名梵语诗学家 S.K.代和 P.V.迦奈几乎同时出版《梵语诗学史》，对丰富的梵语诗学著述进行历史梳理。V.拉克凡等学者先后出版《味的数量》等研究梵语诗学的著作。这显示了梵语诗学在印度学者心中的崇高地位。这种学术举措将极大地影响当代印度的梵语诗学译介、研究和批评运用。

这一时期里，还出现了 A.K.库马拉斯瓦米和阿·泰戈尔等人的艺术美学著述。N.戈宾纳特阐释戏剧艺术的《表演光》于 1946 年首版，后于 1957 年再版。

第四节　印度当代文论简述

1947 年，印度独立，印度文论进入当代发展时期。与现代文论的发展轨迹相似，印度当代文论在西方文论影响下不断地向前发展。这不可避免地影响到它的内容和实质。不过，由于印度地处东方，且属于后殖民地，一些学者在吸纳西方文论精华的时候，并未拜倒在西方的“石榴裙”下，而是采取“拿来主义”策略，建构带有印度色彩的文论思想。这和泰戈尔、奥罗宾多等人的文论建构姿态有些相似。

作为珍贵的世界文化遗产，梵语诗学乃至泰米尔文论的翻译介绍和研究运用仍然是印度当代文论界的一件大事。这也构成了当代印度文论发展的一个重要侧面。印度独立以后，梵语诗学研究更加受到学者的重视，迄今为止，相关研究专著不断涌现，相关领域的著名学者包括 K.克里希那穆尔提、R.穆克吉和 R.C.德维威迪、纳根德罗等。少数梵语学者以梵语写作并出版自己的诗学研究成果。这方面以 B.沙尔马、R.德维威迪和 R.特利帕蒂等为典型。纳根德罗不仅编写了一本梵语诗学辞典，还主编了由各地方语言文学专家撰写的里程碑著作《印度文学批评理论》，对孟加拉语、印地语、泰米尔语等十四种方言文学的理论发展进行历史分析。G.N.德维于 2002 年主编并出版了《印度文学批评理论》。他在书中编选了自古至今 28 位印度文论家的文论片断。20 世纪以来，P.V.迦奈、S.K.代和 R.德威维迪等印度学者在梵语诗学史、印地语文学批评史等分语种文论史的研究方面取得了长足进展。特别值得关注的是，当代印度学者围绕梵语诗学进行了两种极为重要的学术探索，即梵语诗学与西方诗学比较研究和梵语诗学的现代批评运用。印度学者的梵语诗学批评运用与一些中国学者在世纪之交提倡的“汉语批评”有异曲同工之妙，但它却比中国同行的理论呼吁和批评实践早了若干年。梵语诗学在中国和西方的翻译研究乃至跨文化批评运用也值得考察。这是梵语诗学在当代语境下的世界传播，也是印度传统文化软实力无形无影但却有声有色的柔性展示。

当代印度文论界出现了一些新的发展动向。首先是对西方比较文学理论和实践在印度文化语境中如何挪用的探讨。一些学者如阿米亚·德维、S.K.达斯等人提倡建立比较文学的印度学派。他们响亮地提出了“比较印度文学”（Comparative Indian Literature）的口号，目的是要使比较文学这一西来学科适应印度的第三世界后殖民社会现实。他们欲借“比较印度文学”这一理论或方法书写一部单数和复数合二为一的印度文学史。印度学者的比较文学理论新探索为世界比较文学理论增添了新的内容。

其次，印度学者的后殖民批评与理论阐释举世瞩目。这以阿西斯·南迪、阿贾兹·艾哈默德等人为代表，但 G.C.斯皮瓦克、霍米·巴巴、萨尔曼·拉什迪等海外印度文论家的后殖民批评更为世人所知。作为典型的殖民地与后殖民地，印度向世界推出几位在后殖民文论上著述颇丰的文论家，似乎早在情理之中。之所以把斯皮瓦克和霍米·巴巴等人的后殖民理论纳入印度当代文论一并介绍，是因为他们拥有双重国籍的缘故。长期以来，印度政府并不忌讳给与海外印度人双重国籍的优惠。在这种背景下，斯皮瓦克等人至今还保留着印度国籍。因此，对斯皮瓦克、霍米·巴巴等海外印度学者的后殖民理论的大致介绍，有助于描绘一幅比较完整的当代印度文论发展史图景。

印度文论家在翻译研究与理论阐释方面也有不俗的表现。两位印度女学者即 T.妮南贾娜和 G.C.斯皮瓦克的文化翻译论引人注目。她们的翻译理论其实是融合了后殖民理论和女性主义等杂质的文化翻译理论，其理论为西方学界所知，也为中国学者熟知。其他一些印度学者如苏吉特·穆克吉、苏坎多·乔杜里、哈利西·特里维迪等的翻译理论也值得关注。印度学者在泰戈尔自译现象、印度文学的内部互译和符际翻译等领域皆有论述。

此外，印度学者在印度文学史、印度英语文学史、女性主义文学研究、达利特文学批评、电影文学和戏剧文学批评等各个方面都有著述。例如，在印度文学史研究方面，S.K.达斯（S. K. Das，1936-2003）的两卷本《印度文学史》、纳根德罗主编的《印度文学》和 K.M.乔治（K. M. George）的《比较印度文学》等具有相当的代表性。在英语文学史研究方面，K.S.室利尼瓦斯、C.D.纳拉辛哈和 M.K.奈克等人的著述具有代表性。米拉克西·穆克吉等人的印度英语文学研究值得注意。斯皮瓦克等为代表的“庶民学派”相关研究也为当代印度文学批评增添了新的动力。因为与西方长期的殖民联系，印度学者对于西方最新的文学理论往往能及时地作出反应，这使他们对西方文论的评述和研究也非常及时。当代印度学者与西方文论界的紧密联系，使得印度文论界能得风气之先，并及时向西方学界传播文学理论的“印度之声”。

当然，印度学界这种放眼看世界的积极趋势并没有限制它在方言文学批评和理论阐释方面的造诣。相反，以印地语文论家纳根德罗、纳姆沃尔·辛格、泰米尔语文论家 A.K.罗摩奴阇、古吉拉特语文论家 S.乔希和 U.乔希等为代表的印度方言文论家，以各自的著述不断充实着当代印度文论的宝库。这些学者中的很多人还同时进行英语著述，这使他们的声音向更为广阔的批评空间传播。

第五节　印度古典文论的特质

总体上看，和西方古典文论、现代文论相比，印度古典文论在对作品之外的社会历史维度、对文本或作者与世界的联系方面，态度和立场存在着很大的差别。印度学者认为，形成这一差异的原因是，印度古代诗学家只关注语言修辞和艺术心理，而基本忽略了文学的社会功能。他们反复强调诗是达到人生四目标或人生四要（正法、利益、爱欲和解脱）的个人手段。“相反，在西方诗学里，文学的社会功能和认知价值是一个核心的重要问题。”[22]此言可谓一语中的。例如，婆摩诃对文学的功能是这样解释的：“优秀的文学作品使人通晓正法、利益、爱欲、解脱和技艺，也使人获得快乐和名声。”[23]这里的“正法、利益、爱欲、解脱”是印度人信奉的人生四目标。只有极少数梵语诗学家婉转地涉及作品思想与内容真实性的问题。婆摩诃在论述“违反正理”的诗病时，举了梵语故事集《故事海》中优填王的故事为例，质疑优填王孤身一人进入森林，杀得对方落花流水。婆摩诃此处的质疑显示出一种对文学作品的内容进行评价的思想趋向。“印度古代叙事作品普遍带有传奇色彩，这与印度古代宗教和神话发达有关。婆摩诃对优填王故事的批评显示出一种难能可贵的现实主义思想萌芽。可惜，这一点没有受到后来的梵语诗学家充分重视。同时，对作品思想内容进行具体评价的批评方法也没有在后来的梵语诗学家中获得充分发展。”[24]这是梵语诗学和西方诗学发展历程中的显著差异。柏拉图不许诗人进入城邦即“理想国”，这意味着是以文学的社会教育功能衡量诗人。亚里士多德也强调文学对社会的教化功能。贺拉斯寓教于乐的理论其实是对柏拉图和亚氏理论的融合。到了后来，西方马克思主义文论更是强调文学的社会功能，意识形态色彩非常明显。20 世纪中后期的女性主义文论或曰女权主义文论、新历史主义批评和后殖民批评更是走到了极端，将作品视为意识形态载体而非文学审美的客体。正是这一点，使历史悠久的梵语诗学和西方诗学产生了明显差异。只要看看梵语诗学最后一位大家世主以“令人愉悦的意义的词语”来界定文学，就可以清楚这一点。

梵语诗学对文学文本的内部研究过于痴迷，对文学的外部研究关注不够。不过，客观地看，梵语诗学还对观众或读者的审美感受做过精深的研究，对于作者的创作能力和技巧等也给予关注。这说明，梵语诗学在文本、作者、读者和世界这四个维度上，基本上涉猎了三个维度的问题，其中只是研究程度的深浅而已。和梵语诗学对语言问题持续千年的关注相比较，西方诗学对语言的关注存在一个时间断层。20 世纪西方诗学对文学文本的语言问题的再度关注，恰好说明了梵语诗学对语言问题高度而持续重视的“先见之明”。当然，梵语诗学的短处也直接导致它后来的不断衰落。

22 Suresh Dhayagude, *Western and Indian Poetics: A Comparative Study*, Pune: Bhandarkar Oriental Research Institute, 1981, p.191.

23 黄宝生：《梵语诗学论著汇编》（上册），北京：昆仑出版社，2008 年，第 113 页。

24 黄宝生：《印度古典诗学》，北京：北京大学出版社，2000 年，第 253 页。

梵语诗学与西方现代诗学的另一个差异在于，前者基本缺乏现代意义上的文学批评。印度学者指出："在西方，文学批评（Literary criticism）是与诗学（Poetics）同时发展起来的，但在印度，'庄严论'（Alaṅkāraśāstra）却为'诗探'（Kāvyamīmāmsā）所涵盖，文学批评没有像西方那样发展为一门独立的学问。这不是说在印度诗学中完全缺乏文学批评的成分，而是说诗学中确实存在文学批评，但其成分非常有限且处于萌芽状态。印度诗学关注这样一些问题的讨论：何为诗？诗之成因为何？诗之功用为何？诗如何感染知音读者？"[25]在解析印度古典诗学为何缺乏文学批评时，印度学者指出，这主要有以下几方面的原因：首先，梵语文学与文化传统对开展文学批评的限制不能忽视，由于能读能写梵文的属于少数精英，文学作品受众面窄小，对于文学批评的需求不大；其次，很多梵语诗学家大多以自创诗歌为乐，不喜采用前人作品，这也限制了文学批评的展开；古典诗学家往往将两行诗（即一个输洛迦或曰一颂）视为一个诗篇，不重视整个诗篇或作品的分析，这与西方诗学家重视作品整体的综合分析不同；对于读者来说，诗等文学作品具有神圣的宗教意味，有时读诗便是一种类似于瑜伽修习的宗教仪式，这自然限制了读者的批评意识；梵语诗学家并非完全缺乏批评成分，如"诗病"说和"诗德"说，但他们更为关注诗的本质与欣赏体验，关注诗人如何创作优秀作品，这无疑也不利于开展文学批评。"假如对诗的探索加入了文学批评的因素，文学的本来面貌将会焕然一新。这并非无稽之谈。"[26]

近现代时期，由于与西方文学理论的互动交流，印度文论开始容纳西来的积极元素，因此产生了很多新的变化。其中，关注文学外部研究、关注文学文本的整体考察遂成为印度近现代文论家的大势所趋。越到后来，这种趋势越来越明显。同时，一些西方现代学者接触到梵语语法学、梵语诗学味论、韵论后，为之倾倒。他们也在不断地研究或吸收印度文论精华，丰富西方文学理论宝库。

---

25 M. S. Kushwaha, ed. *New Perspectives on Indian Poetics*, Lucknow: Argo Publishing House, 1991, p.102.此处的"诗探"有双关之意，它既指王顶的诗学著作，又指对诗即纯文学的研究和探索。

26 M. S. Kushwaha, ed., *New Perspectives on Indian Poetics*, Lucknow: Argo Publishing House, 1991, pp.102-109.

第二章 “诗”的范畴研究

无论是各种概念的产生和演变，还是理论范畴与思想命题的发展变异，印度诗学都具有非常值得关注的一些特点。作为印度古典诗学的代名词和印度诗学的精华，梵语诗学完全是原创的理论体系，这一体系迥异于古希腊诗学，与中国古代文论的逻辑展开与思想衍生也完全不同。梵语诗学中的“诗”（kāvya）既是一个核心术语和理论范畴，也是一个重要的文学门类。“诗”所衍生的“诗学”概念是印度古典诗学亦即梵语诗学的重要主题之一。本章对“诗”这一内涵丰富、外延宏阔的文类与理论范畴进行简析。

第一节 “诗”的概念

在梵语中，表示诗的词语很多，如 kāvya、kavitā、padya、kāvyaprabandha、kāvyabandha 等。[1]在印度古代，诗是文学或美文学（fine literature）的通称，诗大致相当于文学，这和古希腊的情况基本相似。在梵语诗学著作、戏剧学著作乃至乐舞论著中，读者可以经常碰见以 kāvya 代指戏剧表演或戏剧作品的情况。

印度古代梵语文学历史悠久，大致可以分为三个时期，即吠陀时期（公元前 15 世纪至公元前 4 世纪）、史诗时期（公元前 4 世纪至 4 世纪）和古典梵语文学时期（公元 1 至 12 世纪）。漫长的两千多年里，这里产生了印欧语系最古老的诗歌总集《梨俱吠陀》、《摩诃婆罗多》和《罗摩衍那》等两大史诗、丰富的

1 Vaman Shivram Apte, *The Student's English-Sanskrit Dictionary*, Delhi: Motilal Banarsidass Publishers, 2002, p.348.

神话传说、寓言故事、精美的抒情诗、叙事诗、戏剧和小说。在这片广袤肥沃的文学土壤上，“诗”的概念得以成型，这为梵语诗学萌芽创造了语言前提。

吠陀文学是印度古代文学的源头。四部吠陀本集是婆罗门祭司为了适应祭祀仪式的需要进行编订的。吠陀诗人通常被称作“仙人”（ṛṣi），或译“先知”。这些仙人创作的颂诗常常表露出一种超凡的视觉体验，与神相通，受神启悟。因此，吠陀文献常常把仙人创作颂诗说成是“看见”颂诗，同时把吠陀颂诗称作“耳闻”或“天启”（śruti 或 śruta）。吠陀诗人即仙人们崇拜语言，将语言尊称为女神，这对梵语诗学家的语言观和诗学观产生了极为深远的影响。

值得注意的是，印度古人并不将吠陀颂诗或颂歌视为诗，而是视其为婆罗门教亦即印度教前身的至高经典，即“天启经”。用作吠陀颂诗的梵文词是 mantra（曼多罗），意思是“赞颂”、“祷词”或“经咒”。吠陀颂诗有时也被称为阐陀（chandas），意思是“韵律”或“韵文”。“后来在梵语中指称诗的 kāvya 一词，在吠陀诗集中并非指称诗，而是指称智慧或灵感。吠陀诗集中的文学功能依附宗教功能。在整个吠陀时期，文学尚未成为一种独立的意识表现形态。因此，文学理论思辨也不可能提到日程上来。”[2]这便是印度古代文学理论起源较晚的重要因素。到了史诗时期，出现了享誉后世的两大史诗，其中的《罗摩衍那》被称为“最初的诗”（ādikāvya）。它们采用简易的“输洛迦体”诗律。这时的“诗”（kāvya）已经成为文学意义上的诗。此时，梵语文学从史诗时期步入古典梵语文学时期，梵语文学已经不再完全依附于宗教而存在，梵语文学家开始以个人的名义进行独立的创作。“从总体上说，古典梵语文学已经与宗教文献相分离，成为一种独立发展的意识表现形态。”[3]

梵语文学的独立成型为梵语诗学的产生创造了基本的前提，他们的诸多著述自然也为印度古代关于“诗”的理性思考铺平了道路。

梵语诗学家关于诗的理解对印度古代“文学”（sāhitya）的含义产生了深刻影响。例如，婆摩诃认为：“诗是音和义的结合，分为散文体和韵文体两类。”[4]该句原文是：Śabdārthau sahitau kāvyam gadyam padyam ca taddvidhā。[5]

2 黄宝生译：《梵语诗学论著汇编》（上册），北京：昆仑出版社，2008 年，第 5 页。此处介绍参考该书相关内容，特此说明。

3 黄宝生译：《梵语诗学论著汇编》（上册），北京：昆仑出版社，2008 年，第 6 页。

4 黄宝生译：《梵语诗学论著汇编》（上册），北京：昆仑出版社，2008 年，第 114 页。

5 Bhāmaha, *Kāvyālaṅkāra*, Delhi: Motilal Banarsidass Publishers, 1970, p.6.

此句中的 śabdārthau 是声音（śabda，或译“语言”）与意义（artha）的双数形式，而同为双数形式的梵文词 sahitau 的原形则为表示“结合”的过去分词 sahita（这个词由表示“一并”、“结合”等的前缀词 sa 加上表示“维持”、“安置”等的动词字根 dhā 的过去式 hita 构成），这便是转化为名词的强化词 sāhitya（文学）的基础形式。因此，表达“文学”的梵语词即 sāhitya 可以表达如下几层含义：联合、结合、文学、创作、作品、修辞学、诗艺、文献等。[6]著名梵语诗学研究者拉格万认为：“文学（sāhitya）一词意味着音和义的诗性和谐，意味着它们之间完美的相互包容和理解……与 sāhitya 相比，alaṅkāra（庄严）一词的诗学价值稍逊一筹。”[7]此处所谓“庄严”近似于现代诗学所谓的“修辞”。梵语中的诗即 kāvya 既指狭义的诗，又指广义上印度古代的纯文学，而 sāhitya 一词更趋向于指广义的文学。

梵语诗学的“诗学”观念源自“诗”的概念。印度学者认为，现代学者所谓的 Sanskrit poetics（梵语诗学）就是梵语中的 alaṅkāra śāstra（直译是“庄严论”）。表示“庄严”的 alaṅkāra 虽属古旧概念，但却与“诗学”存在紧密联系。“在梵语中，文学批评理论最常用的、实际上也是最后经受住了检验的惟一名称是 alaṅkāra śāstra。我们有时在某处会遇到 sāhitya vidyā（文学知识）这一名称。”[8]因此，alaṅkāra śāstra 或 sāhitya vidyā 成了文学理论或诗学的代称。按照梵语的拼写习惯，alaṅkāra śāstra 也可写为 alaṅkāraśāstra。也有学者认为：“诗学有很多不同的名称，如 alaṅkāra śāstra（庄严论），sāhitya śāstra（文学论），kāvya śāstra（诗论）等等。因此，很难说哪个是诗学的原始名称。”这位学者还从《欲经》和檀丁的《诗境》中分别发现了两个表示诗学的概念即 kriyākalpa（创作学）和 kriyāvidhi（创作规则）。他的结论是：“因此存在一种可能性，诗学原来的名称可能是“创作学”（kriyākalpa）。”[9]

黄宝生对梵语诗学名称的起源和演变作了考证。他认为，婆摩诃的《诗庄严论》这个书名代表了早期梵语诗学的通用名称。而在梵语诗学的形成过程

---

6 Vaman Shivram Apte, *The Practical Sanskrit-English Dictionary*, Delhi: Motilal Banarsidass Publishers, 2004, p.985.

7 V. Raghavan, *Studies on Some Concepts of the Alaṅkāra Śāstra*, Madras: The Adyar Library, 1942, p.41.

8 V. Raghavan, *Studies on Some Concepts of the Alaṅkāra Śāstra*, Madras: The Adyar Library, 1942, pp.258-259.

9 Mool Chand Shastri, *Buddhistic Contribution to Sanskrit Poetics*, Delhi: Parimal Publications, 1986, p.1.

中，有可能也采用过创作学和“诗相”这两个名称。4 至 5 世纪出现的《欲经》中提到了六十四种技艺，其中一种是创作学。1 至 2 世纪出现的梵语佛经《神通游戏》提到释迦牟尼掌握的各种技艺时，也提到了创作学。13 世纪的一位《欲经》注释者将创作学注为“诗创作学”（kāvyakriyākalpa）。檀丁的《诗境》则提到了“创作规则”（kriyāvidhi）。关于“诗相”，檀丁和婆摩诃在各自的著作中分别提到过。综合来看，“庄严论”（alaṅkāra śāstra 或 alaṅkāraśāstra）成为后世公认的梵语诗学的通称。[10]

在丰富的梵语诗学宝库中，有一派理论特别引人注目，这就是“诗人学”或曰“诗人论”。一般的研究者在计算梵语诗学流派时，往往并未把所谓“诗人学”归入几大诗学流派（如味论派、韵论派和庄严派等）之列。实际上，诗人学不仅包含了王顶和安主等著名诗学家的相关理论，也包括了生活于 13 至 14 世纪左右的阿利辛赫、阿摩罗旃陀罗和代吠希婆罗等人的相关著述，甚至还包括了婆摩诃、檀丁、伐摩那和欢增乃至世主等著名人物的相关诗学思想。诗人学不仅涉及到诗律、诗歌素材，还涉及到诗人才能、学问、创作和生活规范等等。这和中国古代一些冠以“诗学”的诗学著述如《诗学正源》和《诗学正脔》等所关注的内容有些近似。

王顶的历史贡献在于，他开始将诗学的名称与“文学”一词挂钩，这对此后的梵语诗学家是一个启发。王顶的《诗探》先以 kāvyavidyā 指代诗论或诗的知识，再以 sāhityavidyā 表示文学知识或文论。“文论新娘”则是水到渠成的称呼，但对梵语诗学的发展却意味深长。之后，有的诗学家开始采用 sāhitya 来为自己的诗学著作命名，如 12 世纪的鲁耶迦撰写了《文探》，14 世纪的毗首那特撰写了《文镜》。

总之，从婆罗多的《舞论》到婆摩诃的《诗庄严论》、檀丁的《诗境》、再到欢增的《韵光》、王顶的《诗探》、胜财的《十色》、曼摩吒的《诗光》、毗首那特的《文镜》和世主的《味海》，梵语诗学代表作的书名变化显示，梵语诗学家对诗学内涵和外延的认识存在一个发展演变的过程。最初主要是戏剧学占据着婆罗多的思维视野，庄严等修辞话语退居次席。其后，随着梵语语言学的发展，深究文学语言深层机制和肌理的庄严论亦即文学修辞学、风格论、韵论和曲语论等开始后来居上。随后，包容审美情感的味论开始显示自己的

10 此处介绍参考黄宝生译：《梵语诗学论著汇编》（上册），北京：昆仑出版社，2008 年，第 8-11 页。

威力，并在韵论的伴随和拓展下，压倒了庄严论的一枝独秀。由戏剧到文学语言，由语言再到审美情感和文学意蕴，梵语诗学对文学本质和特性的认识不断深化，梵语诗学也就变得更富理论色彩、更具现代意义。当然，如果再加上新护的平静味论、印度中世纪时期带有浓厚宗教色彩的虔诚味论，我们发现，梵语诗学这种文学思考与宗教体验、哲学思辨相结合的现象，的确是非常独特的。

梵语诗学的“诗”可以代指现代意义上的文学作品。它即可按照篇幅大、小或长、短分为大诗和小诗，也可按照有无诗律分为韵文体、散文体两类，它还包括混合体（散文和韵文混合体）及图案诗等。下边对这些“诗”的具体门类见简说。

第二节 韵文体

下边以婆摩诃、檀丁等人的著作为例，先简介其韵文体论（各类诗歌论），再简介传记、故事等散文体作品的相关论述，最后就混合体作品的相关论述进行简要说明。

正如前述，早期庄严论派的代表人物婆摩诃对文学的分类非常引人注目，他既持二分法和三分法，也持四分法和五分法，但历史地看，他的二分法和五分法似乎更有影响。他先按诗律有无将诗（文学）分为散文体和韵文体两类，又按照作品体裁分为分章大诗、戏剧、传记、故事和单节短诗五类。客观地看，他的五分法最具现代文体学的研究价值。婆摩诃文体论的现代意义在于，他将文学分为包含诗歌（分章大诗和单节短诗）、戏剧、传记和故事等体裁，其实在某种程度上接近了现代文体论中的四分法，即诗歌、戏剧、小说和散文，因为婆摩诃的传记和故事在某种程度上既可视为散文，也可视为小说。

一些梵语诗学家将韵文体或曰诗体作品分为大诗、短诗、库藏诗、结集诗、组诗等多种形式。这里先看看一些代表性诗学家对大诗的看法。

关于大诗，婆摩诃指出：“大诗是分章的作品，与‘大’相关而称为‘大’。它不使用粗俗的语言，有意义，有修辞，与善相关。它描写谋略、遣使、进军、战斗和主角的成功，含有五个关节，无须详加注释，结局圆满。在描写人生四大目的时，尤其注重关于利益的教导。它表现人世的真相，含有各种味。前面已经描写主角的世系、勇武和学问等等，那就不能为了抬高另一个人物而描写他的毁灭。如果他不在全诗中占据主导地位，不获得成功，那么，开头对他的称颂就失去意义。”（I.19-23）[11]从这些描述来看，大诗的确是叙事诗的代名词而已，因为它的篇幅不短，有完整的故事情节。值得注意的是，这种大诗带有典型的印度文化特色，因其旨在表述法、利、欲、解脱等人生四大目的或曰人生四要，表现各种审美情味，且故事的结局圆满，主人公的毁灭不能得以呈现。这与亚里士多德在《诗学》中陈述的悲剧观形成鲜明反差。

檀丁关于大诗的描述是：“分章诗也称大诗。它的特征是作品开头有祝福和致敬，或直接叙事。它依据历史传说和故事或其他真实事件，展现人生四大目的果实，主角聪明而高尚。它描写城市、海洋、山岭、季节、月亮或太阳的升起、在园中或水中的游戏、饮酒和欢爱。它描写相思、结婚、儿子出世、谋略、遣使、进军、胜利和主角的成功。有修辞，不简略，充满味和情，诗章不冗长，诗律和连声悦耳动听。每章结束变换诗律。这种精心修饰的诗令人喜爱，可以流传到另一劫。只要整篇作品优美，令知音喜悦，即使缺少上述某些组成部分，也不构成缺点。先描写主角的品德，后描写敌人的失败，这是天然可爱的手法。先描写敌人的世系、勇武和学问等等，后描写主角战胜敌人，更胜一筹，也令我们喜欢。”（I.14-22）[12]和婆摩诃的描述相比，檀丁对大诗的描述更为细致，因其涉及大诗的创作素材或题材、诗律、连声、情味、修辞、读者的审美愉悦等多方面的因素，还涉及如何正面表现主角美好形象的两种创作技巧。他的描述不同程度地涉及作家、作品、读者和现实世界等四个维度的内容。

楼陀罗吒认为，诗、故事和传记等可以分为想象诗（utpādyakāvya）和非虚构诗（anutpādyakāvya）两类，而它们各自又可分为大诗（mahākāvya）和小诗（laghukāvya）。这种分类区别于婆摩诃和檀丁，说明他的着眼点不仅在于艺术想象的重要性，也在于叙事诗和抒情诗（小诗）的差异性。

《火神往世书》指出，大诗是分章的作品，用梵语写成。大诗依据历史传说、奇异故事或其他真实事件进行创作。它描述谋略、遣使、进军、战斗和胜利。大诗人（mahākavi）在大诗中应该努力而生动地描写季节、月亮和树林等时令气候和自然景观，描写男欢女爱和各位大神，描写各种情味、风格和诗

---

11 黄宝生译：《梵语诗学论著汇编》（上册），北京：昆仑出版社，2008 年，第 114-115 页。

12 黄宝生译：《梵语诗学论著汇编》（上册），北京：昆仑出版社，2008 年，第 154-155 页。

德。(CCCXXXVI.22-28)[13]如此看来，该书对于大诗的描述基本依据檀丁等前人，没有多少新意。

《毗湿奴法上往世书》指出，大诗描写行军、遣使、战斗和主人公最后的胜利，描写主人公带着肉身升天，大诗分散文体和韵文体，语言清晰，表现艳情味至平静味等九种味。(XV.11-14) [14]

毗首那特对大诗的定义和阐释似可视为梵语诗学发展中后期的一种代表性观点。他认为，大诗分章，章数不太多，也不太少，一般为八章以上。每一章的结尾应该提示下一章的内容。就题名而言，整部大诗应根据诗人、故事内容或主角等因素而定，而其中每一章的题名应根据该章故事内容而定。就人物而言，它有一个身为天神或刹帝利的高贵主角，性格坚定而高尚。或有出身同一家族的很多高贵的国王。就表现的审美情味而言，其主味应该是艳情味、英勇味和平静味，其他的味作为辅助。就情节来说，它类似戏剧，有所有的情节关节，这些情节取自传说或其他题材。它所追求的目标是人生四要或其中之一。大诗的开头有致敬、祝福或内容提示，有时则是对恶人的谴责和对善人的赞颂。就诗律而言，它的每一章运用一种诗律，而在结尾处运用另一种诗律。有时也存在一章中混用不同诗律的情况。就大诗描写对象或创作题材而言，主要涉及晨曦、暮霭、太阳、月亮、早中晚等时辰、黑暗、狩猎、山林、季节、森林、大海、情人间悲欢离合、牟尼仙人、天国、城市、祭祀、战斗、进军、结婚、商议和生子等相关细节。(VI.315-325) [15]毗首那特还把这种分章的大诗分为三类：一为仙人创作的传说诗，以大史诗《摩诃婆罗多》为代表；二为以俗语创作且运用斯根达迦诗律或伽利多迦诗律的章回诗，以《架桥记》和毗首那特自己创作的《莲马记》为代表；三是以阿波布朗舍语创作的章回诗，它运用各种适合阿波布朗舍语的诗律，以《英勇的迦尔纳》为代表。由此可见，毗首那特对大诗的各种要素和特征均有关注。他在 14 世纪即古典梵语文学衰落期的相关论述，显然是建立在檀丁等前人论述的基础上，也是对丰富的梵语叙事诗传统的一次成功总结。

在大诗之外，梵语诗学家提到的“韵文体诗”还包括很多种。例如，婆摩

13 Suresh Mohan Bhattacharyya, ed., *The Alaṅkāra Section of the Agni-purana*, Calcutta: Firma KLM Private Ltd., 1976, pp.140-141.

14 Priyabala Shah, ed., *Viṣṇudharmottarapurāṇa, Third Khanda (Vol.1)*, Vadodara: Oriental Institute, 1994, p.34.

15 黄宝生译：《梵语诗学论著汇编》(下册)，北京：昆仑出版社，2008 年，第 1000-1001 页。

诃提到了单节诗或曰短诗，他说：“单节诗限于偈颂体和输洛迦体等等。”（I.30）[16]值得注意的是，檀丁否认单节诗等其他韵文体独立存在的可能性，这是因为：“单节诗、组诗、库藏诗和结集诗，这些分类没有提及，因为可以视为分章诗（大诗）的组成部分。”（I.13）[17]

《火神往世书》把“韵文体诗”分为大诗（mahākāvya）、结集诗（kalāpa）、精选诗（viśeṣaka）、组诗（kulaka）、单节诗（muktaka，短诗）和库藏诗（koṣa）等六类。（CCCXXXVI.22-32）[18]这似乎是波阇之外对于韵文体作品最为详细的分类之一。该书承认了结集诗、组诗和库藏诗等的独立地位。毗首那特将“可听的诗”中的“诗”分为大诗、小诗和库藏诗，其中，大诗包括传说诗和章回诗两种。

上述各类诗顾名思义，便可知其大概。从规模和篇幅上看，结集诗等其他类型的诗似乎是介于单节诗和大诗之间的文体。例如，《火神往世书》指出，组诗中包含很多输洛迦，每句由三颂（三个输洛迦）组成。单节诗每句只有一个输洛迦，每一颂都富有魅力。（30-31）[19]毗首那特则指出：“库藏诗是诗集，其中的诗互相独立，分类编排，富有魅力。分类是将相同类型的诗排在一起，例如，《珍珠串》。”（VI.329-330）[20]关于小诗，他则语焉不详，只以一句话进行交代：“小诗与诗部分相似。例如，《云使》等等。”（VI.329）[21]小诗主要指近似于现代抒情诗的纯粹诗歌。“古典梵语抒情诗导源于吠陀诗歌和两大史诗中的抒情成分。它大致可以归为四类：颂扬神祇的赞颂诗、描绘自然风光的风景诗、描写爱情生活的爱情诗和表达人生哲理的格言诗。”[22]由此可见，除了二者的篇幅和规模悬殊外，创作主题或描写题材是否单一，也是区分小诗和大诗的重要依据。

总之，从上述各家对于大诗和结集诗、库藏诗等的描述来看，印度古典诗

16 黄宝生译：《梵语诗学论著汇编》（上册），北京：昆仑出版社，2008 年，第 115 页。
17 黄宝生译：《梵语诗学论著汇编》（上册），北京：昆仑出版社，2008 年，第 154 页。
18 Suresh Mohan Bhattacharyya, ed., *The Alaṅkāra Section of the Agni-puraṇa*, Calcutta: Firma KLM Private Ltd., 1976, pp.140-142. 有的版本还增加了一类即完整诗（paryābandha）。
19 Suresh Mohan Bhattacharyya, ed., *The Alaṅkāra Section of the Agni-puraṇa*, Calcutta: Firma KLM Private Ltd., 1976, pp.141-142.
20 黄宝生译：《梵语诗学论著汇编》（下册），北京：昆仑出版社，2008 年，第 1001-1002 页。
21 黄宝生译：《梵语诗学论著汇编》（下册），北京：昆仑出版社，2008 年，第 1001 页。
22 黄宝生：《印度古典诗学》，北京：北京大学出版社，2000 年，第 199 页。

学关注大诗即篇幅庞大的史诗，对于篇幅较小的抒情诗重视不够。这一点体现了印度诗学民族性格的独特一面。这似乎既与古典梵语史诗和长篇叙事诗发达且有利于理论归纳有关，也与印度偏爱鸿篇巨制的文化传统和民族习性有关。

第三节 散文体

在梵语诗学文体论的两分法或三分法中，散文体作品虽然不是重点论述对象，但也几乎是所有重要的诗学著作必然探讨的主题之一。其中，尤以关于传记、故事的探讨为主。某种程度上，传记和故事构成了散文体作品的主体。例如，雪月将“可听的诗”分为五类，他说：“可听的诗包括大诗、传记、故事、占布和短诗。”（VIII.5）[23]很明显，其中的传记和故事便属于散文体作品。

在婆摩诃以题材为依据的文体五分法中，传记和故事是戏剧和诗歌以外的两类散文体作品。他指出：“传记采用散文体，分章，内容高尚，含有与主题协调的、动听的词音、词义和词语组合方式。其中，主角讲述他自己经历的事迹。它含有法刻多罗和阿波罗法刻多罗格律的诗句，提供某些预示。作为特征，它也含有某些表达诗人意图的描述，涉及劫女、战争、分离和成功。”（I.25-27）[24]关于故事，婆摩诃指出：“故事不含有法刻多罗和阿波罗法刻多罗格律的诗句，也不分章。用梵语撰写的故事是可爱的，用阿波布朗舍语撰写的也同样。其中，主角的事迹由其他人物而不由主角自己叙述，出身高贵的人怎么能表白自己的品德？”（I.28-29）[25]如此看来，传记和故事都带有一些大诗即叙事诗的特点，因其有人物主角、事件经历、线索情节等要素。檀丁也承认这一点：“劫女、战斗、相思和成功等等与分章诗（大诗）相同，不是散文体的特殊性质。”（I.29）[26]不同的是，在婆罗多看来，传记还含有某些带有格律的诗句，正是这一点，造成了他和檀丁在散文体作品认识上的分野或歧异。

檀丁认为传记和故事并无实质性区别。他说：“词的连接不分音步，这是散文体，分成传记和故事两种。其中的传记，据说由主角自己叙述，而另一种

23 Hemachandra, *Kāvyānuśāsana with Alaṅkāracūḍāmaṇi and Viveka*, Patan: Hemchandracharya North Gujarat University, 2007, p.167.
24 黄宝生译：《梵语诗学论著汇编》（上册），北京：昆仑出版社，2008 年，第 115 页。
25 黄宝生译：《梵语诗学论著汇编》（上册），北京：昆仑出版社，2008 年，第 115 页。
26 黄宝生译：《梵语诗学论著汇编》（上册），北京：昆仑出版社，2008 年，第 155 页。

（故事）由主角或其他人叙述。这里，主角依据实际情况表白自己的品德，不是缺点。但我们看到，实际上没有这样的限制。在传记中，也有由其他人叙述。由自己或其他人叙述，这怎么能作为分类的理由？如果说传记的特征是使用法刻多罗和阿波罗法刻多罗诗律，章名为'优契婆娑'，那么，在故事中有时也是这样。在故事中，为何不能像使用阿利耶诗律等等那样使用法刻多罗和阿波罗法刻多罗诗律？我们看到故事使用章名'楞波'等等，而使用'优契婆娑'又何妨？因此，故事和传记只是同一体裁的两种名称。其他的叙事作品也都属于这一类。"（I.23-28）[27]他还认为："故事使用所有语言，也使用梵语。"（I.38）[28]

综上所述，檀丁的描述与婆摩诃似乎有针锋相对的色彩，他既不承认婆摩诃以主角自述即第一人称视角和他人代述即第三人称视角为传记和故事的分类依据，也不认可故事不包含格律或诗律的规范。因此，他将传记和故事视为同一体裁的作品便似乎是水到渠成。客观地看，婆摩诃的分类法注意到了传记和故事的叙述者视角，有其合理的一面，但其以有无诗律、是否分章来区分这两种文类的做法似乎值得商榷。檀丁对婆摩诃的相关规定予以全面否定，似有矫枉过正或过犹不及之嫌。

论者指出，从檀丁和婆摩诃二人的文体论分歧可以发现，他们对传记和故事的理论概括还很肤浅，停留在语言形式的表层。这大约符合当时这两类作品体裁混淆不清、界限模糊的实际情形。7 世纪时的一部梵语辞书《长寿字库》似乎抓住了前述两类文体的区别所在，即传记的内容是真实的，而故事的内容是想象的。"也就是说，前者是传记，后者是故事（小说）。"[29]

在婆摩诃之后，一般的诗学著作均认可他的散文体二分法，接纳了传记和故事这两类文体。这显示梵语诗学文体论日趋成熟。例如，《火神往世书》的作者把散文体作品分为传记、故事、小故事（khaṇḍakathā）、大故事（parikathā）和短故事（kathānikā）等五类。他认为，在传记中，主角称颂家族世系，描写劫女、战斗、分离和失败。由主角或他人讲述的那些优美篇章应该视为传记。重新讲述往事，这是故事。不分章节，或结局在叙述的最后出现，这是另一种故事。作品若采用四个音步，这是小故事。小故事和大故事含有悲悯味和四种

27 黄宝生译：《梵语诗学论著汇编》（上册），北京：昆仑出版社，2008 年，第 155 页。
28 黄宝生译：《梵语诗学论著汇编》（上册），北京：昆仑出版社，2008 年，第 156 页。
29 黄宝生：《印度古典诗学》，北京：北京大学出版社，2000 年，第 248 页。

分离艳情味。短故事以恐怖味开始，故事中间以悲悯味取胜，最后是奇异味。（CCCXXXVI.11-18）[30]由此可见，该书的散文体论并未在整体上超越婆摩诃与檀丁的思想框架，但其对故事的三分法似有新意，因其不见于前述二人的论述之中。

毗首那特的《文镜》对散文体作品进行了总结性论述。他先把“可听的诗”分为诗体和散文体两种，在论述了诗体作品后指出，散文体作品没有诗律，分为四种：没有复合词，有部分诗律，充满长复合词，有短复合词。（VI.330-332）[31]由此可见，他综合了婆摩诃与檀丁的看法，但又有所发展，以复合词对其亚类进行划分。不过，他的描述中存在矛盾之处，因为他提到的其中一种作品有部分诗律，这与散文体无诗律的规定相悖立。

毗首那特与婆摩诃相似，将散文体分为传记与故事二类。他先论故事：“故事使用散文，情节有味。其中，有时使用阿利耶诗律，有时使用法刻多罗或阿波罗法刻多罗诗律。开头用诗体致敬，也讲述恶人等等的行为。例如，《迦丹波利》等等……故事叙述分成章回。在每一章开头提示本章内容，使用阿利耶诗律、法刻多罗或阿波罗法刻多罗诗律。”（VI.332-333）[32]由此可见，毗首那特认可故事中包容诗律的合法性，也认可其分章和第三人称全能视角叙述的合法性。这是对婆摩诃相应观点的全面颠覆，近似于檀丁的故事观。

关于传记，毗首那特指出：“传记与故事想像，其中也讲述诗人的家世以及其他诗人的事迹。有时插有诗体……有些人说：‘传记由主角本人讲述。’但这不对，因为檀丁说过：‘实际看到的情况是也由别人讲述，没有这种限制。’”（VI.334-336）[33]这些叙述说明，毗首那特基本上采纳檀丁的传记观，对婆摩诃即文中所谓“有些人”的观点予以排斥。毗首那特接下来的叙述更确切地证明了这一点：“其它散文叙事作品可以纳入故事和传记中，不再单独讲述。檀丁说过：‘其他的叙事作品都可以包含其中。’其他的叙事作品，例如，《五卷书》等等。”（VI.334-336）[34]

30 Suresh Mohan Bhattacharyya, ed., *The Alaṅkāra Section of the Agni-purаṇa*, Calcutta: Firma KLM Private Ltd., 1976, pp.138-139.

31 黄宝生译：《梵语诗学论著汇编》（下册），北京：昆仑出版社，2008 年，第 1002 页。

32 黄宝生译：《梵语诗学论著汇编》（下册），北京：昆仑出版社，2008 年，第 1002 页。

33 黄宝生译：《梵语诗学论著汇编》（下册），北京：昆仑出版社，2008 年，第 1002 页。

34 黄宝生译：《梵语诗学论著汇编》（下册），北京：昆仑出版社，2008 年，第 1002-1003 页。

综上所述，梵语诗学家对散文体作品的相关论述较为简略，且檀丁的影响似乎更为普遍。其中的原因已如前述，它大约与古代印度传记和故事这两种文体的界限较为模糊有关。这说明，檀丁的文体论具有非常重要的历史文献价值和诗学意义。不过，若从现代文体论的角度看，婆摩诃的相关思想不乏理论洞察力和比较诗学意义。

第四节　混合体（占布）

在梵语诗学史上，婆摩诃首次提出文学作品的二分法，即依据诗律运用有无将其划分为散文体和韵文体两类，继而按照语言将作品分为梵语、俗语和阿波布朗舍语三类。檀丁则依据诗律运用有无的原则，首次将诗即纯文学作品划分为诗体（韵文体）、散文体、混合体三类。他指出："传说剧等等混合体已在别处（指在《舞论》等戏剧学著作中）详细论述。有一种诗和散文混合体称为'占布'。贤士们说，这些作品又按语言分成四种：梵语、俗语、阿波布朗舍语和混合语。"（I.31-32）[35]这说明，檀丁发展了婆摩诃的文体论，即增加了散文体和韵文体之外的混合体即所谓"占布"，同时又增加了混合语作品。这既是对当时文学作品多样化这一事实的理论归纳，也体现了文学实践推动理论思辨不断走向成熟和深入的历史规律和美学原理。

檀丁的文体三分法对于后世学者影响尤巨，许多诗学家接受了"混合体诗"或曰"占布"这一概念，自然也接受了他的文体三分法（诗律为依据）和四分法（语言为依据），有的则对其思想有所发展。例如，关于散文体和诗体相搭配的混合体作品"占布"，波阇和雪月等人均在其著作中予以认可。

伐格薄吒的《伐格薄吒庄严论》指出："语言作品分为有诗律的和无诗律的两类。第一类即有诗律的作品是诗体，无诗律的作品是散文体和混合体。"（II.4）[36]这种观点与檀丁的三分法大同小异。

毗首那特指出："散文和诗混合的作品，称作占布。例如，《提舍王传》。散文和诗混合，赞颂国王，称作维鲁陀。例如，《颂王珍宝花环》。混合使用多种语言，称作迦伦跋迦。例如，我的使用十六种语言的《赞颂宝石串》。其他一些作品只留下名称，不超越这些分类，因而不再单独讲述。"（VI.336-

35 黄宝生译：《梵语诗学论著汇编》（上册），北京：昆仑出版社，2008 年，第 156 页。
36 Jñānapramodagaṇi, *Jñānapramodikā: A Commentary on Vāgbhaṭālaṅkāra*, Ahmedabad: L.D. Institute of Indology, 1987, p.18.

337）[37]这说明，毗首那特继承了檀丁的“占布”概念，还将其混合体诗的概念衍生为三种即“占布”、维鲁陀和迦伦跋迦。这自然也是对当时混合体作品发展现状的一种理论抽绎。

14 世纪后半叶的印度教隐士甘露喜（Amṛtānanda Yogin）著有《摄庄严论》（Alaṅkārasaṅgraha）。关于文学作品的分类，他在檀丁的基础上进行了适度的发挥：“诗体、散文体、混合体，这是三种诗。有诗律的是诗体，许多句子的集合（vākyakadambaka）是散文体。以诗体和散文体为灵魂的是混合体，它称为戏剧等等。”（I.12-13）[38]甘露喜将戏剧称为混合体作品，是符合古典梵语戏剧基本面貌的判断。这也是对“占布”这一概念外延的合理拓展。

《火神往世书》如此描述混合体作品的特征：“所谓混合体诗指各种诗，它分两类：可听的诗和表演的诗（戏剧）。混合体诗使用所有语言。”（CCCXXXVI. 33）[39]这种观点与檀丁的观点出入很大，因其将混合体作品视为整个文学门类的综合体。它与甘露喜的适度延伸相比，其力度更大。

14 世纪的维希吠希婆罗·格维旃陀罗在《魅力月光》中指出：“可看的诗分为三类：诗体、散文体和混合体。它也可以分为色和次色两类……可听的诗分为占布和次占布两类。”（III.48-49）[40]他还认为：“诗体、散文体和混合体被视为三类文体的话，无诗律的混合体在智者心中也属于诗体。”[41]（III.41）这种文体观与前人皆有差异，但其认可“占布”概念和混合体作品的立场无异于前人。

第五节　图案诗

顾名思义，“图案诗”（citra kāvya 或曰 bandha）也可译为“画诗”，还可英译为 figurative poetry。“按照古典主义的看法，图案诗由庄严组成，而在当前以西方为准绳的观点看来，图案诗是图画式或意象式的。图案诗之所以是象征性的，也是因为它以音庄严中的图案等为形式，它通过图解或图案来

37 黄宝生译：《梵语诗学论著汇编》（下册），北京：昆仑出版社，2008 年，第 1003 页。
38 Amṛtānandayogin, *Ālaṅkārasaṅgraha*, Madras: The Adyar Library, 1949, p.2.
39 Suresh Mohan Bhattacharyya, ed., *The Alaṅkāra Section of the Agni-puraṇa*, Calcutta: Firma KLM Private Ltd., 1976, p.142.
40 Viśveśvara Kavicandra, *Camatkāracandrikā*, Waltair: Andhra University, 1969, pp.59-60..
41 Viśveśvara Kavicandra, *Camatkāracandrikā*, Waltair: Andhra University, 1969, p.59.

表达。”[42]

图案诗这一概念大约是 11 世纪的曼摩吒正式提出的，而画诗这一概念是 9 世纪的欢增首创，但其中表示这一概念的梵文词 citra 却大有来历。该词首先出现在檀丁的《诗镜》中，它是檀丁所论述的四种音庄严中的一种，译为“图案”。图案是指将梵语单词或字母排列为某种特殊的格式或图形。檀丁列举了牛尿、半旋和全旋等三种图案。他说：“一首诗的两行诗句中的音节上下交叉的读法与两行诗句的读法相同，这称为牛尿，行家们认为这很难创作……一首诗的四个音步能按照音节自左至右旋读，这称为半旋。一首诗的四音步能按照音节自左至右和自右至左旋读，这称为全旋。”（III.78-80）[43]从檀丁所举几例看，图案虽为音庄严即语言修辞格之一，但其实也可视为一种特殊类型的文体即图案诗或画诗。这里的所谓图案诗与檀丁的音庄严既有联系，又有区别。它和欢增诗歌品级论中提到的画诗内涵有别，但又不无联系。这种特殊类型的诗歌在中国也不乏其例，如汉语诗歌中的回文诗和宝塔诗等便是。因此，本节将图案诗视为一种独特文类进行简介。

在檀丁之后，楼陀罗吒论述的五类音庄严中也包括了图案亦即图案诗。他所谓的图案包括车轮、剑刃、棍杵、弓箭、箭矢、枪尖、犁铧、马车、马、象、顺时针、逆时针、半旋、大鼓、全旋等十五种。换句话说，他论述了十五种类型的图案诗。值得一提的是，他的十五种图案中，有很多是独创的（或至少是此前的诗学著作如《诗镜》中所未见的），其中有的为后世诗学家直接采用，这显示了楼陀罗吒论及的图案诗具有深远的影响。例如，曼摩吒在《诗光》第 8 章论述音庄严时，直接借用了后者的一些图案诗。

曼摩吒将图案诗视为六种音庄严（曲语、谐音、叠声、双关、图案、貌似重复）之一。他在定义图案时说：“字母排列成剑等等图案，这是图案（citra）。字母采用特殊的编排方式，形成剑、鼓和莲花等等图案，这是图案诗（citrakāvya）。对于这种很难写作的诗，这里只是指出它的方向。”（X.85）[44]英译者将此句译为：Where the letters assume the form of such objects as the sword and the like, it is the Figure Pictorial. In case where the letters arranged in particular

42 Kalanath Jha, *Figurative Poetry in Sanskrit Literature*, “Preface”, Delhi: Motilal Banarsidass, 1975.

43 黄宝生译：《梵语诗学论著汇编》（上册），北京：昆仑出版社，2008 年，第 214 页。关于这三种图案的例诗，详见该页及下一页。

44 黄宝生译：《梵语诗学论著汇编》（下册），北京：昆仑出版社，2008 年，第 741 页。

ways appear in the form of (*a*) the sword, (*b*) or the drum, (*c*) or the lotus and so forth, we have Pictorial Poetry (*i.e.* Poetry with the Pictorial Figures). As this sort of poetry is extremely difficult, we are citing only a few examples.[45]曼摩吒明确无误地首次提出“图案诗”的概念，说明梵语诗学家已经清醒地意识到图案这类特殊的音庄严应该被赋予一种独立的文类形式。这便是文学创作的丰富实践推动理论自觉和美学思考逐渐走向成熟的又一佳例。

曼摩吒虽然提出了“图案诗”的概念，但却对此类诗歌持贬低姿态。这与他依据欢增韵论而提出的诗歌品级论不无关联。他们均将画诗视为诗歌三个等级中的下品诗。对于图案诗的认识必然影响他们对画诗的价值判断，而对画诗的贬低反过来又会加剧其对图案诗的轻视。这便是看似不同实则暗相契合的图案诗和画诗成为“难兄难弟”的必然命运。因此，曼摩吒在接连举出剑图案、鼓图案、莲花图案和全旋图案说：“这类图案（诗）还有其他各种图案。它们只是展示技巧，称不上真正的诗，这里不再举例说明。”（X.85）[46]

在曼摩吒之后，毗首那特也论及图案。他将其视为八种音庄严（貌似重复、谐音、叠声、曲语、通语、双关、图案、隐语）之一。他指出：“字母排成莲花等等图案，因此称作图案。等等是指剑、鼓、轮、牛尿等等。字母以特殊的书写方式嵌入图案，与字母以特殊的结合方式传入耳朵，具有同样的魅力，因而归入音庄严。”（X.13）[47]为此，毗首那特以自己创作的一首莲花诗（padmabandha）为例进行说明。[48]

> 但愿吉祥女神不厌弃我，她美如爱神之母，
>
> 姣好可爱，胜过爱神之妻，从不与恶人相处。（X.13）[49]

按照毗首那特的解释，在以八瓣莲花图案组成的这首莲花诗中，四个方向的花瓣中的两个字母（音节）需要朝里和朝外读两次，四个次方向花瓣中的两个字母（音节）无须如此，而莲花中心的字母（音节）需要重复读八次。“剑等等图案以此类推。由于它们成为诗中的赘疣，这里不再细述。”[50]

---

45 Mammaṭa, *Kāvyaprakāśa*, Varanasi: Bharatiya Vidya Prakashan, 1967. p.344.

46 黄宝生译：《梵语诗学论著汇编》（下册），北京：昆仑出版社，2008 年，第 743 页。

47 黄宝生译：《梵语诗学论著汇编》（下册），北京：昆仑出版社，2008 年，第 1067-1068 页。

48 该图案诗见 Viśvanātha, *Sāhityadarpaṇa*, New Delhi: Panini, 1982, p.638.

49 黄宝生译：《梵语诗学论著汇编》（下册），北京：昆仑出版社，2008 年，第 1068 页。

50 莲花诗的图案和解说，均参阅黄宝生译：《梵语诗学论著汇编》（下册），北京：昆仑出版社，2008 年，第 1068 页。

由此可见，毗首那特对图案诗是反感的，因此称其为“诗中的赘疣”。这说明，他虽然持味论立场，但在认识图案诗这一点上，显然比主张韵论的欢增和曼摩吒有过之而无不及。这自然导致他们不约而同地贬低画诗的地位和价值。这是因为，正如前述，毗首那特将味视为文学的灵魂和精华，必然以味论来评判诗歌等级。他似乎认为画诗缺乏暗示义和可以品尝的审美情味。他认为音画诗和义画诗“不成其为诗。”[51]

例外的是，16世纪的阿伯耶·底克希多在《画诗探》中为画诗存在的合理性提供了某种辩护。他认为：“诗中无暗示义也优美，这是画诗（Citrakāvya)。画诗分为三类：音画诗、义画诗和音义画诗。”（I.11）[52]实际上，他对音画诗持贬低姿态，只对所谓义画诗进行阐释。这说明，作为图案诗的代名词或衍生物，作为音庄严的典型代表之一，音画诗并未在梵语诗学史上真正赢得地位。

尽管由于艺术价值相对较低，图案诗或音画诗在印度古典诗学史上地位不高，但它却是古典梵语文学创作中的一种真实存在。按照凡是存在皆有其合理性这一规律进行思考，可以发现它的背后潜藏着印度古典梵语文学的一些创作密码，也蕴藏着镌刻印度文学发展史的某种基本规律，这便是尊重经典、回归经典和珍视经典。例如，1965年，印度学者R.帕塔卡整理了梵语文学和诗学中出现的一些图案诗，并将其汇编成册出版，以展示印度文学历史悠久的一个重要侧面。该书题为《画诗喜》，共收集了剑、刀、牛、象、蛇、莲花、全旋和吉祥符等五十五种图案诗，其中少数来自檀丁和波阇等人的梵语诗学著作，另有部分诗作为编者自创。[53]

从比较诗学意义上讲，创作图案诗或画诗似乎是古今中外许多诗人的共同爱好，也是某些诗学家所关注的文学议题之一。例如，在英文中，我们会发现一种名为Anagram（换音造词，回文构词）的修辞格，它依靠变换字母顺序以构成另一个有意义的词语，该新词和原词一般有某种逻辑联系。如：dais（讲台）来自said，rose（玫瑰花）来自表示爱神厄洛斯的Eros。[54]再如名为

51 黄宝生译：《梵语诗学论著汇编》（下册），北京：昆仑出版社，2008年，第922页。

52 Appaya Dīkṣita, *Citramīmāṃsā*, Varanasi: Chowkhamba Sanskrit Series Office, 1971, p.27.值得注意的是，黄宝生先生在翻译底克希多该书书名Citramīmāṃsā时，将其中的citra恰当而传神地译为“画诗”。这暗示该词似可视为一种特殊的文类。

53 Ramarupa Pathak, *Citrakavyakautuka*, Delhi: Motilal Banarasidas, 1965.

54 徐鹏：《英语辞格》，北京：商务印书馆，1996年，第456页。

Palindrome（回文）的辞格，它刻意追求字母顺序的回环往复，使同一语句可顺读，也可倒读。运用这一辞格，可以加强语气，增强诗歌的语言感染力，达到生动形象、幽默诙谐的艺术效果。例如：Madam, I'm Adam（女士，我叫亚当）；Able was Iere Isaw Elba（不到俄岛我不倒）；A man, a plan, a canal, Panama（伟大的人，伟大的计划，伟大的巴拿马运河）！[55]

在波斯古典诗学中，也存在类似于梵语诗学图案诗论的例子。穆宏燕将波斯古典诗学家提到的这类特殊辞格称为“形庄严”。她归纳介绍了颠倒法、反转法、圆形法和四方形法等多种旨在追求语言形式变化和娱乐游戏性质的修辞格。[56]这些波斯语辞格和梵语图案诗的艺术旨趣有着惊人的一致。

在古代汉语和现代汉语中，我们也会发现类似于梵语诗学图案诗或音画诗的一些例子。这便是所谓回环或回文的辞格。有学者指出，回环依靠词语次序的颠倒来显示其艺术效果，具有形式美、音乐美，有着特定的表达效果。严格的回环也称回文，是指上下分句中的词语排序完全相反，如：曹禺《王昭君》中的一句：“我为人人，人人为我。”再如苏轼的《菩萨蛮》：“井梧双照新妆冷，冷妆新照双梧井。”宽式的回环指词语排序基本相反，但可略有变化，如《老子》：“知者不言，言者不知。”自古至今，一些文人学士将回环视为文字游戏，使本来活泼诙谐的艺术修辞格变得僵化，形成许多“造作的回文”，艺术效果和审美价值大打折扣。[57]这便是中国式的“图案诗”或“画诗”。该学者认为，严格的回文行将绝迹，宽式的回环仍可发展。古代回文颇有市场，唐代曾将“回文对”列为诗的“八对”之一，历史上还出现过不少回文诗、回文词、回文曲，但它们大多矫揉造作，固步自封，“实在是难能而不怎么可贵”（这也是曼摩吒慨叹图案诗是种“很难写作的诗”的主要缘由）。相对于面临绝迹的严格的回文诗，回环诗保留了一线生机。这是因为：“宽式的回环，保留了古代回文形式美的特点，但又有适当的变化。由于这种格式能够宽泛地容纳多方面的内容，特别是便于表现事物之间的辩证关系，所以才逐渐为人们广泛运用，大有进一步发展的趋势。”[58]

综上所述，图案诗或画诗论是一个饶有趣味的比较诗学话题，值得人们深

55 徐鹏：《英语辞格》，北京：商务印书馆，1996 年，第 461 页。
56 参阅穆宏燕：《波斯古典诗学研究》，北京：昆仑出版社，2011 年，第 420-426 页。
57 本段内容，参考濮侃：《辞格比较》，合肥：安徽教育出版社，1983 年，第 138-141 页。
58 濮侃：《辞格比较》，合肥：安徽教育出版社，1983 年，第 140-141 页。

入思考。简单的忽视、轻视甚至反感，只会使一种沟通古今中外文学心灵的重要现象与我们失之交臂。从此意义上讲，梵语诗学的图案诗论值得我们在中印、印西等跨文化语境下进行比较。

第三章　味论面面观

某种程度上可以说，古典梵语文艺理论是印度古代文艺理论的代名词。以梵语文艺理论为核心和基石的印度古代文艺理论与中国古代文艺理论、古希腊文艺理论并称世界古代三大文艺理论体系。中国社会科学院外国文学研究所已故著名梵学家、印度政府颁发的“总统奖”和“莲花奖”获得者黄宝生先生（1942-2023）指出：“在古代文明世界，中国、印度和希腊各自创造了独具一格的文艺理论，成为东西方文艺理论的三大源头。”[1]印度古代文艺理论体系独树一帜，在东西方国家的古典印度学研究或西方的东方学研究界，均占有十分重要的地位。它拥有许多沿用至今的重要文艺理论范畴或核心概念，如诗论和戏剧论中的味（rasa）和韵（dhvani）等，音乐论中的拉格（raga）即旋律框架和节奏（tala）等，舞蹈论中的手势（hasta）或曰手印（mudra）等，美术论中的工巧（silpa）和量度（pramana 或 mana）等。其中的古典味论的历史发展值得特别关注，因为味论是印度古代学者向世界文明贡献的具有浓郁民族特色的理论。本章拟从味论的词源、婆罗多《舞论》的（Bharata）情味说、味论的医学和性学元素、味论的跨领域渗透、婆罗多味论的历史影响等几个方面入手，对其进行深入探讨。由于国内学者对味论的宗教哲学背景探讨较多，本文不拟详述。

第一节　味的词源和婆罗多情味说

黄宝生先生认为，味作为一种文艺批评原理，是婆罗多首先在《舞论》中

1　黄宝生：《印度古典诗学》，“序言”，北京：北京大学出版社，2000 年，第 1 页。

提出的。“在印度现存最早文献吠陀诗集中，味（rasa）这个词也用作汁、水和奶。从词源上说，rasa 的原始义是汁（植物的汁），水、奶和味等等是衍生义。在奥义书中，味这个词也用作本质或精华……婆罗多在《舞论》中，将生理意义上的滋味移用为审美意义上的情味。他所谓的味是指戏剧表演的感情效应，即观众在观剧时体验到的审美快感。”[2]因此，细究味论的来龙去脉，是一件挺有意思的事。首先看看英国与印度学者对 rasa 的各种解释。

英国学者 M.M.威廉姆斯（M. Monier Williams）编撰的《梵英辞典》将 rasa 解释为：the sap or juice of plants、juice of fruit、essence、marrow、water、liquor、drink、elixir、serum、nectar、soup、any object of taste、taste、flavour、gold、pleasure、delight、love、affection、charm、desire、condiment、sauce、spice、seasoning、tongue、feeling、sentiment，等等。[3]

英国学者 A.A.麦克唐纳（Arthur Anthony Macdonell）的《实用梵语词典》对 rasa 的解释是：sap、juice (of plants)、fruit-syrup、fluid、liquid、water、essence、potion、elixir、poisonous draught、taste、flavour、tongue、relish、inclination、fondness、love、desire、affection、pleasure、delight、charm、flavour or key-note in poetry、sentiment、prevaling sentiment in human character、sacred syllable om。[4]

印度学者编撰的《实用梵英词典》对 rasa 的解释是：sap、juice、liquor、taste、flavour、relish、pleasure、delight、charm、beauty、pathos、emotion、feeling、sentiment、essence、poison、Mercury、semen virile、milk、soup，等等。[5]

印度学者编撰的《实用吠陀语词典》对 rasa 的解释是：juice of plants、juice of Soma and the like、sacrificial drink、semen、essence、refreshment。[6]

由上述解释可知，rasa 的最原始、最朴素含义包括植物的汁液、体液、事物的精华、味道、牛奶等。其中，最受人关注的是它可表示一种植物即苏摩

---

2 黄宝生：《印度古典诗学》，北京：北京大学出版社，2000 年，第 298 页。

3 M. Monier Williams, *A Sanskrit English Dictionary*, Delhi: Motilal Banarsidass Publishers, 2002, p.869.

4 Arthur Anthony Macdonell, *A Practical Sanskrit Dictionary*, Delhi: Motilal Banarasidass Publishers, 2017, p.252.

5 Vaman Shivram Apte, *The Practical Sanskrit-English Dictionary*, Delhi: Motilal Banarsidass Publishers, 2014, p.796.

6 Suryakanta, *A Practical Vedic Dictionary*, New Delhi: Oxford University Press, 2017, p.558.

（soma）的汁液。关于苏摩（soma），季羡林的解释是："梵文 Soma，亦为印伊时代之神。苏摩大概是一种植物，可以酿酒。逐渐神化，成为酒神。在《梨俱吠陀》中出现次数最多，可见其受崇拜之程度。"[7]巫白慧指出："苏摩在吠陀神谱上占着仅次于阿耆尼（火神）的重要位置。他的拟人化特征，比之因陀罗或婆楼那的拟人化程度，略有逊色；在神群中，苏摩树身和它的树汁在吠陀诗人的心目中始终似有被偏爱的迹象。"[8]苏摩汁饮后产生的兴奋力被视为长生不老的神力，它因此被称为 amrta（甘露），可以让人幻想永恒不老的境界。"苏摩是一种产自天国、带刺激性的神圣饮料，这一信仰，可以将其历史追溯到印欧时期。当时一定被认为是蜂蜜制的酒。"[9]

《梨俱吠陀》第 8 篇第 48 节的 15 句颂诗，便是赞颂苏摩树神的，例如："苏摩以威力，扶持护我等……苏摩树蜜滴，我等心中饮；不死者进入，有死者吾人。我等备祭品，上供苏摩神。"[10]苏摩这一文化意象后来进入了奥义书中。例如，《歌者奥义书》这样说："因此，人们说：'他将压榨苏摩汁。'他榨出了苏摩汁。确实，这是他的再生。"[11]

《梨俱吠陀》第 1 篇第 187 节赞美与饮食相关的神祇，文中出现了 rasa（味、汁液）一词，英国梵文学者将其英译为 flavour。[12]另一位英国梵文学者格里菲斯（Ralph T. H. Griffith）将 rasa 译为 juice。[13]《梨俱吠陀》第 1 篇提到了作为祭酒的 soma 即苏摩汁，第 3 篇第 62 节包含几句歌颂酒神（Soma）的诗，第 9 卷称苏摩汁（soma）满足因陀罗的心愿，第 10 篇第 25 节均为歌颂酒神即 Soma 的诗。

《耶柔吠陀》也有颂诗提及味（rasa）。（XIX.33）[14]或许正因如此，梵语戏剧学著作《情光》说："艳情味产生于《娑摩吠陀》，英勇味产生于《梨俱吠

7 （古印度）蚁垤：《罗摩衍那》（七·后篇），季羡林译，北京：人民文学出版社，1984 年，第 590 页。
8 巫白慧译解：《〈梨俱吠陀〉神曲选》，北京：商务印书馆，2013 年，第 198 页。
9 巫白慧译解：《〈梨俱吠陀〉神曲选》，北京：商务印书馆，2013 年，第 201 页。
10 巫白慧译解：《〈梨俱吠陀〉神曲选》，北京：商务印书馆，2013 年，第 204 页。
11 黄宝生译：《奥义书》，北京：商务印书馆，2010 年，第 162 页。
12 Ravi Prakash Arya, K.L. Joshi, Edited & Revised with an exhaustive introduction and notes, *ṚgvedaSamhitā*, Vol.1, Delhi, Parimal Publications, 2016, p.482.
13 Ralph T. H.Griffith, tr., *The Hymns of the Ṛgveda*, Nilgiri: Kotagiri, Delhi: Motilal Banarsidass Publishers, 1986, p.126.
14 Ravi Prakash Arya, Edited & Revised with an exhaustive introduction and notes, *Yajurveda Samhitā*, Delhi, Parimal Publications, 2013, p.284.

陀》，暴戾味产生于《阿达婆吠陀》，厌恶味产生于《耶柔吠陀》。”（III.2）[15]这种一一对应的诗性表述方式不足为奇，但它将四大吠陀与四大主味彼此联系，毕竟还是透露了一些宝贵的文化信息：婆罗多的戏剧味论及其他梵语文艺理论家的味论，确实与吠陀文献存在遥远而又紧密的历史联系和审美亲和力。

就印度古典文艺理论建构而言，以婆罗多味论为代表的古典味论占据了引人注目的位置。“味论是婆罗多戏剧学的理论核心。”[16]可以说，没有味论，整个印度古典文艺理论，甚至是印度现当代文艺理论批评，都将是完全不同的一番面貌。婆罗多在《舞论》（*Natyasastra*）第 6、7 章中先后介绍味论和情论。他把味论视为戏剧本体论最重要的核心概念。

从婆罗多的相关叙述看，味论虽然先得以介绍，但它的基础却是情论。因此，考虑婆罗多情味论的逻辑体系，也照顾中国学者先情后味的“集体无意识”，先介绍情论，再介绍味论。

“情”（bhāva）是梵语诗学的重要范畴之一。印度学者纳根德罗（Nagendra）将“情”译为“a single undeveloped emotion”和“gesture or expression of sentiment”。[17]实际上，它的内涵远非这两个短语所能代表。自然，这里的“情”与中国古代文论谈到的“情”亦非对等概念。

婆罗多先对“情”进行定义和必要的说明。他认为，通过语言、形体和真情表演，向观众传达诗（戏剧）的意义，因此叫做“情”。“情”是达成目的的手段。“通过语言、形体和真情表演，情由和情态表达的意义为观众所体验，这便是情。通过语言、形体、脸色和真情表演，诗人（kavi，即剧作家）的内心情感感染观众，这便是情。因其使各种表演产生的味感染观众，戏剧演员称之为情。”（VII.1-3）[18]婆罗多依据一些自创的二级概念或曰亚范畴，对“情”的外延和内涵进行条分缕析。这些范畴包括情由（vibhāva）、情态（anubhāva）、常情（sthāyin，sthāyibhāva）、不定情（vyabhicārin，sañcāribhāva）和真情（sāttvika）等 5 类。具体而言，最能体现印度古代形式分析色彩的概念，还是其中的 3 类即常情、真情和不定情，其总数达 49 种之多。“婆罗多对四十九种情的分类描述是立足于对人的心理分析。然而，人的感情丰富复杂，感

15 Śāradātanaya, *Bhāvaprakāśa*, Varanasi: Chaukhamba Surbharati Prakashan, 2008, p.77.
16 黄宝生：《印度古典诗学》，北京：北京大学出版社，1993 年，第 48 页。
17 Nagendra, *A Dictionary of Sanskrit Poetics*, NewDelhi: B. R. Publishing Corporation, 1987, pp.37-38.
18 Bharatamuni, *Nāṭyaśāstra*, Vol.1, Varanasi: Chaukhamba Sanskrit Series Office, 2017, p.92.

情的表现形态更是千变万化，要进行全面的定量和定性分析是相当困难的。婆罗多只是根据戏剧艺术实践，总结出一些主要的或常见的感情和感情表现形态。尽管他的分类不尽完善和严密，对情由、情态和不定情的具体入微的描述也难免交叉重复和挂一漏万，但他的理论基点（‘味产生于情由、情态和不定情的结合’）无疑是正确的，抓住了戏剧艺术以情动人的审美核心。”[19]

论者指出：“既然调味的理论可以进入政治和哲学领域，那它亦可以进入美学领域。中国是世界上唯一有味感美学的国度……有味感美学，正是中国古代美学的特点和长处。”[20]如我们联系印度古代医学和戏剧学味论来看，这一说法无疑是值得商榷的。客观而言，印度的味论似乎要稍早于中国的先秦味论，出现于公元前后的印度戏剧味论，毫无疑问早于中国齐、梁时期产生的诗味论。就整个印度古典文艺理论体系和《舞论》的全部话语建构而言，情味论、特别是其中的味论，占据了非常引人注目的位置。可以说，没有味论，整个印度古典文艺理论，甚至是印度现当代文艺理论批评，都将是完全不同的一番面貌。在《舞论》中，第 6、7 章先后介绍味论和情论。婆罗多把味论和情论视为戏剧本体论最关键、最重要的核心概念。从其叙述看，味论虽然先得以介绍，但它的基础却是情论。

整体来看，婆罗多对情的归类和分析并非无懈可击，其相关解说并非十分合理。尽管如此，婆罗多等人对“情”的相关论述，的确塑造了内涵丰富、独具一格的古代文艺理论范畴。国内学者对婆罗多的情论与中国古代的情论比较十分感兴趣。在笔者看来，中国的情论没有婆罗多情论的形式分析、一分再分的特色，受到古代医学理论的影响也微乎其微。

前边介绍了“情”，那么，它和“味”的关系如何？婆罗多在《舞论》第 6 章中对此进行了说明。按照他的理解，味产生于情，而不是情产生于味。“与各种戏剧表演相关的各种味因之得以体验（bhāvayanti），戏剧表演者遂称其为情……缺少了情，就没有味；没有味，则无情。在戏剧表演中，味和情相互作用。正如调料和蔬菜的搭配使得食物产生美味（svādutā），情和味相互作用，促进（读者或观众）的欣赏体验。正如树木源自种子，花果源自树木，味是所有情的本源（mūla），情也是所有味的根源。”（VI.34-38）[21]由此可见，

19 黄宝生：《印度古典诗学》，北京：北京大学出版社，1993 年，第 63 页。
20 陈应鸾：《诗味论》，成都：巴蜀书社，1996 年，第 124 页。
21 Bharatamuni, *Nāṭyaśāstra*, Part.1, Vol.1, Varanasi: Chaukhamba Sanskrit Series Office, 2017, p.83.

虽然情和味互相促进，互为因果或本源、根源，但是，味的特殊重要性仍是不言而喻。这是因为，从《舞论》第六章论味、第七章论情的顺序来看，味论是主要的，情论是次要的，换句话说，情论是为味论服务的，味论是他关注的核心。“味论是婆罗多戏剧学的理论核心。”[22]笔者之所以先介绍情论、后介绍味论，主要是考虑到由情生味的基本程序和中国学者的习惯理解，并非颠倒它们之间的逻辑关系和主次顺序。

婆罗多指出：“情由、情态和不定情的结合产生味。”（VI.31 注疏）[23]这可视为味的经典定义之一，它也是梵语文艺理论的经典学说之一。新护后来将此学说称为“味经”（Rasasūtra），足见其地位之重要、价值之宝贵。婆罗多的过人之处在于将其创造性地运用于戏剧原理的阐释之中。

婆罗多对味的分类体现了印度古典文艺理论的形式分析特色。他将味分为 8 种：“艳情味（śṛṅgāra）、滑稽味（hāsya）、悲悯味（karuṇa）、暴戾味（rudra）、英勇味（vīra）、恐怖味（bhayānaka）、厌恶味（bībhatsa）、奇异味（adbhuta），这些是戏剧的 8 种味。”（VI.15）[24]在婆罗多看来，滑稽出于艳情，悲悯之味由暴戾生，奇异出于英勇，恐怖来自厌恶。由此可见，婆罗多就把 8 种味分为两组，即原生味和次生味。他还给 8 种味逐一规定了“来源”、“颜色”和“保护神”。他详细论述了 8 种常情如何转化为 8 种味的情况。他首先论述艳情味。这种对“艳情”的崇尚，充分体现了印度文化特色。因为，印度教人生四目标之一就是欲（kama）。这一姿态预示了以后的梵语诗学家高度重视艳情味的审美旨趣。他把艳情味分为会合艳情味与分离艳情味两类。以后的文论家如楼陀罗吒和胜财等人将艳情味分为三类或四类等，扩大了艳情味所涵盖的艺术表现范畴。

婆罗多还对各种味进行再次分类并加以说明：“艳情味有三类：语言艳情味、服饰艳情味和动作艳情味。滑稽味和暴戾味分为三类：肢体类、服饰类和语言类。悲悯味有三类：正法受损类、财富受损类、哀痛悲伤类。智者说，英勇味也分为三类：布施英勇味、正法英勇味、战斗英勇味。恐怖味也分为三类：虚幻恐怖味、过错恐怖味、忧惧恐怖味。厌恶味分为三类：恶心厌恶味、

22 黄宝生：《印度古典诗学》，北京：北京大学出版社，1993 年，第 48 页。

23 Bharatamuni, *Nāṭyaśāstra*, Part.1, Vol.1, Varanasi: Chaukhamba Sanskrit Series Office, 2017, p.82.

24 Bharatamuni, *Nāṭyaśāstra*, Part.1, Vol.1, Varanasi: Chaukhamba Sanskrit Series Office, 2017, p.81.

正宗厌恶味、恐惧厌恶味。看见粪便等产生恶心厌恶味，看见流血等产生恐惧厌恶味。奇异味分为两类：神圣奇异味、喜悦奇异味。目睹天国神圣对象，产生神圣奇异味，高兴则产生喜悦奇异味。”（VI.77-82）[25]

婆罗多解说 3 类 49 种情后，还规定了它们运用于味的情况。例如，虚弱、疑虑、妒忌等用于艳情味，虚弱、疑虑、妒忌等用于滑稽味，忧郁、忧虑、虚弱等用于悲悯味，傲慢、妒忌、勇猛等用于暴戾味，勇猛、激动、愤慨等用于英勇味，出汗、颤抖、死亡等用于恐怖味，癫狂、疯狂、绝望等用于厌恶味，瘫软、出汗、慌乱等用于奇异味。“这些真情以各种表演为基础，戏剧表演行家们将其运用于所有的味。”（VII.118）[26]

第二节 味论的医学元素

一般而言，医学与文学艺术似乎是一对陌生而又熟悉的朋友，这是因为前者与解除痛苦、恢复健康与快乐相关，后者与超越平淡、直抵快乐相连。也许正是如此，印度古代医学理论和文艺理论居然在以《舞论》为代表的梵语论著中，以匪夷所思的方式结合在一起。[27]这或许是印度与中国古代文艺理论差异最明显的一处。

关于印度医学的发展历史，印度学者夏尔玛（P. V. Sharma）将其划分为公元 7 世纪前的古代时期、公元 8 世纪至 15 世纪的中古时期和公元 16 世纪以来的现代时期。[28]这说明，在公元前《舞论》开始草创的时期，印度古代医学知识已经非常丰富，足以为其提供相应的知识基础。

印度古代医学被称为五明（声明、因明、内明、医方明和工巧明）之“医方明”（Cikitsavidya），它还有一个雅号“阿育吠陀”（ayurveda），意为“关于生命的知识或智慧”，这是一个丰富而发达的知识领域。梵语医学经典《遮罗迦本集》（Carakasamhita）对“ayurveda”（阿育吠陀）的解释是：“论及幸福与不幸的生活、快乐与痛苦的生命、有利与不利及相关标准，这叫阿育吠陀。ayus 指身体、感官、精神和灵魂合一，它的别名是具足（把持）、生命、

25 Bharatamuni, *Nāṭyaśāstra*, Part.1, Vol.1, Varanasi: Chaukhamba Sanskrit Series Office, 2017, pp.90-91.

26 Bharatamuni, *Nāṭyaśāstra*, Part.1, Vol.1, Varanasi: Chaukhamba Sanskrit Series Office, 2017, p.113.

27 尹锡南：《舞论研究》（上），成都：巴蜀书社，2021 年，第 190 页。

28 R. Vidyanath, K. Nishteswar, *A Handbook of History of Ayurveda*, “Preface,” Varanasi: Chowkhamba Sanskrit Series Office, 2015.

永恒、相续。精通吠陀的学者将《阿育吠陀》视为功德无量之作，它造福于人类与世界。”（I.1.41-43）[29]

阿育吠陀的源头无疑是四大吠陀本集之《阿达婆吠陀》，《梨俱吠陀》也可视为其源头之一。《阿达婆吠陀》第 6 篇第 105 首开头三句安抚患者似为一例。（VI.105.1-3）[30]该书第 5 篇第 13 首叙述了治疗蛇毒的医学问题。（V.13.1-11）[31]法国学者指出，印度古代最初的医学知识可追溯至公元前 2500 年开始的印度河流域文明时期。然而，只有在吠陀本集至佛典的文献中，才可了解印度医学的发展概貌。“吠陀时期孕育出的医学（概念），将会成为专业性医学的基础，它将在整个印度世界内外取得巨大成就。”[32]陈明教授指出，印度古代医学体系主要由“生命医学”（Āyurveda）、佛教医学和南印度达罗毗荼“悉达”医学（Siddha Medicine）等组成。所谓的“生命吠陀”的来源自古就有两种说法，一说源自《梨俱吠陀》，一说源于《阿达婆吠陀》。[33]

印度古代梵文医典有“大三典”和“小三典”之分，其中的“大三典”指公元前 6 世纪至公元 3 世纪成书的《遮罗迦本集》、公元 3 世纪至 4 世纪成书的《妙闻本集》、公元 7 世纪成书的《八支心要方》。在世界医学史上，《遮罗迦本集》和《妙闻本集》最为知名，而《八支心要方》因为传播到中国西藏地区等而闻名于世。“任何关于印度医学古代作者的历史考察，如不提及《遮罗迦本集》和《妙闻本集》将是不完整的。印度本土学者将其视为所有医学问题的最高权威。”[34]印度学者指出：“遮罗迦是印度与波你尼、迦梨陀娑齐名的千古流芳者之一。他们宛如群星闪耀天空，其起源使一代代人感到神秘。研究者将遮罗迦的生活时期定为公元 2 世纪或更早至贵霜帝国在北印度活跃的公元 1 世纪。”[35]印度医典按照传统习惯分类进行体例编排，这就是所谓的六

29 Priya Vrat Sharma, ed. & tr., *Carakasamhitā*, Vol.1, Varanasi: Chowkhamba Orientalia, 2017, p.6.

30 K. L. Joshi, Edited and Revised, *Atharvaveda Samhitā*, Vol.1, Delhi: Parimal Publications, 2015, p.589.

31 K. L. Joshi, Edited and Revised, *Atharvaveda Samhitā*, Vol.1, Delhi: Parimal Publications, 2015, pp.399-402.

32 Guy Mazars, *A Concise Introduction to Indian Medicine*, Delhi: Motilal Banarasidass Publishers, 2006, p.1.

33 陈明：《丝路医明》，广州：广东教育出版社，2017 年，第 273-274 页。

34 H. H. Bhagvat Singh Jee, *A Short History of Aryan Medical Science*, Varanasi: Krishnadas Academy, 1999, p.32.

35 M. S. Valiathan, *The Legacy of Caraka*, “Introduction”, Hyderbad: University Press, 2015, i.

部八支（科）。六部是指绪论部（或曰总论、概述、简述）、人体部、病理部、治疗部、疗术部和后续部。八支指阿育吠陀体系的八分医方。[36]按照义净的说法，八支可称“八医”。他说：“然西方五明论中，其医明曰：先当察声色，然后行八医，如不解斯妙，求顺反成逆。言八医者，一论所有诸疮，二论针刺首疾，三论身患，四论鬼瘴，五论恶揭陀药，六论童子病，七论长年方，八论足身力。”[37]按照《遮罗迦本集》第 1 卷的说法，八支的内容是：内科学（kāyacikitsā）、眼科（śālākya）、外科学（śālyāpahartṛka）、毒物学（viṣagaravairodhikapraśamana）、精神疗法（bhūtavidyā）、儿科学（kaumārabhṛtya）、养生学（rasāyana）、强身法（vājīkaraṇa）。（I.30.28）[38]

印度学者 R.K.森指出：“婆罗多显然已经知晓所有这八个分支。《舞论》文本存在大量证据支撑这一观点。《阿育吠陀》的八个分支是：眼科、外科、强身法、养生学、毒物学、精神疗法、内科和儿科。其中的强身法、养生学、毒物学、精神疗法、内科学在婆罗多那儿得到了详细的论述……《阿育吠陀》的这五个分支和婆罗多的味论联系更为紧密……婆罗多在《舞论》（巴罗达本）第 36 章第 2 颂提到了这些师尊中的迦叶和优沙那。遮罗迦也在《遮罗迦本集》第 1 篇第 3 颂写到医生们的大聚会时，提到了这两位仙人。”[39]

婆罗多味论与梵语医学经典确实存在历史关联。这是因为，印度医学经典常常论及六味：甜（svādu）、酸（amla）、咸（lavaṇa）、辛（kaṭuka）、苦（tikta）、涩（kaṣāya）。《遮罗迦本集》指出：“rasa（味）是舌头所品尝的对象，它的成分是水和地，空等（其他三要素）造成了它的变化和特性。甜、酸、咸、辛（辣）、苦、涩，这些构成了六味的全部。甜味、酸味和咸味压过体风素，涩味、甜味和苦味压住胆汁素，涩味、辛味和苦味盖过了粘液素。”（I.1.65-66）[40]该书还对 6 种主味和 57 种次味（anurasa）进行详细的讨论。它认为，按照物质、地点和时间进行组合，甜味和咸味等 6 种主味可以组合为 57 种次味，

36 陈明：《印度梵文医典〈医理精华〉研究》，北京：商务印书馆，2018 年，第 6 页。
37 （唐）义净原著，王邦维校注：《南海寄归内法传校注》，北京：中华书局，1995 年第 1 版，2000 年第 2 次印刷，第 151 页。
38 Priyavrat Sharma, ed. & tr., *Carakasamhitā*, Vol.1, Varanasi: Chowkhamba Orientlia, 2017, p.241.
39 R. K. Sen, *Aesthetic Enjoyment: Its Background in Philosophy and Medicine*, Calcutta: University of Calcutta, 1966, p.239.
40 Priya Vrat Sharma, ed. & tr., *Carakasamhitā*, Vol.1, Varanasi: Chowkhamba Orientalia, 2017, p.8.其他三要素指“五大”（地火水风空）中的火（tejas）、风（ākāśā）、空（vāyu）。

从而在总数上达到63种之多。“由于63种主味和次味连续不断地组合，味的数量将达到无可计算的程度。因此，研究味的学者从应用的角度出发，列举了57种组合味和63种味。”（I.26.23-24）[41]其详细的组合排列法，与梵语诗律的组合排列并无二致。《妙闻本集》的相关论述是：“空、风、火、地、水，以逐次递增的方式，[42]产生声、触、色、味、香。因此，味属水性。由于世间万物与五大（5种要素）紧密结合、相互补充和相互融合，万物皆以五大的形式显形。由于某一要素突出或羸弱，遂以之命名。味确属水性，由于与其他四种要素结合，转化为6种主味：甜、酸、咸、辛、苦、涩。这些味相互结合，数目达到63种。地性与水性丰富，成为甜味；地性和火性丰富，形成酸味；水性与火性突出，构成咸味；风性与火性突出，形成辛味；风性与空性突出，构成苦味；地性与风性突出，构成涩味。其中，甜味、酸味和咸味可抑制体风素（vta），甜味、苦味和涩味可抑制胆汁素，辛味、苦味和涩味可抑制粘液素。”（I.42.1-4）[43]该书还指出：“这些主味相互结合，形成63种味。其中，两种主味的组合，形成15种次味；3种主味的结合，形成20种次味；4种主味的结合，形成15种次味；5种主味的结合，形成6种次味；单个的主味，形成6种味；6种主味合成1种味。我们将另外讲述其具体运用。”（I.42.12）[44]该书第6篇第63章对上述63种味的形成，作了更为具体的详细说明。《八支心要方》对上述63种味的具体构成和6种主味的主治功能，逐一作了具体阐释。

从这些相关的医学话语中，不难发现其六主味说和63味说与婆罗多的八味说和49情说，似乎存在值得进一步思考的空间。R.K.森指出：“舌和生殖器的紧密联系，对于讨论味的本论著而言，具有直接的意义……值得注意的是，《阿育吠陀》中的味论完全以饮食为基础（参阅《遮罗迦本集》第2章），而庄严论（Alankara）中的味论纯粹是心理层面的理论，味也以喜悦为本质……

41 Priya Vrat Sharma, ed. & tr., *Carakasamhitā*, Vol.1, Varanasi: Chowkhamba Orientalia, 2017, p.179.

42 逐次递增的方式指的是：空中产生声，风中产生声、触，火中产生声、触、色，水中产生声、触、色、味，地中产生声、触、色、味、香。这里的解释参见G. D. Singhal et. la, ed. & tr., *Suśrutasamhitā of Suśruta*, Vol.1, Delhi: Chaukhamba Sanskrit Pratishthan, 2015, p.340，脚注1。

43 Priya Vrat Sharma, ed. & tr., *Suśrutasamhitā*, Vol.1, Varanasi: Chowkhamba Visvabharati, 2004, p.386.

44 Priya Vrat Sharma, ed. & tr., *Suśrutasamhitā*, Vol.1, Varanasi: Chowkhamba Visvabharati, 2004, p.392.

婆罗多认为《阿育吠陀》的味论是庄严论中的味论起源，他只是重新强调传统的立场：知根舌头与作根生殖器彼此间联系紧密。”[45]他还以梵语戏剧学著作《情光》的相关论述为例，对婆罗多论述的 8 种真情与《遮罗迦本集》第六篇即治疗部第 28 章的相似性或联系进行了介绍，认为 8 种真情全部来自阿育吠陀著作。[46]

《医理精华》第 28 章《长生药和春药》第 25 颂称：“各种不同的食物和饮料、令人愉快的（音乐、声音和）语言，以及各种甜味的香料（和药膏），（漂亮的花朵），花环、（衣服、首饰等），都是使男人兴奋壮阳的原因。”（XXVIII.25）[47]这种文字不禁使人想起婆罗多对艳情味的相关描述：“艳情味以（男女）会合（sambhoga）和分离（vipralambha）二者为基础。会和艳情味源自季节、花环、香膏、装饰、思念的人、外境、欣赏漂亮宫殿、游览花园、听闻和观赏（美好景象）、嬉戏玩乐等情由，应该表现眼睛和眉毛灵活转动、眼神迷离、肢体优美、语言甜美等情态，没有惧怕、懒散、凶猛、厌恶等不定情。”[48]

婆罗多介绍了 33 种不定情。从其中的癫狂、生病、疯狂和死亡等 4 种不定情的相关叙述中，均可发现《阿育吠陀》医学知识的影响痕迹。它们均涉及印度古典医学的关键概念即三病素说。[49]例如，《遮罗迦本集》指出：“内风素

---

45 R. K. Sen, *Aesthetic Enjoyment: Its Background in Philosophy and Medicine*, “Introduction,” Calcutta: University of Calcutta, 1966, xx.

46 R. K. Sen, *Aesthetic Enjoyment: Its Background in Philosophy and Medicine*, Calcutta: University of Calcutta, 1966, pp.267-271.《遮罗迦本集》的相关内容，参阅：Priya Vrat Sharma, ed. & tr., *Carakasamhitā*, Vol.2, Varanasi: Chowkhamba Orientalia, 2014, pp.461-486。

47 转引自陈明：《印度梵文医典〈医理精华〉研究》，北京：商务印书馆，2018 年，第 337 页。此处引文为陈明所译。

48 Bharatamuni, *Nāṭyaśāstra*, Part.1, Vol.1, Varanasi: Chaukhamba Sanskrit Series Office, 2017, p.85.

49 印度古代梵文医学经典《医理精华》(Siddhasāra）认为：“人的身体是体液、元素和杂质（三者）的载体。如果它们是平衡的，身体则健康；如果有一个上升或下降，则生病。(七界）即味（糜乳、糜液)、血液、肉、脂、骨、骨髓、精液。体液即内风、胆汁和痰。杂质就是大小便等排泄物。”（I.10-13)（转引自陈明：《印度梵文医典〈医理精华〉研究》，陈明译，北京：中华书局，2002 年，第 319 页；陈明：《印度梵文医典〈医理精华〉研究》，陈明译，北京：商务印书馆，2014 年第 1 版，2018 年重印，第 221 页）此处的“七界”似指七种元素。内风、胆汁、痰等三种体液似与风液、胆汁和痰液相对应。从医学或生理学角度看，痰液（kapha）为粘液素（主维持保养），胆汁为胆汁素（主消化），风液为体风素（主促进）。这三者又称三因、三俱，是印度古代阿育吠陀（生命医学）提及的三病素。

（vāyu）、胆汁素（pitta）、粘液素（kapha）均为身体病素（doṣa），忧性（rajas）和暗性（tamas）是精神病素。”（I.1.57）[50]该书还指出：“时间、智慧和感觉对象的不当运用，是身体和精神患病的3种原因。身心乃病与乐之所系。平衡用之，可致欢喜。”（I.1.54-55）[51]

婆罗多指出，疾病致死产生于内脏病、腹部病、体内三要素失调（vaiṣamya）、甲状腺肿块、热病、霍乱等情由，灾祸致死产生于武器、蛇咬、服毒等情由。遭蛇咬身亡，应表演毒效发作的8个阶段：“毒效（vega）发作的第1阶段应表演身体变瘦，第2阶段应表演浑身颤抖，第3阶段应表演内心灼烧，第4阶段应表演打嗝，第5阶段应表演口吐白沫，第6阶段应表演脖颈断裂，第7阶段应表演麻木僵硬，第8阶段应表演死亡……死亡产生于各种不同的情境，智者须以正确的语言、形体和动作进行表演。”（VII.87-90）[52]从这里关于毒性发作8阶段的相关叙述，不难发现梵语医学经典对婆罗多不定情论的深刻影响。

《遮罗迦本集》、《妙闻本集》、《八支心要方》以及公元8世纪成书的《摩陀婆病理论》（*Mādhavanidānam*）等梵文医典均不同程度地论及蛇毒或其他毒物的毒性发作后人体的各种反映和症状。例如，《遮罗迦本集》第66篇《治疗篇》提及人被蛇咬后毒性发作的一些症状，如恶心、呕吐、流口水、发烧和昏迷等。（VI.23.161-174）[53]《妙闻本集》的《毒物篇》第4章将蛇分为5类80种，还论及眼镜蛇、环斑蛇和线条蛇等前三种毒蛇咬人后出现的7个阶段的症状。以第一类毒蛇即眼镜蛇为例，其毒性发作至死亡的7阶段症状分别是：血液变污；身体发烧；头重眼浊；流口水、反应迟钝、关节松弛；关节疼痛、打嗝、有烧灼感；身体发沉、腹泻、心痛、昏迷；腰背巨疼、无法行动、大量流口水、出汗、最后停止呼吸。（IV.9-10，39）[54]《八支心要方》的《后篇》基本沿袭《妙闻本集》的方法，将眼镜蛇等三种毒蛇的毒性发作，按7个阶段作

---

50 Priya Vrat Sharma, ed. & tr., *Carakasamhitā*, Vol.1, Varanasi: Chowkhamba Orientalia, 2017, p.8.

51 Priya Vrat Sharma, ed. & tr., *Carakasamhitā*, Vol.1, Varanasi: Chowkhamba Orientalia, 2017, p.7.

52 Bharatamuni, *Nāṭyaśāstra*, Part.1, Vol.1, Varanasi: Chaukhamba Sanskrit Series Office, 2017, p.109.

53 Priyavrat Sharma, ed. & tr., *Carakasamhitā*, Vol.2, Varanasi: Chowkhamba Orientalia, 2014, pp.381-382.

54 Priya Vrat Sharma, ed. & tr., *Śuśrutasamhitā*, Vol.3, Varanasi: Chowkhamba Visvabharati, 2005, pp.36, 43.

了介绍。（VI.36.19-22）[55]《摩陀婆病理论》也简单地提到了蛇毒发作的几种症状。（LXIX.1-2）[56]如果回到四大吠陀本集，我们还可以发现，它们早就有了蛇毒及其治疗的相关记载。例如，我们可以在《阿达婆吠陀》第 5 篇第 13 节和第 6 篇第 12 节中发现治疗蛇毒的诗句。（V.13.1-11，VI.12.1-3）[57]《阿达婆吠陀》第 7 篇第 93 节和第 10 篇第 4 节中也有提及蛇毒的诗句。（VII.93.1，X.4.20）[58]

中国藏族医学著作、公元 8 世纪出现的《四部医典》深受《八支心要方》的影响，这是众所周知的常识。该书第 3 部《密诀本》第 89 章《天然毒症治法》写道："蛇咬伤中毒，从病因、症状和治法等三个方面讲述。其病因是冠首蛇与缠身蛇、花蛇、四足蛇等咬创中毒，使身体违和失调致病……冠首蛇咬后，伤口流血流脓，患者身上有虫爬的感觉，生疮，头部沉重，疮面脂液多，眼睛睁不开，关节疼痛，心情忧郁，发热，呃逆，下泄，心口疼痛，背部疼痛，脊椎骨疼痛。缠身蛇咬伤，症状是血热发热、肿胀化脓，周身发热。花蛇咬伤，症状是肤色灰白，有寒性疫疠的症状。四脚蛇咬伤，症状是出现各种中毒现象。如若初咬就出现气喘，呕吐，心脏刺痛者，应该放弃施治。"[59]这说明，藏族学者在继承印度古代医学蛇毒说的基础上对其进行了改造。

由此可见，婆罗多所述毒性发作 8 阶段的表演情形，是在对古代医学经典相关论述进行艺术加工的基础上形成的。较为合理的结论或许是：他将《妙闻本集》等谈到的蛇毒发作 7 阶段改编为 8 个阶段，以适应戏剧演出的需要。[60]

R.K.森还结合阿育吠陀经典和波颠阇利的哲学原理，对婆罗多情味论作了细致的分析。他说："婆罗多很可能接受了这些瑜伽流派的影响。婆罗多味论是一种心理与生理的关系。就严格的心理学角度而言，他受惠于波颠阇利的

55 Vāgbhaṭa, *Aṣṭāṅgahṛdayam*, Vol.3, tr. by K. R. Srikantha Murty, Varanasi: Chowkhamba Krishnadas Academy, 2014, p.346.
56 Mādhavakara, *Mādhavanidānam*, tr. by K. R. Srikantha Murthy, Varanasi: Chowkhamba Orientalia, 2016, p.234.
57 K. L. Joshi, Edited and Revised, *Atharvaveda Samhitā*, Vol.1, Delhi, Parimal Publications, 2015, pp.399-402, 481.
58 K. L. Joshi, Edited and Revised, *Atharvaveda Samhitā*, Vol.2, Delhi, Parimal Publications, 2015, pp.104, 319.
59 宇妥·元丹贡布等著：《四部医典》，马世林、罗达尚、毛继祖、王振华译，上海：上海科学技术出版社，1987 年，第 251 页。
60 尹锡南：《舞论研究》（上），成都：巴蜀书社，2021 年，第 336 页。

《瑜伽经》，然而，在生理学分析上，他的观点又沾染了印度医学和哈塔瑜伽、养生学（rasāyana）的色彩。”[61]在森看来，追溯身体和心灵（manas）中味向饮食（ahara）的演变可知，庄严论者和阿育吠陀论者“都遵循数论体系的基本原则，即所有的味源自饮食”。（第 51 页）瑜伽哲学和遮罗迦医学著作在饮食上的观点与婆罗多味论没有本质区别。婆罗多同样认可饮食必须有益健康的道理，以便诗歌的读者或戏剧观众可以获得心灵愉悦。“因此，依赖于感觉印象的味论的起源，对婆罗多而言并不独特。它与奥义书一样古老，在庄严论和阿育吠陀的不同方向得以发展。”（第 53 页）在森看来，甜味令人怜惜艳情味，酸味与滑稽味有涉，悲悯味与咸味的情态、不定情相近，暴戾味与辛味相近，英勇味和苦味相近，恐怖味和涩味接近。（第 56 至 63 页）婆罗多的不定情中有许多与医学症状相关。“这种甚至在细节上也大量地广泛存在的相似性，从来不是一种偶然。这不仅仅只是一种相似。婆罗多似乎曾经有意识地利用印度的阿育吠陀理论……现在已经足够明白的是，艳情味和甜味、滑稽味和酸味、暴戾味和辛味、悲悯味和咸味都只是同一种事物的表现。它现在为眼耳感知，下一刻则为嘴所品尝。”（第 63 页）森对婆罗多的 8 种真情逐一进行医学溯源后，又将其 33 种不定情分为三类（第一类关乎波颠阇利的瑜伽哲学、第一类关乎遮罗迦和妙闻的医学、最多的第三类是关乎生理和病理学的 15 种不定情）进行考察。“婆罗多似乎同样受惠于遮罗迦、妙闻对于疾病的仔细分类。他对不定情的分析归人几种区别明显的组别或类别。每一组极大地受惠于印度医学、尤其是波颠阇利的理论……对于这些不定情的详细分析，将令人信服地确认婆罗多极大地受惠于印度医学理论。”（第 308 至 309 页）森指出，源自胆汁素的不定情有傲慢（garva）、生病（vyādhi）和愤慨（amarṣa）等 3 种，源自粘液素的不定情包括懒散（ālasya）、痴呆（jaḍatā）、入眠（nidrā）和做梦（supta）等 4 种。他还将其分为五类进行解说，其中源自体风素的不定情为 8 种，源自胆汁素的 2 种，源自粘液素的 4 种，源自波颠阇利学说的不定情有 10 种，源自虚无说的不定情为 7 种，余下几种属于病理性的不定情。（第 322、324、328 页）森还认为婆罗多的 paka（成熟）的概念也有阿育吠陀的影响痕迹。（第 346、350 页）森的结论之一是：“尽管婆罗多受惠于数论的不同流

61 R. K. Sen, *Aesthetic Enjoyment: Its Background in Philosophy and Medicine*, Calcutta: University of Calcutta, 1966, p.425.本段后边引用此书，只在文中加注页码，不再使用脚注。

派，并引述阿育吠陀的所有分支，但其更多地受惠于波颠阇利和遮罗迦。实际上，和其他任何思想相比，《瑜伽经》和《遮罗迦本集》对婆罗多理论的影响更大。这一问题须得详细分析。”（第 247 页）

廖育群曾经深有体会地指出：“所以如果想要了解印度传统医学的基本内容，就必须跳出‘佛经’的范围，直接进入‘阿输吠陀’原始文献的领地。”[62]照此逻辑，想要深入了解印度古典味论，须跳出文艺理论领域，直接进入吠陀文献和《阿育吠陀》经典的话语体系。R.K.森在其他印度学者之外，开辟了一条新的味论研究路径，这便是从古典医学知识体系中寻觅钥匙，打开婆罗多古典文艺味论的丰富宝藏，从而达到以古释古、秘响旁通的奇异效果。[63]这对我们认识味论颇有启发。

无独有偶，中国古代医学经典也有以味言医的传统。例如，《黄帝内经·灵枢》“五味第五十六”指出：“黄帝曰：愿闻谷气有五味，其入五藏，分别奈何？伯高曰：胃者，五藏六府之海也，水谷皆入于胃，五藏六府皆禀气于胃。五味各走其所喜：谷味酸，先走肝；古味苦，先走心；谷味甘，先走脾；谷味辛，先走肺；谷味咸，先走肾。谷气津液已行，营卫大通，乃化糟粕，以次传下。”[64]该文接着又说：“皇帝曰：谷之五味，可得闻乎？伯高曰：请尽言之。五谷：秔米甘，麻酸，大豆咸，麦苦，黄黍辛。五果：枣甘，李酸，栗咸，杏苦，桃辛。”[65]五味第五十六”主要说明五谷、五菜、五果、五畜中的五种性味，对人体所起的不同作用，并说明了五味对五脏疾病的宜忌，都是药物治疗和饮食疗法以及病人饮食调补的基本原则，故而得名“五味”。它开创了后世食养疗法的先河。后世对中药药理的阐述，也应用五味走五脏的理论说明药物的功能。这方面的相关叙述还可见于《黄帝内经·灵枢》的《五音五味》和《黄帝内经·素问》的《五运行大论》、《宣明五气篇》、《至真要大论》等篇什。[66]

---

62 廖育群：《阿输吠陀：印度的传统医学》，沈阳：辽宁教育出版社，2002 年，第 21 页。此处引文中的“阿输吠陀”即阿育吠陀。

63 尹锡南：《印度古代文艺理论重要范畴及其话语生成机制》，《中外文化与文论》（第 48 辑），成都：四川大学出版社，2021 年，第 133 页。

64 孟春景、王新华主编：《黄帝内经灵枢译释》，上海：上海科学技术出版社，2017 年，第 411 页。

65 孟春景、王新华主编：《黄帝内经灵枢译释》，上海：上海科学技术出版社，2017 年，第 412-413 页。

66 孟春景、王新华主编：《黄帝内经灵枢译释》，上海：上海科学技术出版社，2017 年，第 411、415 页。

再如，《黄帝内经·素问》“藏气法时轮篇第二十二”说：“毒药攻邪，五谷为养，五果为助，五畜为益，五菜为充，气味合而服之，以补精益气。此五者，有辛、酸、甘、苦、咸，各有所利，或散、或收、或缓、或急、或坚、或耎，四时五藏，病随五味所宜也。”[67]《黄帝内经·素问》“宣明五气篇第二十三”说：“五味所入，酸入肝，辛入肺，苦入心，咸入肾，甘入脾，是谓五入。”[68]由此可见，中国的医学五味说与印度的医学六味说确实值得比较，他们都以人口所感觉体验的真实味道入手，探讨病理和药理，建构医学核心原理和话语体系。相比之下，中国的五味论多与农作物和水果等相关，带有更多的世俗色彩或实用目的，而印度的六味论与五大（五种要素）论和三病素说等密切相关，带有更多的哲学思辨和形式分析色彩。这与中国文化、印度文化的差异有关。[69]

第三节 味论的性学元素

印度学者指出，犊子氏（Vātsāyayana）的性学著作《爱经》（Kāmasūtra，又译《欲经》）是“社会学和优生学的重要著作”。[70]该学者认为犊子氏生活在公元前 4 世纪至公元 3 世纪左右。[71]《爱经》的性学观念和婆罗多味论为代表的古典味论，存在某些或隐或显的思想联系。[72]

性的问题或情爱艺术，在印度古代与生育仪式或日丰产仪式（fertility rituals）相关。印度学者 R.特里帕蒂说，关于性爱艺术的话题，早在《梨俱吠陀》、《阿达婆吠陀》和一些奥义书中便已存在。“因此，‘爱论’（Kāmaśāstra，或译‘欲论’）的传统与印度的吠陀文献和奥义书一样古老，书写吠陀的仙人们坦率谈论性的话题，并不将其视为禁忌，而是视为一种必需的、虔诚的

67 孟春景、王新华主编：《黄帝内经素问译释》，上海：上海科学技术出版社，2018 年，第 233-234 页。

68 孟春景、王新华主编：《黄帝内经素问译释》，上海：上海科学技术出版社，2018 年，第 236 页。

69 尹锡南：《舞论研究》（上），成都：巴蜀书社，2021 年，第 259 页。

70 Krishnamachariar and M. Srinivasachariar, *History of Classical Sanskrit Literature*, Delhi: Motilal BanarsidassPublishers, 2016, p.889.

71 Krishnamachariar and M. Srinivasachariar, *History of Classical Sanskrit Literature*, Delhi: Motilal BanarsidassPublishers, 2016, p.888.

72 下边相关论述，参考尹锡南：《舞论研究》（上），成都：巴蜀书社，2021 年，第 395-415 页。

活动。《阿达婆吠陀》有许多赢取爱人心灵的颂诗。看来，写作爱经的早期作者们必定已经借鉴了《阿达婆吠陀》的某些概念和分类。在《阿达婆吠陀》的一首颂诗中，情郎恳求女方像藤缠树一样抱紧他。"[73]印度学者帕塔卡发现，在《耶柔吠陀》、《百道梵书》及一些奥义书、森林书中，存在许多关于男女结合或性爱艺术的描述和记载。许多失传的情爱艺术论著保存在犊子氏的著作中："写作《爱经》时，犊子氏保存了巴跋罗维耶·般遮罗（Bābhravya Pāñcāla，下称"般遮罗"）、达多迦（Dattaka）、吒罗衍那（Cārāyaṇa）、白氎子（Goṇikāputra）、戈那尔底耶（Gonardīya）、金孔（Suvarṇanābha）、马颜（Ghoṭakamukha）、库俱摩罗（Kucumāra）等人的著作，此外还保存了他称之为古代大师（pūrvācārya）的许多无名作者的著作。"[74]根据帕塔卡的研究，般遮罗生活时代晚于白净仙人，他认真研究过后者的情爱论开山之作，并在一些关键问题上大胆提出自己的一些不同见解，如女性高潮等有争议的问题。在犊子氏提到的 8 位古代学者中，只有库俱摩罗的著作《库俱摩罗经》（*Kucumāratantra*）存世，它于 1922 年在拉合尔（Lahore）首次出版。[75]

R.特里帕蒂指出："《爱经》是一部百科全书性质的著作，它是聚焦于情爱的'爱论'（Kāmaśāstra，或译'欲论'、'爱欲经论'）。它是印度传统中第一部现存的'欲论'，至今也是这一领域中最详细、最科学的梵语著作……4 世纪至 5 世纪之前，犊子氏的《爱经》已被视为一种标准的'爱论'著作，那时它已淘汰了所有的早期（类似）著作。"[76]帕塔卡认为："犊子氏的著作具有百科全书性质。当他探讨婚姻问题时，大量地引用'法经'和'家祭经'（Gṛhyasūtra），这使它波及社会学领域的问题。"[77]

中国学者指出，犊子氏的《爱经》是现代人议论最多的印度古代文化经典，这主要是因为它"详细介绍了房中术以及多种接吻、拥抱的方式等。实际上这部书的内容十分丰富，除了以上内容外，大量篇幅是用于描述人生目的、富人

73 Radhavallabh Tripathi, ed. & tr., *Kāmasūtra of Vātsāyayana*, Delhi: Pratibha Prakashan, 2005, p.12.
74 Vātsāyayana, *Kāmasūtra*, "Introduction," New Delhi: Chaukhamba Publications, 2014, p.39.
75 Vātsāyayana, *Kāmasūtra*, "Introduction," New Delhi: Chaukhamba Publications, 2014, p.37.
76 Radhavallabh Tripathi, ed. & tr., *Kāmasūtra of Vātsāyayana*, Delhi: Pratibha Prakashan, 2005, pp.10-11.
77 Vātsāyayana, *Kāmasūtra*, "Introduction," New Delhi: Chaukhamba Publications, 2014, pp.42-43.

的生活方式、道德规范以及许多民风民俗的，不啻一幅古代印度的社会风情画”。[78]该学者还认为，除去其宗教色彩，犊子氏显然把《爱经》当作一部自然科学著作来写。《爱经》体现的重视妇女感受的观点具有性别的非歧视性眼光，这在一个宣扬男尊女卑思想的古代社会是具有积极意义的。但就大部分内容而言，《爱经》与其说是一部“具有宗教成分的科学书籍，倒不如说它是一部关于生活艺术的经典。它描述了古代印度富裕的城市青年悠闲的生活……作者不厌其烦地把城市富人的每一个生活细节——从家具摆设到向姑娘求婚的场合和适当的语言——加以详细叙述，不仅为了解古代印度城市富裕人群的生活方式打开了一个窗口，还为观察与古代富裕阶层一脉相承的当代印度城市富裕阶层的悠闲和精致的生活方式提供了一个视角”。[79]

犊子氏的《爱经》一共 7 篇：《总论篇》（sādhāraṇa）为 5 章 5 节，介绍写书目的、人生三要、浪子或寻欢客的特征、友伴和信使等；《交合篇》（sāmprayogika）为 10 章 7 节，描叙性爱体位或各种交欢姿势，这也是今人视为“色情”之处；《处女篇》（kanyāsamprayuktaka）为 5 章 9 节，介绍选择新娘即如何赢得少女欢心的方法，也涉及婚礼等；《妻妾篇》（bhāryādhikārika）为 2 章 8 节，介绍已婚女人如何赢取男主人的欢心，也涉及生活在国王宫廷里的妻妾们的行为规范等；《婚外篇》（pāradārika）为 6 章 10 节，谈论婚外恋，涉及如何赢得他人妻子的方法；《妓女篇》（vaiśika）为 6 章 12 节，介绍高级妓女（hetairai）亦即艺妓（vaiśikī）的行为规范或职业操守；《秘诀篇》（aupaniṣadika）为 2 章 6 节，介绍吸引女性的方法和使用春药等壮阳术。犊子氏声称《爱经》全书总计 64 节，实际上为 67 节文字。

在犊子氏之后，最重要的情爱艺术论著是科可迦（Kokkoka）于 9 世纪至 10 世纪所著《情爱秘笈》（*Ratirahasya*）。此前般遮罗等人依据男女性器官的形状，将男人和女人分为兔型、牛型、马型、鹿型和象型，后来又为每一种类型增加了相应的心理和生理特征。科可迦据此将男人分为兔型、鹿型、公牛型和马型等 4 种，将女人分为莲花型（padminī）、花色型（citrinī）、贝壳型（śaṅkhinī）和母象型（hastinī）等 4 种。他删除了犊子氏此前讨论的妓女的问题，并压缩

78 郭穗彦：《〈欲经〉：一部被误解的经典》，载《南亚研究》，2006 年第 2 期，第 80 页；孟宪武：《古印度的〈欲经〉和古罗马的〈爱经〉》，载《中国性科学》，2009 年第 8 期，第 46-47 页。

79 郭穗彦：《〈欲经〉：一部被误解的经典》，载《南亚研究》，2006 年第 2 期，第 82 页。

了总论或绪论、处女篇和妻妾篇的内容。后来的大多数学者都遵从他的论述模式，连 1576 年为犊子氏《爱经》写过注疏即《爱神顶珠》(*Kandarpacūḍāmaṇi*)的勇贤(Vīrabhadra)和著有《成熟喜》(*Praudhapriya*)的 B.N.夏斯特里(Bhaskar Narasimha Śāstri) 也是如此。他们大多忽略犊子氏。

科可迦之后较为重要的情爱艺术论著是 11 世纪的华莲 (Padmaśrī) 所著《市民财富》(*Nāgarasarvasva*)。此书为大部分学者所忽视，但其中一章《形体动作美》(ceṣṭālaṅkāra) 涉及少女的各种姿势表演，为后来的诗学家、戏剧论者所引述。[80]

14 世纪的光主 (Jyotiriśvara) 著有《五箭》(*Pañcasāyaka*)，主要关注犊子氏在书中讨论的两性交合与婚外恋问题，也涉及春药和化妆等议题，并在男性三分法（兔、牛、马）基础上，增加了第 4 种鹿型。

15 世纪的国王无畏天(Prauḍha Deva)著有《爱宝灯》(*Ratiratnapradīpikā*)。[81]他模仿无畏天的做法，将女人分为 3 类：松散型 (ślatha)、中型 (madhyama) 和结实型 (ghana)。

16 世纪的迦利耶那·摩罗 (Kalyāṇa Malla) 著有《情色》或曰《爱神舞台》(*Anaṅgaraṅga*)。[82]这是应其恩主、奥德 (Audh) 一带的统治者拉德·可汗 (Lad Khan) 要求而写的。《情色》一书在印度东部非常流行，曾被译为波斯语和阿拉伯语。摩罗讨论的内容与犊子氏的很相近，涉及情爱前戏 (fore play)、处女选婿等细节问题。

A.格维 (Anant Kavi) 于 1457 年写出了情爱论著《爱集》(*Kāmasamūha*)。该书涉及女性身体各个部位的细致描述，也涉及男女分离的痛苦、恋爱中的女子分类等等。

其他类似著作还有胜天 (Jayadeva) 的《爱花簇》(*Ratimañjarī*)、哈利哈拉 (Harihara) 的《艳情味续灯》(*Śṛṅgārarasaprabandhadīpikā*)、德喜 (Puṇyānanda) 的《爱艺魅力》(*Kāmakalāvilāsa*)、爱天 (Kāma Deva) 的《爱欲宝法》(*Kāmasāra*) 等。

在上述以关注男性情爱心理和生理特征为主的“爱论”(Kāmaśāstra) 之外，还存在一派支流，这便是与之对应的带有某种女性视角的“爱论” (Rat-

---

80 Amal Shib Pathak, ed & tr., *Nāgara Sarvasya of Padmaśrī*, New Delhi: Chaukhamba Publications, 2014, pp.26-36.

81 Prauḍha Deva, *Ratiratnapradīpikā*, Varanasi: Chowkhamba Krishnadas Academy, 2010.

82 Kalyāṇa Malla, *Anaṅgaraṅga*, Varanasi:Chaukhamba Sanskrit Pratishthan, 2011.

iśāstra)。这类著作也讨论男女分类、男女婚配、男女生理特征和交欢时机等，但它“不只是将女子视为性爱欢愉的源头，还将其视为孩子抚育者、母亲和家庭维持者”。[83]这类“爱论”著作只有两部存世，这便是 16 世纪的悉达·龙树（Siddha Nāgārjuna）所著《爱论》(*Ratiśāstra*）和《情喜》(*Ratiramaṇa*)。

帕塔卡将上述学者的情爱艺术论著按时间排序进行了介绍。他划分的九个时段为：吠陀早期（公元前 1500 年)、奥义书时期（公元前 1500 至公元前 1000 年)、吠陀晚期（公元前 1000 年后)、公元前 800 年至公元前 100 年、公元前 100 年至关于 300 年或 400 年、公元 400 年至关于 900 年或 1000 年、关于 1000 年至 1100 年、关于 1100 年至 1800 年。其中，前三个时期为口传时期，无文字记录，后面的几个时期为文字书写或曰书面记载的时期。帕塔卡将犊子氏《爱经》置于公元 300 至 400 年左右，前承白净仙人和般遮罗等人，后启科可迦的《情爱秘笈》、无畏天的《爱宝灯》、迦利耶那·摩罗的《情色》和 A.格维的《爱集》等。[84]

接下来对婆罗多的情爱艺术论与犊子氏《爱经》的思想联系进行简介，必要时兼及其他相关论著。

在婆罗多论述的 8 种味中，艳情味无疑占有非常重要的位置。在详细论述 8 种味的特征时，他首先论述艳情味。他将毗湿奴视为艳情味的保护神，这一姿态对后来的虔诚味论者产生了直接而深远的影响。婆罗多对艳情味的特别推崇，充分体现了印度教文化的一个基本特色，因为印度教人生四目标之一就是欲（kāma）亦即男女情欲或性爱。“历史地看，爱神（Kāma）的殉难暗示了雅利安人与达罗毗荼人的对立。达罗毗荼之神湿婆是美德、贞洁独身和神圣力量的象征，雅利安一族的毗湿奴派大体上代表了美与乐的崇拜者……（不过后来）我们发现湿婆这位杰出的苦行厌女者和爱神摧毁者，变成了爱欲的奴仆，甚至可以说是体现情欲的另一位爱神。”[85]印度传统宗教的这一既矛盾、又自然的文化姿态，预示了婆罗多以后的梵语诗学家如楼陀罗跋吒和波阇等高度重视艳情味的审美倾向。例如，楼陀罗跋吒将自己的著作命名为《艳情吉祥痣》，波阇则将其著作命名为《艳情光》，般努达多将其著

83 Vātsāyayana, *Kāmasūtra*, “Introduction,” New Delhi: Chaukhamba Publications, 2014, p.48.

84 Vātsāyayana, *Kāmasūtra*, “Introduction,” New Delhi: Chaukhamba Publications, 2014, pp.50-51.

85 T. Devarajan, *Kāma and Kāma Worship*, “Introduction,” Delhi: New Bharatiya Book Corporation, 2011, viii-ix.

作称为《艳情味花簇》。

婆罗多不仅在《舞论》第 6 章详细论述戏剧表演语境下的艳情味，还在其他章节中大量论述戏剧人物的艳情心理。《舞论》第 24《综合表演》和第 25 章《公开仪轨》集中体现了婆罗多的相关艳情心理。值得注意的是，《舞论》第 25 章的标题即 Bāhyopacāra 似可译为“公开仪轨”或曰“艳情仪轨”、“情爱仪轨”等。《舞论》第 24 章解说以戏剧法方式表演艺妓或曰高级妓女为主角的男女艳情活动时指出：“在戏剧法中，与男女结合相关的情爱仪轨（kāmopacāra）有两种：隐秘仪轨和公开仪轨。隐秘仪轨可见于传说剧（nāṭaka）中国王的表演，公开仪轨在创造剧（prakaraṇa）中由妓女表演。”（XXIV.148-149）[86]由此可见，婆罗多的戏剧情爱论或曰艳情表演论，的确浸透了古代印度“房中术”的文化元素，须在梳理印度古代情爱艺术论基础上进行探索和思考。这些内容虽然是在冠以“综合表演”的情境下论述的，但它们已超越戏剧表演范畴，上升到一般的文艺理论高度，进入文艺文艺心理学范畴，因此须超越戏剧情味话语体系，在更为宏大的文化背景下与文化诗学的维度上进行解读。但是，问题还存在复杂的另一面。

《爱经》和《舞论》产生和定型的时间，都是有争议的问题，因此，如何判断《爱经》与《舞论》的关系或犊子氏与婆罗多有无思想的交集，是一个值得思考的问题。

从《爱经》的具体内容看，有许多可在《舞论》的情爱论中发现相似的痕迹。例如，《爱经》谈到爱的十个阶段。它把女信使分为八类。[87]这些在婆罗多笔下均有不同程度的反映。《爱经》指出：“男为女欢，女为男乐，这便是《爱经》讨论男女结合的主要目的。”（VI.2.52）[88]也许，正是这种具有现代人文意义的前卫思想和科学姿态，才使得它深深吸引了思考直抵人性深处的戏剧乐舞的婆罗多。虽然我们无法确定婆罗多参考的是犊子氏或其他人的同类著作，但有一点可以肯定，婆罗多受到了印度古代情爱经论的巨大影响。如果没有接受这种影响，《舞论》谈论的四种表演方式中的真情表演或曰情感表演，将会是空缺或平淡无奇的。

---

86 Bharatamuni, *Nāṭyaśāstra*, Part.2, Vol.1, Varanasi: Chaukhamba Sanskrit Series Office, 2017, p.183.

87 Radhavallabh Tripathi, ed. & tr., *Kāmasūtra of Vātsāyayana*, Delhi: Pratibha Prakashan, 2005, pp.265-267.

88 Radhavallabh Tripathi, ed. & tr., *Kāmasūtra of Vātsāyayana*, Delhi: Pratibha Prakashan, 2005, p.330.

事实上，《舞论》第 24、25 章大量涉及艳情心理论，如不联系犊子氏等人的印度古代情爱艺术论，自然无法较为准确、合理地进行阐释。事实上，婆罗多的许多关键术语，也和犊子氏的著作存在某些联系。例如，两人都运用 nāyaka（女主角）、nāyikā（女主角）、vidūṣaka（丑角）、viṭa（浪子或曰食客）、pīṭhamarda（伴友）。

《舞论》第 24 章中提及 Kāmatantra（爱的秘笈）三次。例如：“根据《爱的秘笈》，女子无法与恋人相聚终至死亡的场景，应该避免直接表演。”（XXIV.191）[89]再如：“我将如实讲述国王寻求与良家淑女共享欢爱的仪轨，这些仪轨来自《爱的秘笈》。”（XXIV.201）[90]《舞论》第 25 章中提及《爱的秘笈》多达五次，例如：“男子应该采取各种方法，了解女子内心的爱恶喜好，思考《爱的秘笈》所载亲近女子的方法。”（XXV.65）[91]婆罗多在《舞论》中提及 Kāmatantra，说明他非常熟悉《爱经》这类古代的“情爱宝典”。

问题是，《爱经》提到的情爱艺术论著大多不传，因此很难判断婆罗多所提的无名氏著《欲经》是犊子氏的《爱经》还是其他同类著作。或许，这是婆罗多为了某种特殊目的而使用的“障眼法”而已。总之，由于无法确定《舞论》的作者与犊子氏生活的具体年代，也就很难弄清婆罗多究竟是借鉴了《爱经》还是其他哪一部情爱艺术论著。特里帕蒂指出：“美学家和情爱艺术论者描述（《舞论》第 24 章所述及的爱欲发展）十阶段（XXIV.168-190），已有悠久的传统，且其名称略有变化，某些论者如（13 至 14 世纪的）维迪亚那特（Vidyānātha）在《波罗多波楼陀罗名誉装饰》（*Pratāparudrayaśobhūśaṇa*）中将爱欲发展升为 12 个或更多的阶段。犊子氏在《爱经》（第 2 篇第 10 章第 34 颂和第 5 篇第 1 章第 5 颂）中也描述了爱欲的 10 个发展阶段，名称略有差异。很难说究竟是婆罗多从犊子氏那儿借鉴了爱欲十阶段说，还是犊子氏从他的《舞论》那儿引述了这些概念。自然，在《舞论》中，所有这些都是从舞台表演的角度论述的。”[92]

89 Bharatamuni, *Nāṭyaśāstra*, Part.2, Vol.1, Varanasi: Chaukhamba Sanskrit Series Office, 2017, p.187.

90 Bharatamuni, *Nāṭyaśāstra*, Part.2, Vol.1, Varanasi: Chaukhamba Sanskrit Series Office, 2017, p.188.

91 Bharatamuni, *Nāṭyaśāstra*, Part.2, Vol.1, Varanasi: Chaukhamba Sanskrit Series Office, 2017, p.207.

92 Radhavallabh Tripathi, ed. & tr., *Kāmasūtra of Vātsāyayana*, “Introduction,” Delhi: Pratibha Prakashan, 2005, p.41.

如果不拘泥于上述复杂难辨的历史细节，并考虑婆罗多本人很可能是其他作者的托名，《舞论》本身也存在一个不断增补和修改的历史过程，那么，我们完全有理由将犊子氏与婆罗多二人灵活地视为同时代或时代相距不远的两位作者，或将二者视为阐述各自思想体系的集体作者的代码与符号。这样，探讨婆罗多对犊子氏等人的情爱艺术论的借鉴、发挥、改造，就是顺理成章的事。当然，有的学者如特里帕蒂质疑犊子氏等情爱艺术论者是否借鉴婆罗多的《舞论》，笔者认为大体上是不成立的，因为婆罗多在论述毒性发作八阶段的表演时对《遮罗迦本集》和《妙闻本集》等医学著作的引用说明，他和其他古代文艺理论研究者主动从其他学科吸取知识营养而非相反。另一方面，妙闻等医学著作作者和犊子氏等情爱艺术论者罕见在著作中提及婆罗多或《舞论》。因此可以大致判断婆罗多对情爱艺术论著和医学著作的借鉴，基本上是一种单向度而非互动式的学术行为。至于婆罗多提及的 Kāmatantra，基本上不见于犊子氏等人的记载，这大约是婆罗多运用的一种虚虚实实、虚实相生的学术"障眼法"而已。[93]

由此可见，特里帕蒂的这种判断看似合理，实则容易混淆视线："婆罗多知道有一种'爱论'的传统，它显然有别于犊子氏的传统。在'爱论'这一领域追随犊子氏的论者们，因其关于情爱的几个主题的探讨，特别是关于男主角和女主角的分类，是对婆罗多的借鉴。"[94]判断一些情爱艺术论者在《舞论》中找到灵感并有所借鉴，这似乎是较少有争议的事，但如在缺乏事实依据的前提下断言婆罗多引述的是犊子氏之外的情爱艺术论著，则大体上有待商榷，或有待未来发现新的历史文献以资证明，因为犊子氏在《爱经》中提及的情爱论著大多已经失传。因此，笔者在此探讨婆罗多对犊子氏的借鉴或犊子氏对婆罗多的思想影响，大致属于婆罗多为代码的跨越未知历史时期的集体作者对犊子氏为代表的爱情艺术论者的积极吸纳。

特里帕蒂认为，关于 kāma 即人的爱欲，犊子氏的态度也是非常鲜明的、乐观的。"在正法和利益的范畴内，犊子氏以宽广的视野论述爱欲。爱欲不只意味着性冲动和满足……爱欲因此成为生活的至善，源自正法和利益的合理践行，也是通过艺术、游戏和其他活动进行的感性表达，它也包括男女身体结

93 尹锡南：《舞论研究》（上），成都：巴蜀书社，2021 年，第 402 页。
94 Radhavallabh Tripathi, ed. & tr., *Kāmasūtra of Vātsāyayana*, "Introduction," Delhi: Pratibha Prakashan, 2005, p.42.

合的性行为。爱欲本质上意味着 desire（欲望），一种创造和繁衍的欲望。”[95] 犊子氏在论述和思考爱欲的问题时，没有将其孤立于其他知识领域之外，他主张整体的人生观照和把握，主张人生三要的整体实现。他把正法、利益和爱欲视为相互联系、互为补充的三者，主张全面而系统地建立生命的平衡模式。人生的循环须以这三者的圆满实现为基础。因此，犊子氏的爱欲是一种广义的哲学、社会学或人类学概念，并非是一种狭隘的生物学或生理学术语。爱欲不只局限于性和男女欢爱，它还是使生命变得有意义、更美好的一种人类创造欲。人生的美好、完满也可以通过各种艺术、技艺或娱乐游戏等获得。犊子氏把这些领域的活动统称为 kalā（技艺），并归纳为《爱经》的各个分支即 64 艺。“爱欲并非只局限于床笫行为。犊子氏是在社会功能、个人与社会的动态关系中认识它的。《爱经》呈现了古代印度社会生活的生动而形象的描述，提供了关于公元前时期流行的节日和社会活动的丰富资料。”[96]

犊子氏对男女之爱的赞赏和鼓励，对婆罗多在戏剧艺术论中自由思考情爱表演应有直接的影响。与犊子氏对待男女情爱的积极心态相似，婆罗多认为：“大体而言，所有的情（bhāva）都产生于爱欲（kāma）。与其他一些欲望（icchā）相结合，欲具有多种形式，如正法欲（dharmakāma）、利益欲（arthakāma）和解脱欲（mokṣakāma）等。男女结合就是爱欲。对世上所有人而言，爱欲会以愉悦或痛苦结束。更常见的情形是，即使在痛苦中，爱也给人带来欢乐。男女结合就是情爱（rati）的结合，这便是所谓的艳情味。它给双方带来快乐。在这个世界上，人们总是渴望快乐，而女子是快乐之源。”（XXIV.94-98）[97] 婆罗多还说：“照此方式，女子接受了殷勤，心中便产生爱意，关于男女情爱，此处制定了一些仪轨（upacāra）。苦行是为了践行正法，践行正法是为了获得快乐，快乐之源在于美女，人们为此渴望爱的结合。”（XXIV.146-147）[98]由此可见，婆罗多对犊子氏为代表的情爱艺术论者采取了继承加创新的方式。他也承认人们追求爱欲与践行正法、获取利益的正当性，但在提出正法欲和利益

95 Radhavallabh Tripathi, ed. & tr., *Kāmasūtra of Vātsāyayana*, “Introduction,” Delhi: Pratibha Prakashan, 2005, p.25.

96 Radhavallabh Tripathi, ed. & tr., *Kāmasūtra of Vātsāyayana*, “Introduction,” Delhi: Pratibha Prakashan, 2005, p.27.

97 Bharatamuni, *Nāṭyaśāstra*, Part.2, Vol.1, Varanasi: Chaukhamba Sanskrit Series Office, 2017, p.178.

98 Bharatamuni, *Nāṭyaśāstra*, Part.2, Vol.1, Varanasi: Chaukhamba Sanskrit Series Office, 2017, p.183.

欲的同时，增加了解脱欲这一新的概念，这与八个传统的味之外添加第九味即平静味的做法非常相似。这无疑反映了婆罗多论述戏剧表演时，提倡追求人生四要而非人生三要的“目标满负荷”，他的观点带有更为浓厚的宗教神学色彩。其次，与犊子氏提倡男欢女爱中男女地位平等的思想略有差异的是，婆罗多坚持认为女方才是“快乐之源”。这一思想分野，看似更为合理，实则暗含更多的男权中心意识。当然，这一点在犊子氏那里同样存在，差别只是程度不同而已。[99]

婆罗多对待女性的立场和方式与犊子氏有着某些相似，这就是既在某种程度上尊重女性的心理和生理特点，照顾女性的情感需求和自尊心，但又将女性视为附属于男人的“第二性”，对女性取居高临下的姿态，这是一种无法破解和协调的矛盾思想，而它却是古代印度社会的一种历史进行时，也是古代印度男性学者情爱观的真实记载。[100]

由于接受了以犊子氏为代表的古代情爱艺术论的深刻影响，婆罗多在《舞论》中多处借鉴《爱经》或《爱经》类著作，有时还以高度的创造性对其进行艺术发挥。

从《爱经》的具体内容看，它也存在许多一分再分的数理思维或曰形式主义分析特色，例如，犊子氏把联络男女主角情爱活动的女信使（dūtī）分为八类。（V.4.45）[101]他还把妓女（veśyā）分为九类：持罐女奴（kumbhadāsī）、侍女（paricārikā）、不洁女（kulaṭā）、荡妇（svairiṇī）、女优（naṭī）、女艺匠（śilpakārikā）、寡妇（prakāśavinaṣṭā）、高级妓女（rūpājīvā）、低级妓女（gaṇikā）。（VI.6.50）[102]犊子氏还对男女情爱活动有过细致的解说和分析：“情味（rasa）、激情（rati）、喜悦（prīti）、情愫（bhāva）、迷恋（rāga）、欲情（vega）、满足（samāpti），这些是爱欲（rati）的几个代名词；交合（samprayoga）、交欢（rata）、幽会（rahah）、共眠（śayana）、（高潮中）丧失意识（mohana），这些是欢情（surata）的几个代名词。”（II.1.32）[103]犊子氏依据男女求欢的各种不

99 尹锡南：《舞论研究》（上），成都：巴蜀书社，2021 年，第 405 页。
100 尹锡南：《舞论研究》（上），成都：巴蜀书社，2021 年，第 407 页。
101 Radhavallabh Tripathi, ed. & tr., *Kāmasūtra of Vātsāyayana*, Delhi: Pratibha Prakashan, 2005, p.264.
102 Radhavallabh Tripathi, ed. & tr., *Kāmasūtra of Vātsāyayana*, Delhi: Pratibha Prakashan, 2005, p.328.
103 Radhavallabh Tripathi, ed. & tr., *Kāmasūtra of Vātsāyayana*, Delhi: Pratibha Prakashan, 2005, p.120.

同背景，将其情爱活动分为七种类型：一见钟情式（rāgavat）、两情相悦式（āhāryarāga）、虚情假意式（kṛtrimarāga）、自我障碍式（vyavahitarāga）、粗野浅薄式（poṭarāga）、农夫妓女式（khalarata）、自由自在式（ayantritarata）。其中的虚情假意式指男女双方各自心有所寄，但却因为某种目的幽会取乐，近似于偷情；自我障碍式指男方与女方交欢时心里想着别的女子；粗野浅薄式指男子与妓女或地位地下的女仆交欢；农夫妓女式可以望文生义地理解。（II.10.14-26）[104]

关于男女情爱的细致分类，在《舞论》中可以发现相似的痕迹。这些复杂细致、不厌其烦的形式分析，在婆罗多的艳情论或情味论中，均有不同程度的反映。例如，在《舞论》第 25 章中，婆罗多按照女主角表演的妓女青春魅力和男主角对待妓女的态度与反应，对二者进行分类说明。关于与妓女打交道的男主角或曰买春者的分类，婆罗多将其分为五类：机智型（catura）、优秀型（uttama）、平凡型（madhya）、低劣型（adhama）和衰老型（sampravṛttaka）。关于扮演妓女的女主角的四个阶段的特征，他说："享受过艳情之味后，所有的青春魅力（yauvanalīlā）可分四个阶段，以妆饰、形体、动作和特征进行展示……以上便是传说剧中女主角表演青春魅力的四个阶段。"（XXV.43-53）[105]

对男子情欲不得满足而走向死亡的十个阶段，犊子氏的《爱经》是这么描述的："爱欲（kāma）的十个阶段是：一见钟情、念念不舍、下定决心、夜不能寐、憔悴消瘦、无精打采、不顾羞耻、疯疯癫癫、昏迷不醒、命归黄泉。"（V.1.4-5）[106]婆罗多对这种恋情悲剧的十个阶段也有借鉴。值得注意的是，他的借鉴，不是完全的纯粹照搬，而是加入了创造性的新元素。例如，他在第 24 章提到的十种爱情状态并非属于男子，而是女子求爱不得而产生的悲剧，这也是他所谓的"女子无法与恋人相聚终至死亡的场景"。关于这十种悲剧场景的表演，婆罗多的相关叙述是："没有经历欢爱的女子，将表现出种种爱的情态，它们分为十个不同的阶段（avasthā）：首先是渴望，第二是思念，第三是回忆，第四是赞美，第五是烦恼，第六是悲叹，第七是疯癫，第八是生

104 Radhavallabh Tripathi, ed. & tr., *Kāmasūtra of Vātsāyayana*, Delhi: Pratibha Prakashan, 2005, p.176.

105 Bharatamuni, *Nāṭyaśāstra*, Part.2, Vol.1, Varanasi: Chaukhamba Sanskrit Series Office, 2017, pp.205-206.

106 Radhavallabh Tripathi, ed. & tr., *Kāmasūtra of Vātsāyayana*, Delhi: Pratibha Prakashan, 2005, p.238.

病，第九是痴呆，第十是死亡。这些便是男女爱情的各个阶段，下边讲述它们的特征：被思念和想念所驱使，女子决心想方设法寻求与恋人见面，这是渴望……想尽所有办法，女子与恋人的相聚仍无法如愿以偿，情火中烧而逝，这是死亡。”（XXIV.168-190）[107]

由此可见，婆罗多描述爱情悲剧的十个阶段，充分地考虑了女子的心理特点。他没有采纳犊子氏为痴情男设计的一见钟情和不顾羞耻等细节表演，因为这些似乎更加适合男性的恋爱思维，而是设计痴情女与使女对话、自言自语、暗自悲叹等方式，让其更加适合女演员的舞台呈现。这一点，甚至可以联系婆罗多描述毒性发作舞台表演

比较犊子氏的情爱艺术论与婆罗多的艳情论，或分析婆罗多对犊子氏的艺术借鉴，如不涉及二人对男女、特别是对女子的分类，将留下憾。因为，正是在为女子进行分类的这一点上，突出地体现了婆罗多高度的艺术创造性和灵活的辩证思维。

印度学者指出：“妙闻、遮罗迦和婆罗多所叙述的蛇的性格特征再度说明，他们之间有着高度的相似。婆罗多以下列语言描述具有蛇的（女子的）性格特征：女子鼻子尖长，牙齿锋利，身材苗条，眼睛泛红，肤色宛如青莲，乐于酣睡，性极暴怒。”[108]该句在《舞论》中的原文是：“女子鼻子尖长，牙齿锋利，身材苗条，眼睛泛红，肤色宛如青莲，乐于酣睡，性极暴怒，步姿歪斜，行走不稳，喜于群乐，爱好香脂、花环之类东西，她具有蛇（nāga）的气质。”（XXIV.109-110）[109]印度学者的话，指的是婆罗多对女子的分类，但他的根据还在犊子氏为代表的古代情爱艺术论著中。例如，犊子氏在《爱经》中指出：“按照林伽（liṅga）的大小，男人可分为野兔型（śaśa）、公牛型（vṛṣa）和骏马型（aśva）三种，女子也可分为母鹿型（mṛgi）、母驴型（vaḍava）和雌象型（hastinī）三种。”（II.1.1）[110]其他一些情爱艺术论著也有相似的分类和说明。

107 Bharatamuni, *Nāṭyaśāstra*, Part.2, Vol.1, Varanasi: Chaukhamba Sanskrit Series Office, 2017, pp.185-187.
108 R. K. Sen, *Aesthetic Enjoyment: Its Background in Philosophy and Medicine*, Calcutta: University of Calcutta, 1966, p.342.
109 Bharatamuni, *Nāṭyaśāstra*, Part.2, Vol.1, Varanasi: Chaukhamba Sanskrit Series Office, 2017, pp.179-180.
110 Radhavallabh Tripathi, ed. & tr., *Kāmasūtra of Vātsāyayana*, Delhi: Pratibha Prakashan, 2005, p.114.

婆罗多没有采纳犊子氏等人依据或模仿动物特征为男子进行分类的方法，因为他的主要论述对象是女主角，因此采纳了犊子氏等人依据动物特性、气质为女子分类的模式，但却将情爱艺术论中的女子三分法、四分法、五分法等大大地拓展为二十三分法，即把女人按照天神和半神、恶魔的特性分为六种，按照动物本性分为十六种，余下一种为人。他说："在这个世界上，人们总是渴望快乐，而女子是快乐之源。女子具有各种本性（śīla）。女子具有天神、阿修罗、乾达婆、罗刹、蛇、鸟、鬼、药叉（夜叉）、虎、人、猴、象、鹿、鱼、骆驼、鳄鱼、驴、猪、马、水牛、狗和母牛等的气质。"（XXIV.98-100）[111]由此可见，这其实也是一种三分法，即以人本身、动物和神魔这三者为划分女性生理特征与心理气质的标准。不同的是，婆罗多的三分法却将犊子氏等人纯粹以动物本性描述女性的做法做了极大的改进，或者说丰富了三分法的外延和内涵，使之更具有戏剧表演的实践性、可操作性。

婆罗多对女子的二十三分法，并非依据犊子氏等人的性器分类法，而是依据女子的外在生理特性、语言、艺术爱好、饮食嗜好等进行分类。这就使其分类更具社会学、人类学、生理学、艺术学等方面的科学依据。婆罗多依据人类本身的特性，为女性分类法保留了人类自身的尊严。他认为，坦率诚实，聪明伶俐，忍辱负重，身材匀称，遵循正法、爱欲与利益的践行之道，这些便是女人或人类之所以为人的根本原因。熟悉印度古代宗教的人可以发现，这种人类本身的气质特征，很大程度上就是印度教对印度教徒的一种文化规范。由此可知，婆罗多心目中的女人或男女两性回归人类本身之路，还是一种印度教的自我文化皈依。

婆罗多对犊子氏的思想吸纳和艺术借鉴，在《舞论》第25章叙述妓女和寻欢客的相关表演时，表现得同样突出。犊子氏的《爱经》第6篇专论妓女，而婆罗多《舞论》第25章也是以妓女作为戏剧的主要表现对象。该章开头写道："精通所有艺术者，他叫优秀者（vaiśeṣika）。精通与妓女打交道者，他也叫优秀者。掌握所有艺术，通晓一切技艺，洞悉如何赢得女子芳心，这样的男主角便是优秀者（vaiśika）。"（XXV.1-2）[112]vaiśika 也可按照字面意思译为"寻欢客"或"买春者"。该章后边的内容虽也涉及男主角即寻欢客，但其重

111 Bharatamuni, *Nāṭyaśāstra*, Part.2, Vol.1, Varanasi: Chaukhamba Sanskrit Series Office, 2017, pp.178-179.

112 Bharatamuni, *Nāṭyaśāstra*, Part.2, Vol.1, Varanasi: Chaukhamba Sanskrit Series Office, 2017, p.201.

心显然是描述女主角即妓女。由此可见，婆罗多对犊子氏的妓女描述烂熟于心并多有借鉴和发挥。

特里帕蒂指出，犊子氏的《爱经》与《摩奴法论》反差强烈，因为后者禁止男女获得性的欢悦之感。对后者而言，性只是传宗接代而已，而以男欢女爱履行家庭职责，显然不是犊子氏情爱艺术论的首选主题。婆罗多自然也是如此。特里帕蒂认为："婆罗多的《舞论》是关于美学、戏剧舞台、舞蹈、音乐和表演艺术的大部头编著，它大约汇编于公元前 2 世纪，犊子氏在同一时期写出了他的《爱经》。婆罗多或《舞论》的作者相当熟悉'爱欲经论'的传统，他运用'欲经'一词表示男子的性取向。犊子氏也运用一些源自《舞论》的专门术语，他了解自己的《爱经》与《舞论》及美学、音乐和表演艺术的紧密联系。不过，不清楚究竟是那些托名婆罗多而汇编《舞论》文本的作者们研读过犊子氏的《爱经》，还是犊子氏研究过我们现在所能见到的《舞论》文本。犊子氏和婆罗多之间存在紧密的联系，因为戏剧和剧场将情爱、艳情或爱情作为重要主题进行表演，因此，探讨舞台、戏剧或表演艺术的理论家必须进入'爱论'的领域，婆罗多也须如此……和犊子氏的著作一样，《舞论》的整个探讨都是基于男性的视角，女性在此被视为快乐之源。"[113]

婆罗多和犊子氏还有一些相似之处。例如，犊子氏论述了男子的各种优点或美德，如能说会道、言语动听、勇猛精进、身材魁梧、健康无病、精通各种技艺、不妒忌人、尊重妇女、热爱朋友、喜欢作诗和讲故事等。（VI.1.12）[114] 他使用了耐人寻味的 nāyakaguṇa（男主角的美德或优点）一词。与此类似，婆罗多在描述男主角时写道："大体上看，男主角的 33 种美德可以分为自身所有的美德、妆饰产生的美德和天性产生的美德。通晓经论，精于技艺，身形俊美，面容喜人，勇猛精进……调伏感官，殷勤忠厚，气宇轩昂，能说会道，正当英年，这是男主角的 6 种美德。"（XXV.3-8）[115]

犊子氏论及女子时使用了 nāyikāguṇa（女主角的美德）一词。他说，女子的美德或优点在于年轻、貌美、举止温柔、本性善良、不贪财、精通《爱经》

113 Radhavallabh Tripathi, ed. & tr., *Kāmasūtra of Vātsāyayana*, "Introduction," Delhi: Pratibha Prakashan, 2005, pp.39-40.
114 Radhavallabh Tripathi, ed. & tr., *Kāmasūtra of Vātsāyayana*, Delhi: Pratibha Prakashan, 2005, p.286.
115 Bharatamuni, *Nāṭyaśāstra*, Part.2, Vol.1, Varanasi: Chaukhamba Sanskrit Series Office, 2017, p.201.

和情爱等。(VI.1.13-14) [116]关于女主角的各种美德或优点，婆罗多在描述 23 种具有神魔、人类、动物本性的女主角时多有涉及。其中许多与犊子氏谈论的相似。

关于以获得钱财为主要目的的妓女及寻欢客们，犊子氏论述颇多，主要涉及妓女们如何吸引顾客、如何赚取买春者的钱财、买春者如何处理或平衡与妓女的买卖关系或恋情。婆罗多对这些话题都不同程度地有所涉及。

婆罗多对犊子氏的相关论述也多有扬弃，如他基本不涉及《爱经》中关于男女各种交合姿势的叙述，因为他的论述对象是戏剧表演，他得考虑舞台表演的公开性和教育价值而非房中术的隐秘实用价值。

综上所述，婆罗多对犊子氏的《爱经》所取的正是借鉴加发挥路线。正是这种追求创新的思维，使得婆罗多的艳情心理论或情爱表演论颇为出彩。以往的论者往往忽略或较少了解、或不太认可婆罗多艳情论与犊子氏《爱经》为代表的印度古代情爱艺术论的深刻联系，以致于无法进一步领悟婆罗多艳情论的奥妙和魅力所在。因此，研究婆罗多等古典梵语文艺理论家的重要范畴或思想体系，必须回到印度文化经典的历史深度，寻觅其彼此之间的思想关联，感触其远古时代共生共荣、互为受益、抱团取暖的力度和温度。[117]

第四节　味论的跨领域渗透

味论具有一种泛化的色彩。在古代印度，诗（kavya）也指戏剧或曰“色”（rupa），它的内涵深邃，外延广泛。古典诗学或曰文艺理论既包括戏剧、舞蹈、绘画、雕塑等视觉艺术和文学、音乐等听觉艺术的思考，又蕴含历史、哲学、地理、伦理、修辞、心理等方面的因素。从现代的眼光看，梵语诗学不仅专注于研究文学领域的创作规律和心理机制，也在某种程度上吸收其它领域的文化因子，从而具有跨学科的泛化色彩。某些重要理论范畴或话语概念不断地向其他领域渗透。梵语舞蹈、音乐和绘画论著出现味论的因子，便是这一泛化趋势的说明。[118]

116 Radhavallabh Tripathi, ed. & tr., *Kāmasūtra of Vātsāyayana*, Delhi: Pratibha Prakashan, 2005, p.286.

117 尹锡南:《舞论研究》(上)，成都：巴蜀书社，2021 年，第 415 页。

118 尹锡南:《印度古典文艺理论话语建构的基本特征》,《东方丛刊》, 2018 年第 1 期，桂林：广西师范大学出版社，第 95 页。

印度学者指出：“味不仅是诗歌与戏剧的灵魂，也是音乐、舞蹈与绘画的灵魂。”[119]味论对于戏剧、诗歌、音乐、舞蹈、绘画等不同艺术门类研究的影响有迹可循。这种泛化色彩恰好凸显了味论在印度古代文艺理论话语体系中的核心地位。例如，《舞论》第 8 章写道：“我已经说明了十三种头部表演方式。接下来我将说明眼神的特征。美丽、害怕、嬉笑、悲伤、惊奇、凶暴、勇敢、反感，这些是表现味的眼神……这二十种用于表现不定情的眼神与上述眼神一道，构成了所谓的三十六种眼神。我将讲述与种种情味相关的眼神的表演方式及其特征、功能。（VIII.37-43）[120]该书还指出：“结合脸色的表演，眼睛的表演方可表达种种情味，戏剧表演正是立足于此。为表达情味，应该结合眼睛、嘴唇、眉毛和眼神而运用脸色表演。以上便是与情味相关的脸色表演。（VIII.163-165）[121]上述引语佐证了情味在戏剧表演中的核心地位。

再看《表演镜》关于舞蹈表演与情味的描述：“叙事舞和情味舞可以在特殊的节日进行表演。如果希望一切行动吉祥如意、幸福快乐，应在这样一些场合表演纯舞：国王灌顶、节日、远行、国王远征、婚嫁、与友人相聚、走进新城或新居、儿子诞生。表演令人肃然起敬的传奇故事，便是叙事舞；不带感情色彩（bhāva）的表演，便是纯舞；暗示情味等等的表演，便是情味舞。情味舞常在王宫中表演。”（12-16）[122]《表演镜》还说：“眼随手势，心随眼神，情由心起，味由情生。”（37）[123]《乐舞奥义精粹》则认为：“人们认为，纯舞由男子表演，情味舞由女子表演，而叙事舞（nāṭya）、戏剧（nāṭaka）则由男女（共同）表演。”（V.8）[124]《乐舞渊海》指出：“可在满月之时表演戏剧和情味舞。如果希望一切行动吉祥如意，应在这样一些场合表演纯舞：国王灌顶、节日、远行、国王远征、婚嫁、与友人相聚、走进新城或新居、儿子诞

119 R. L. Singal, *Aristotle and Bharata: A Comparative Study of Their Theories of Drama*, Punjab: Vishveshvaranand Vedic Research Institute, 1977, p.188

120 Bharatamuni, *Nāṭyaśāstra*, Part.1, Vol.1, Varanasi: Chaukhamba Sanskrit Series Office, 2017, pp.118.

121 Bharatamuni, *Nāṭyaśāstra*, Part.1, Vol.1, Varanasi: Chaukhamba Sanskrit Series Office, 2017, p.129.

122 Nandikeśvara, *Abhinayadarpaṇa*, ed. & tr. by Manomohan Ghosh, Calcutta: Firma K.L. Mukhopadhyay, 1957, pp.82-83.

123 Nandikeśvara, *Abhinayadarpaṇa*, ed. & tr. by Manomohan Ghosh, Calcutta: Firma K.L. Mukhopadhyay, 1957, p.85.

124 Vācanācārya Sudhākalaśa, *Saṅgītopaniṣat-sāroddhāra*, ed. & tr. by Allen Miner, New Delhi: Indira Gandhi National Centre for the Arts, 1998, p.138.

生。我们现在详细地说明戏剧表演艺术中的叙事舞、纯舞和情味舞等三者。natya（戏剧）这个词首先关乎味（rasa），它是表现味的一种方法。”（VII.13-17）[125]情味舞的概念鲜明地体现了味论在梵语乐舞论著中的全面渗透。

就音乐与情味的关系而言，《舞论》第二十九章规定各种音调表现不同情味是一个例证：“音调中的中令（madhyama）和第五（pancama）用于表现艳情味和滑稽味，具六（sadja）和神仙（rsabha）用于表现英勇味、暴戾味和奇异味，持地（gandhara）和近闻（nisada）用于表现悲悯味，明意（dhaivata）用于表现厌恶味和恐惧味。”（XXIX.16）[126]《乐舞渊海》的相关论述如出一辙：“具六和神仙用于英勇味、奇异味和暴戾味，明意用于厌恶味和恐惧味，持地和近闻用于悲悯味，中令和第五用于滑稽味和艳情味。”[127]《乐舞渊海》第4章写道：“智者以艳情味、原初式节奏吟唱胜利歌，人们认为它令听众、主人公和歌手延年益寿、吉祥幸福；以英勇味、尼诃娑鹿迦式节奏吟唱顶峰歌，它赐予繁荣与幸福；以滑稽味、波罗底曼吒式节奏吟唱精进歌，它令家族繁荣兴旺；以悲悯味、马嬉式节奏吟唱甜美歌，它赐予快乐……以英勇味和艳情味、唯一式节奏吟唱名为吉祥歌的达鲁瓦歌，它令男性勇猛精进，获得胜利；以艳情味、波罗底曼吒式节奏吟唱优美歌，它赐予一切成就。”（IV.321-331）[128]

梵语美术论也存在以味论画的情况。例如，源自《毗湿奴法上往世书》的《画经》论述了九种画味：“艳情味、滑稽味、悲悯味、英勇味、暴戾味、恐惧味、厌恶味、奇异味和平静味，这些被称为9种画味（navacitrarasa）。在艳情味中，应该用柔和而优美的线条描摹人物精致的服装和妆饰，显示其美丽可爱，风情万种。描摹驼背、侏儒这类多属畸形的人物，或描绘手不自然的蜷曲，这就产生滑稽味……异味来自于画中描摹的人物汗毛竖起、眼睛睁大、神态好奇和出汗等。平静味主要描摹苦行者结跏趺坐、沉思人定等表现寂静安宁的场景。屋中的画，只适宜于描摹艳情味、滑稽味和平静味。其他各类

125 （古印度）宾伽罗等撰，尹锡南译：《印度古典文艺理论选译》（上），成都：巴蜀书社，2017年，第696页。

126 Bharatamuni, *Natyasastra*, Vol.2, Varanasi: Chaukhamba Sanskrit Series Office, 2016, p.22.

127 Sarngadeva, *Sangitaratnakara*, Varanasi: Chaukhamba Surbharati Prakashan, 2011, p.45.

128 Śārṅgadeva, *Saṅgītaratnākara*, Varanasi: ChaukhambaSurbharatiPrakashan, 2011, pp.346-347.

味，不论在谁的屋子里都不能描摹。在神庙和王宫里，所有画味都可以表现，但在王宫里，并非所有画味都应该描摹。”（XLIII.1-12）[129]可见，《画经》基本上依据《舞论》的 8 种味为基础介绍各种画味。[130]

综上所述，文学与艺术水乳交融、各种艺术触类旁通的基本原理，在印度古代文艺理论话语建构中表现得尤其明显。明白了这一层关系，我们就不会惊诧于《舞论》等印度古代文艺理论名著的包罗万象，也不会将《舞论》与刘勰的《文心雕龙》、亚里士多德的《诗学》等东西方古代名著十分简单地相提并论。[131]

第五节 婆罗多味论的历史影响

戏剧情味论是婆罗多《舞论》的一大核心。后来的戏剧学论著几乎无一不提及情味论，但更多的时候是以味论包含情论。例如，胜财这样定义味：“通过情由、情态、真情和不定情，常情产生甜美性，这被称作味。”（IV.1）[132]这和婆罗多关于味的定义有些差别，因为他在味的产生前提中加入了真情的因素。这应该视为对婆罗多理论的积极发展。

胜财对各种味的论述以艳情味为主。婆罗多把艳情味分为分离和会合两种，而胜财突破了这种二分法。他说：“艳情味分成失恋、分离和会合三种。失恋艳情味是一对青年心心相印，互相爱慕，但由于隶属他人或命运作梗，不能结合。”（IV.58-59）[133]胜财增加的第 3 种艳情味拓展了戏剧表现的空间。

胜财认可婆罗多的 8 种味。对于有人提出的平静味，胜财的心态有些矛盾。他说，有些人想增加平静味，但它在戏剧中没有获得充分发展。他依然坚持 8 种常情和 8 种味。不过，他在稍后论述味的品尝时，认为诗歌中可以表现

129 Parul Dave Mukherji, ed & tr., *The Citrasūtra of Viṣṇudharmottarapurāṇa*, New Delhi: Indira Gandhi National Centre for the Arts, 2001, pp.240-244.

130 有学者考察内蒙古残存的源自印度古代民间崇拜之神、后为佛教吸收的摩利支天石刻像后发现，其上表现了艳情味、英勇味、滑稽味、厌恶味和暴戾味等各种情味。这说明，情味论似乎与各种绘画、雕像确有关联。参阅李翎：《佛教与图像论稿续编》，北京：文物出版社，2013 年，第 33-38 页。

131 尹锡南：《印度古典文艺理论话语建构的基本特征》，《东方丛刊》，2018 年第 1 期，桂林：广西师范大学出版社，第 96 页。

132 黄宝生译：《梵语诗学论著汇编》（上册），北京：昆仑出版社，2008 年，第 460 页。

133 黄宝生译：《梵语诗学论著汇编》（上册），北京：昆仑出版社，2008 年，第 464 页。

平静味，似乎又在某种程度上承认了平静味的存在：“平静味产生于满意等等，因而以满意等等为核心。”（IV.53）[134]

沙揭罗南丁的《剧相宝库》提到的 8 种味、33 种不定情和 8 种真情和《舞论》完全一致，其具体说明也基本相似。不过，《剧相宝库》以温柔、明亮和中性为关键词，对各种味的性质和运用于各种风格的情况作了特殊的说明：“在上述所有味中，艳情味、悲悯味和滑稽味是温柔的（mṛdu），表现雄辩风格、艳美风格和维达巴风格；暴戾味、厌恶味和恐怖味是明亮的（dīpta），表现雄辩风格和刚烈风格、高德风格；英勇味和奇异味是中性的（madhyama），表现雄辩风格、崇高风格和般遮罗风格。”[135]

沙罗达多那耶的《情光》涉及情的定义：“有情（bhūti）产生情感（bhāvana），词义（padārtha）或行为真实在人的心中产生变异，这便是情（bhāva）。它被分为情由、情态、常情、不定情和真情五类。”（I.12-13）[136]除情态外，沙罗达多那耶对情由、常情、真情和不定情的阐释与婆罗多基本相似，如他认为，真情有 8 种，不定情有 33 种。不过，与婆罗多将情态视为语言、形体和真情的外在表演略有不同，沙罗达多那耶将情态分为 4 类：“情态分真情（manas）、语言（vāk）、形体（kāya）和风格（buddhi）等 4 类。情态中的真情表演是感情（bhāva）为首的 10 种女性美，语言表演有 12 种且以谈话（ālāpa）为首，形体表演是以游戏（līlā）为首的 10 种女性美，而风格表演是指语言风格（rīti）、表演风格（vṛtti）和地方风格（pravṛtti）。”（I.36-37）[137]沙罗达多那耶认可婆罗多的 8 种味，并对各种味进行分类。他认为，对味的品尝（bhoga）就是获得快乐（sukhasādhana）。“品尝正是艳情味的特征。品尝（bhoga）、体味（upabhoga）和会合（sambhoga）等词语是同义词……体味可以品尝的对象便叫做品尝。体味只与地点和时间相关。践行爱欲（kāmopacāra）是会合，爱欲是男女之间的快乐。”（III.1-3）[138]这些思想与婆罗多非常相似。与婆罗多较为朴素的味论起源说相比，《情光》对 8 种味和 4 种风格起源的阐释别具一

134 黄宝生译：《梵语诗学论著汇编》（上册），北京：昆仑出版社，2008 年，第 464 页。

135 Sāgaranandin, *Nāṭakalakṣaṇaratnakośa*, ed. by S.B. Shukla, Varanasi: Chowkhamba Sanskrit Series Office, 1972, p.191.这里所说的“雄辩风格”和“艳美风格”等指的是戏剧风格，而“维达巴风格”、“高德风格”和“般遮罗风格”是诗歌风格，虽然文中均以 rīti 统摄，但实则有别。

136 Śāradātanaya, *Bhāvaprakāśa*, Varanasi: ChaukhambaSurbharatiPrakashan, 2008, p.5.

137 Śāradātanaya, *Bhāvaprakāśa*, Varanasi: ChaukhambaSurbharatiPrakashan, 2008, pp.8-9.

138 Śāradātanaya, *Bhāvaprakāśa*, Varanasi: ChaukhambaSurbharatiPrakashan, 2008, p.107.

格：“精通表演情的演员们正在表演，梵天观赏之时，从其口中依次出现各种风格与艳情味等四味。演员们恰当好处地表演湿婆与雪山女神的欢聚时，梵天东边的口中出现艳美风格和艳情味；演员们生动表演湿婆焚毁三城时，梵天南边的口中迸出崇高风格与英勇味；演员们有力地表演湿婆摧毁达刹的祭祀时，梵天西边的口中吐出刚烈风格和暴戾味；演员们表演湿婆毁灭世界的行为时，梵天北边的口中创造出雄辩风格和厌恶味。”（III.11-15）[139]其他 4 种味依照下列方式，从上述 4 种主要的味中逐一产生：当雪山女神与带有发髻的湿婆缠绵之时，女神的友伴们发出哄笑，滑稽味因此产生于艳情味；湿婆毁掉三城时，其间展示的英勇味产生奇异味；达刹的祭祀被湿婆毁掉后，女神的友伴们看见那些失去肢体的小神的悲惨境地而心生怜悯，暴戾味遂产生悲悯味；精灵们看见湿婆在坟场跳舞，身上涂着小神肢体被焚毁后的残灰，不忍目睹这令人恐惧的场景，厌恶味遂产生恐怖味。（III.16-19）[140]

辛格普波罗的《味海月》指出：“在观众面前表演真情等等，男主角在演员中成为智慧的灵魂，这是戏剧。情由、情态、真情和不定情的结合，孕育了味。味是戏剧的生命，我将论述味。（I.57-58）”[141]他将味视为戏剧表演的生命或曰灵魂，这体现了他对婆罗多味论的高度欣赏。辛格普波罗认可婆罗多的 8 种味，拒斥当时大多数人认可的平静味。他将傲慢的分离艳情味分为合理的和荒唐的两类，将远行的分离艳情味分为行为导致的、慌乱引起的和诅咒（śāpa）造成的 3 类，但对苦恋的分离艳情味没有分类阐释。他将会合艳情味分为 4 类：亲密的、混合的、圆满的和强烈的。这说明他对婆罗多味论有某种程度的引申。

婆罗多开创的梵语戏剧学味论，不仅深刻地影响了后来的戏剧味论，也深刻地影响了梵语诗学家的味论诗学体系建构。综合来看，婆罗多味论对于新护、曼摩吒等为代表的梵语诗学家的话语影响更为典型。他们不仅继承了婆罗多八味说，还不断地推陈出新，使味论派成为梵语诗学或梵语文艺学千年发展史上最有影响力的理论流派。

随着时间的推移，随着严格意义上的梵语诗学出现，味开始作为一个诗

139 Śāradātanaya, *Bhāvaprakāśa*, Varanasi: Chaukhamba Surbharati Prakashan, 2008, pp.79-80.

140 Śāradātanaya, *Bhāvaprakāśa*, Varanasi: Chaukhamba Surbharati Prakashan, 2008, pp.80-81

141 Śiṅgabhūpāla, *Rasārṇavasudhākara*, ed. by T. Venkatacharya, Madras: Tha Adyar Library and Research Centre, 1979, p.20.

学概念被人们论及。公元7至9世纪，印度味论进入其早期独立发展阶段即诗学味论阶段。这一时期，梵语诗学家主要关注诗的庄严（修辞）和风格。他们虽意识到味的存在，但并未将味视为文学的主要因素。例如，婆摩诃在《诗庄严论》中，认为庄严是诗美的主要因素，而“有味（rasavat）”是他心目中的39种庄严之一。檀丁的《诗镜》以“有味”庄严的名义，将戏剧的八种味分别引进诗歌领域，具有开创性意义。自檀丁之后，味逐渐受到梵语诗学家的重视。优婆吒除了确认婆罗多的8种味之外，还确认第9种味即平静味。新护后来在《舞论注》中对其进行全面而深入的阐释。有学者指出：“这的确是梵语诗学迈出的革命性的一步。”[142]楼陀罗吒在《诗庄严论》中用四章篇幅专论味，还增加一种亲爱味。他甚至认为除了常情外，其他的不定情也能发展为味。楼陀罗跋吒的《艳情吉祥痣》将婆罗多的戏剧味论运用于诗学范畴。楼陀罗跋吒毫不讳言自己对婆罗多味论的借鉴：“婆罗多等人已经充分地论述了戏剧中味的地位，我将说明味在诗中的地位。”（I.5）[143]他接着说明味的价值：“没有味的作品缺乏光彩，恰如黑夜没有月亮，犹如女子缺少爱人，也如吉祥女神不施恩惠。”（I.6）[144]这自然使人想起《文心雕龙》的话：“繁采寡情，味之必厌。”[145]这体现了中印古代诗学家的心灵契合。

楼陀罗吒生活的时期，出现了跋吒·洛罗吒、商古迦和跋吒·那耶迦等一批杰出的味论家，对味论进行深入的探讨，这一时期出现的韵论也与味论密切相关。它实质上是创造性地运用味论，确认味和韵是诗美的主要因素。

接着出现的是重视味论的韵论集大成者欢增和味论的集大成者新护。之后，则有对味论继续探索和总结的曼摩吒、毗首那特和世主等人。从欢增、新护到17世纪的世主，印度古典味论进入其旺盛的中期发展阶段。在这一阶段里，很多重要的虔诚味论者也登上了理论阐释的表演舞台。可以说，味论发展的中期阶段是印度古典味论的黄金时代。

---

142 Shailaja Bapat, *A Study of the Vedānta in the light of Brahmasūtras*, New Delhi: Bharatiya Book Corporation, 2004, p.189.

143 R. Pischel ed., *Rudraṭa'sŚṛṅgāratilaka and Ruyyaka'sSahṛdayalīlā*, Varanasi: Prachya Prakashan, 1968, p.2.

144 R. Pischel ed., *Rudraṭa'sŚṛṅgāratilaka and Ruyyaka'sSahṛdayalīlā*, Varanasi: Prachya Prakashan, 1968, p.2.

145 郭绍虞主编：《中国历代文论选》（一），上海：上海古籍出版社，2003年，第274页。

楼陀罗吒时代及此后时期，出现了一些重要的味论诗学家。他们的著作均已失传，只在新护的转述中能发现其诗学思想的蛛丝马迹。

新护在他的味论中批判性地继承和超越了那耶迦。新护接受了那耶迦的情味普遍化原理，但同时又声称这种普遍化来自韵。这实际上是对普遍化原理的一种超越姿态。新护还在味论的另一个方面持超越姿态："数论派认为，味的体验带来欢乐和痛苦，新护抛弃了这一观点，因为他相信，对味的体验完全是快乐的，没有一丝一毫的痛苦。"[146]印度学者认为："新护之后，味成为梵语诗学家普遍接受的重要批评原则。其中，多数诗学家采纳新护的味论，也有些诗学家试图对味论作出新的探索。"[147]

印度中世纪时期，虔诚味论成为印度各个方言诗学的最大亮点。"虔诚味论的兴盛，对晚期梵语诗学的发展而言是一把'双刃剑'。一方面，虔诚味论迎合了宗教改革的时代潮流，使得味论在新的条件下得以继续发展，壮大了味论诗学的生命力，促进了晚期味论诗学发展的多元化；另一方面，虔诚味论实质上是一种地道的宗教美学，它的出现使得晚期味论彻底走入宗教神秘化途径。"[148]

《舞论》的核心之一是艳情味论，而艳情味涉及男主角和女主角。作为印度中世纪时期的味论名作之一，《味花簇》的论述主题自然与男、女主角相关。印度学者指出："从婆罗多的《舞论》到般努达多的《味花簇》、从《十色》到《情光》的各种著作，关于女主角（nāyikā）和男主角（nāyaka）的科学分类（scientific classification），是一种非常令人激动的精神体验。"[149]还有人指出："从许多方面看，般努达多的《味花簇》的出现，是男、女主角分类上的一个重要转折点，因为此前没有哪位作者单就男、女主角的分类写出一部著作……般努达多首次在其书中单独论述这一主题。"[150]从整个内容看，《味花簇》以一半篇幅对女主角进行分门别类的论述或排列组合式阐释，充分体现了古代印度数学思维发达对文艺理论建构的无形而深刻的影响，这也是一些前

146 Y. S. Walimbe, *Abhinavagupta on Indian Aesthetics*, "Introduction", Delhi: Ajanta Publications, 1980.

147 黄宝生：《印度古典诗学》，北京：北京大学出版社，2000 年，第 325 页。

148 尹锡南：《梵语诗学中的虔诚味论》，载《南亚研究季刊》，2011 年第 3 期。

149 Bhānudatta, *Rasamañjarī*, tr by PappuVenugopala Rao, "Preface," Chennai: Pappus Academic & Cultural Trust, 2011, V.

150 Bhānudatta, *Rasamañjarī*, tr by Pappu Venugopala Rao, "Introduction," Chennai: Pappus Academic & Cultural Trust, 2011, p.8.

辈学者归纳的"形式主义"[151]、"分析计数"[152]或曰"形式化批评"[153]即形式分析的题中应有之义。

般努达多对男、女主角的分类，须溯源至《舞论》、《诗庄严论》、《艳情吉祥志》和《十色》等梵语文艺理论著作。婆罗多依照性格特征对男主角分类，楼陀罗吒和胜财等依照对待女性的态度对男主角进行界定，而般努达多有机地融合了婆罗多和楼陀罗吒、胜财等的分类模式，对男主角进行分类说明。般努达多指出："男主角分三类：丈夫（pati）、出轨者（upapati）、浪子（vaiśika）。丈夫是按照仪轨结婚的人……丈夫分为四类：忠贞型、谦恭型、无耻型和虚伪型。"[154]般努达多将出轨者也分为四类，浪子则分上、中、下三等。

总计 138 颂的《味花簇》中，第 3 至 97 颂共 95 颂涉及女主角，第 100 至 116 颂共 17 颂论及男主角，其他的涉及女信使（第 98 至 99 颂）、四种配角（第 117 至 120 颂）等。这种文字比例的严重失衡，无疑说明了般努达多对男主角和女主角、信使、配角等的重视程度差异明显。换句话说，《味花簇》几乎就是一簇专门献给女主角即女性的"艳情花"。

即使在梵语诗学衰落期，学者们仍在撰写味论著作。一句话，古典味论是梵语诗学史上影响最为深远、历史最为悠久的一派。没有味论的历史影响和传承变异，印度古典梵语文论史和现代文艺理论发展史会截然不同。

婆罗多指出，戏剧表演行家们应将常情、真情和不定情运用于所有的味。戏剧表演要表现主要的味，但也要注意各种味的结合表演。他说："诗（戏剧）的表演，不能只表现一种味。如果各种情、味、风格、地方风格聚集一处，各显身手，那么，应该敲定哪一种是主味，哪一些是次味？与戏剧主要情节相关，并与情由、情态、不定情紧密结合的，便是主味（sthayirasa）。主味的表演应充满真情，次味依托主味，因此仅以动作表演即可。单独一种味的表演，缺乏感染力，且在世间难寻。如努力将各种味混合表演，会感染观众。在戏剧表演中，常情、真情和不定情可以表现各种主题与情境，它们是味的基础，因此应让男演员表演之。以上所述便是戏剧表演中的各种味和情。谁懂得味和情，谁

151 金克木译：《古代印度文艺理论文选》，"译本序"，北京：人民文学出版社，1980 年，第 14 页。

152 金克木：《概述：略论印度美学思想》，曹顺庆主编：《东方文论选》，成都：四川人民出版社，1996 年，第 75 页。

153 黄宝生：《梵学论集》，北京：中国社会科学出版社，2013 年，第 159 页。

154 Bhānudatta, *Rasamañjarī*, ed. by Jamuna Pathaka, Varanasi: ChaukhambaVidyabhavan, 2011, pp.117-118.

就获得至高成就。”（VII.119-125）[155]由此可见，对于艺术创作和表演而言，婆罗多味论具有很强的现实指导意义。它不仅深刻地影响了梵语戏剧学、诗学论著，也对后来的戏剧名著产生了影响，这可视为《舞论》影响戏剧艺术实践的鲜活例证。例如，迦梨陀娑在戏剧《优哩婆湿》中谈到婆罗多教导的戏剧“含有 8 种味”。[156]他在戏剧《摩罗维迦与火友王》中写道：“戏剧呈现源自三德的人间事迹，它们充满各种情味。众人爱好虽然相异，戏剧却是其惟一的喜好。”[157]薄婆菩提在戏剧《罗摩后传》中提到婆罗多的大名以示敬意：“他（诗人）写了，只是没有公开。而其中某个部分饱含情味，适宜表演。尊敬的蚁垤仙人亲手写定，已经送往戏剧学大师婆罗多牟尼处。”[158]他还将悲悯味和奇异味并举：“我凭仙人的眼睛，创作这部作品，语言似甘露净化人心，含有悲悯味和奇异味。其中的事情意义重大，请诸位专心观看。”[159]跋吒·那罗延在《结髻记》中借用婆罗多的戏剧语言表演方式之一“空谈”说：“（凝视空中）灵魂邪恶的人啊，你这个俱卢族的败类！你如此肆意妄为，般度族的愤怒只是你毁灭的征兆。”[160]该剧最后一首诗歌中写道：“诗人的语言清澈甜美，充满修辞和情味，现在告一段落，愿伟大的作品流传大地。”[161]这里提及的“修辞和情味”同样体现了婆罗多味论的影响。

由此可见，婆罗多味论不仅影响了胜财、新护等人的戏剧学、诗学理论建构，也影响了迦梨陀娑、薄婆菩提等梵语戏剧家的文学创作，自然，这种文学影响也会体现在梵语戏剧的艺术表演中。这说明，印度古典文艺味论具有无比旺盛的艺术生命力。

1997 年，印度学者 P.帕特奈克出版了《美学中的味：味论之于现代西方

---

155 Bharatamuni, *Nāṭyaśāstra*, Part.1, Vol.1, Varanasi: Chaukhamba Sanskrit Series Office, 2017, pp.113-114.

156 C. R. Devadhar, ed. & tr., *The Works of Kālidāsa: Three Plays*, Part. 2, Vol.1, Delhi: Motilal Banarsidass, 2015, p.53.

157 C. R. Devadhar, ed. & tr., *The Works of Kālidāsa: Three Plays*, Part. 3, Vol.1, Delhi: Motilal Banarsidass, 2015, p.11.

158 （印度）薄婆菩提：《罗摩后传》，黄宝生译，上海：中西书局，2018 年，第 105 页。

159 （印度）薄婆菩提：《罗摩后传》，黄宝生译，上海：中西书局，2018 年，第 151 页。

160 （印度）跋吒·那罗延：《结髻记》，黄宝生译，上海：中西书局，2019 年，第 25 页。黄先生在当页脚注中解释说：“凝视空中”是梵语戏剧的专门用语，用于角色与不在舞台上的人物进行对话。由此可见，凝视空中说话实为《舞论》指出的“空谈”。

161 （印度）跋吒·那罗延：《结髻记》，黄宝生译，上海：中西书局，2019 年，第 178 页。

文学的批评运用》一书。该书主体分为 11 章。第 1、2 章介绍味论一般原理和九种味之间的关系。第 3 至 10 章分别利用九种味（艳情味、滑稽味、悲悯味、英勇味、暴戾味、奇异味、恐惧味、厌恶味和平静味）点评西方文学，偶尔也涉及中日印等东方文学。作者认识到，丰富多彩的现代文学给味论的批评实践带来挑战，但他自信地说："非常有趣地是，一种 1500 年前的古老理论还能用来评价现代文学，而西方文学家却不得不为此提出新的理论。"[162]他认为，运用味论评价当代作品，肯定会遇上一些困难。但理论是活生生的，它会在成长变化中适应时代的需要。他说："希望味论这一宝贵的理论能被现代文论家继续运用，以使古老传统长存于世。"[163]

综上所述，婆罗多开创的味论在印度文艺理论发展史上具有非常重要的地位。味论在后来的诗学著作中得到充分发展，成为梵语诗学流派中最为重要的一支，它也是真正泽被后世的一种理论。味论不仅具有重要的比较诗学研究价值，还是当代印度学者进行文学批评的有力工具。[164]

162 P. Patnaika, *Rasa in Aesthetics: An Appreciation of Rasa Theory to Modern Western Literature*, New Delhi: D. K Print World, 1997, p.254.

163 P. Patnaika, *Rasa in Aesthetics: An Appreciation of Rasa Theory to Modern Western Literature*, New Delhi: D. K Print World, 1997, p.256.

164 以上相关分析，参阅尹锡南：《印度诗学导论》，上海：上海古籍出版社，2017 年，第 34-51 页。

第四章　庄严论面面观

一般认为，在古代时期，中国、希腊和印度分别独立创造了自成体系的文艺理论，它们成为世界文论的三大源头。经过漫长的历史发展，古代印度形成了世界上独树一帜的梵语文学理论即梵语诗学体系。它有自己的一套批评概念或术语，如庄严、诗德、诗病、风格、味、韵、曲语和合适等。“就梵语诗学的最终成就而言，可以说，庄严论和风格论探讨了文学的语言美，味论探讨了文学的感情美，韵论探讨了文学的意蕴美。这是文艺学的三个基本问题。”[1]梵语诗学至今还闪耀着夺目的理论光辉，并潜藏着批评运用价值。庄严论经过了1000多年的发展历程，在梵语诗学史上占有重要的地位。

第一节　庄严论产生的语言背景

文学是语言的艺术，文学理论即诗学自然与语言修辞结下不解之缘。梵语诗学也不例外。实际上，许多著名的梵语诗学家正是经过对语言问题的深入思考才完成其诗学理论建树。印度声明学（语言学）为“五明”（声明、工巧明、医方明、因明、内明）之首，被誉为“学问之源”。梵语语言学深深地影响了梵语诗学庄严论的产生和发展。

印度古代的语言学成就在古代世界独树一帜。梵语诗学与梵语语言学密切相关。印度学者认为：“在前婆摩诃时期，梵语语言学是诗学的一个组成部

1　黄宝生：《梵学论集》，北京：中国社会科学出版社，2013年，第297页。

分。”[2]梵语语法理论家对于语言的探讨，特别是对于语言和意义关系的探讨和争论，奠定了梵语诗学的基础。波你尼的《八章书》奠定了梵语语言学基础。在他之后，公元前2世纪的波颠阇利著有《大疏》，他接过波你尼的探索旗帜，继续思考语言问题。他指出，表达意义是词的惟一目的。他由此提出著名的“常声”说，这直接启迪了梵语诗学韵论的产生。常声说在7世纪著名的语言哲学家伐致呵利那里得到了长足的发展。他的《句词论》推崇语言，将语言的本质等同于梵，提出“声梵”或曰“音梵”、“词梵”的概念，并将语言与世界的创造联系起来加以理解。伐致诃利依据“梵我同一”的观念指出：“语言是说话者的内在自我，人们称它为伟大的如意神牛。谁通晓语言，就能达到至高灵魂（梵）；掌握语言活动本质，就能享有梵甘露。”[3]

梵语语言学家的思考影响了梵语诗学的理论发展。以语言学家最关心的音义（言意）关系为例，自“梵语文学批评理论之父”[4]婆罗多到梵语诗学史上最后一位大家世主，每一位诗学家都给予重视。可以说，对言意问题的关注构成梵语诗学发展的一条清晰线索。就庄严论而言，对于叠声、比喻、夸张、奇想等修辞法的分析是题中应有之义。对于曲语论来说，对于词性、词格、词数的艺术使用顺理成章。就韵论而言，其整个体系的建立主要依赖语言学支撑。印度学者认为：“我们的语法学家的观察很了不起，但文学批评家的思考更为出色。”[5]梵语诗学家受惠于语言学有目共睹。例如，檀丁将语言的重要性推到无以复加的地步：“完全是蒙受学者们规范的和其他语言的恩惠，世上的一切交往得以存在。如果不是称之为词的光芒始终照耀，这三界将完全陷入盲目的黑暗。”[6]这不禁使人想起伐致呵利的“声梵”说。世主对诗歌的定义没有超出音义或言意关系的范畴。他说：“诗是传达令人愉悦的意义的词语。”[7]世主之后不断出现的梵语诗学论著，对于语言问题的关注一如既往。解析一部梵语诗学发展史，某种程度上就是清理语言学对诗学渗透影响的历史。庄严论当然也不例外。

---

2 V. M. Kulkarni, *Studies in Sanskrit Sāhitya-śāstra*, Patan: B .L .Institute of Indology, 1983, p.122

3 转引自黄宝生：《梵学论集》，北京：中国社会科学出版社，2013年，第267页。

4 A. Sankaran, *Some Aspects of Literary Criticism in Sanskrit of the Theories of Rasa and Dhvani*, Delhi: Oriental Books Reprint Corporation, 1973, p.17

5 Tarapad Chakrabarti, *Indian Aesthetics and Sciences of Language*, Calcutta: Sanskrit Pustak Bhandar, 1971, p.149.

6 黄宝生译：《梵语诗学论著汇编》（上册），北京：昆仑出版社，2008年，第153页。

7 Jagannath, *Rasagaṅgādhara*, Delhi: Motilal Banarsidass, 1983, p.4

第二节　庄严论的发展流变

“庄严”本意是装饰、修饰，沿用汉译佛经译法，可以译为“庄严”。狭义是指比喻、双关等修辞方式，广义指装饰诗或形成诗美的因素。[8]就“庄严论”而言，它也有狭义和广义之分。广义是指梵语诗学，狭义是指以婆摩诃、楼陀罗吒、鲁耶迦和阿伯耶·底克希多等人为代表的庄严论派。庄严论的发展可以分为萌芽期、早期和中后期三个阶段。

梵语诗学产生于梵语戏剧学之后，因此，庄严论在公元初出现的婆罗多《舞论》中得以萌芽。婆罗多在《舞论》第十五章至第十九章论述戏剧语言，其中第十七章论述诗相、庄严、诗病和诗德，这些论述已形成梵语诗学雏形。后来的梵语诗学家普遍运用庄严、诗病和诗德三种概念，但淘汰了诗相概念。婆罗多论述了四种庄严，即：明喻、隐喻、明灯、叠声。其中，叠声属于后来诗学家所谓的音庄严，而明喻、隐喻和明灯则属义庄严。他还提出十种诗病：意义晦涩、意义累赘、缺乏意义、意义受损、意义重复、意义臃肿、违反正理、诗律失调、缺乏连声、用词不当。诗病说作为庄严论的有机组成部分，受到后来的庄严论者普遍关注。此外，婆罗多要求庄严应与各种味相配合，以获得最佳艺术效果。他虽然在戏剧学范畴内论述庄严，但却为后来的诗学庄严论奠定了基础。

7 世纪到 9 世纪中叶，印度出现了一系列梵语诗学著作，涌现了婆摩诃、檀丁、伐摩那、优婆吒、楼陀罗吒等诗学家和跋底、伐致呵利等不同程度涉及修辞方式的语法学家。这一时期属于梵语诗学彻底摆脱戏剧学附庸而独立发展的早期阶段。婆摩诃、檀丁、优婆吒和楼陀罗吒等人主要探讨庄严即语言修辞，形成梵语诗学庄严论派。其中，檀丁还属于风格论派的开创者。

婆摩诃的《诗庄严论》是现存最早的梵语诗学著作。“婆摩诃被认为是梵语诗学庄严论派最早的捍卫者。”[9]他在书中对梵语文论进行了初步的总结性思考，并以庄严为出发点建构诗学体系。他对诗的定义是：“诗是音和义的结合。”[10]这显示婆摩诃受语言学影响之深。他认为，“庄严”是曲折的表达方式。他说：“我们希望的语言修辞是词音和词义的曲折表达。”[11]婆摩诃在《诗庄严经》第二、三章中，以一百六十颂专论庄严，显示了他对庄严的高度

8　黄宝生：《印度古典诗学》，北京：北京大学出版社，2000 年，第 243-244 页。
9　P. V. Kane, *History of Sanskrit Poetics*, Delhi: Motilal Banarsidass, 1971, p.83.
10　黄宝生译：《梵语诗学论著汇编》（上册），北京：昆仑出版社，2008 年，第 114 页。
11　黄宝生译：《梵语诗学论著汇编》（上册），北京：昆仑出版社，2008 年，第 116 页。

重视。他共论述三十九种庄严，其中的谐音和叠声属于音庄严，另外三十七种如明喻和隐喻等属于义庄严。婆摩诃对每种庄严都做了界定，并举例说明。他也以相当篇幅论述诗病。

庄严论在檀丁的《诗镜》中占有重要地位。与婆摩诃相比，檀丁提出的庄严和诗病种类大体一致，但他对有些庄严的论述更为细致。并且，檀丁在论述每种诗病时，几乎都指出其例外的情况，即在什么情况下这一诗病不是诗病，反而成为庄严或诗德，显示了他辨证灵活的诗学观。

优婆吒的《摄庄严论》和楼陀罗吒的《诗庄严经》也是早期庄严论的代表作。优婆吒的一些庄严要么是婆摩诃没有提到的，要么是与婆摩诃的阐释界定不同。优婆吒提出的四十一种庄严基本上沿袭婆摩诃的名类，只是对有些庄严作了增删。总之，比起婆摩诃，优婆吒对不少庄严的界定和分析更加严密和细致。庄严和诗病是庄严论的核心话语，楼陀罗吒围绕这两个关键词建构自己的诗学体系。他提出的义庄严比婆摩诃和优婆吒多了三十多种，达到六十三种。这是早期梵语诗学庄严的最高数目。楼陀罗吒把义庄严分成四类。他说："本事类、比喻类、夸张类和双关类，这些就是种类殊异的义庄严，再也没有其他的义庄严了。"[12]总体来看，他对庄严和诗病的论述更为系统和深入，还试图将婆罗多的味论纳入自己的庄严论体系，显示了梵语诗学的风头开始从庄严论转向味论。楼陀罗吒的庄严分类虽然显得更为系统，但也显得更加繁琐机械。但后期梵语诗学家、特别是一些庄严论者如鲁耶迦、胜天和底克希多等人论述庄严的外延和内涵时，均不脱离楼陀罗吒庄严论体系或模式。楼陀罗吒是连接早期与中后期梵语诗学庄严论的坚实桥梁，也是早期诗学味论的重要开拓者之一。迄今为止，世界梵学界对其理论体系重要性的认识还存在不足，这有待学界在进一步探索的基础上，达成新的共识。

自 9 世纪欢增创立韵论开始，庄严论进入长达数百年的中后期发展阶段。在这一时期，庄严不再成为庄严论者论述的"专利"，持韵论、味论、曲语论或推理论的诗学家都不同程度地论述了庄严和诗病。这说明，庄严论的独尊地位虽已打破，但庄严这一诗学范畴已经深入人心。这一时期的庄严论大致可以分为三种情形，即在综合论述中涉及庄严、专论庄严和以曲语论拓展并试图取代庄严论。

曼摩吒、波阇、毗首那特、维底亚达罗、胜天、格维·格尔纳布罗和世

12 Rudrata, *Kāvyālaṅkāra*, Varanasi: Chaukhamba Vidyabhawan, 1966, p.390.

主等人在综合性诗学体系中论述庄严。曼摩吒的《诗光》总结性地阐释了韵论，并开启了建树系统诗学的先河，为后人撰写同类著作提供了范本。尽管庄严在韵论中居于附属地位，曼摩吒仍然全面介绍各种音庄严和义庄严共六十四种。这些音庄严和义庄严基本上来自婆摩诃和楼陀罗吒等人论述的庄严。毗首那特的《文镜》是在《诗光》影响下创作的以味论为核心的综合性论著。他论述了十九种音庄严和七十五种义庄严。世主是中世纪印度最重要的梵语诗学家。S.K.代认为："世主的《味海》是梵语诗学的最后一部杰作。"[13]《味海》是一部综合性诗学著作。该著以大量篇幅介绍庄严，但在介绍到第七十一种庄严时，未完中断。世主没有涉及音庄严，只论述义庄严。

婆摩诃和楼陀罗吒等早期的庄严论者虽然以庄严论著称，其著作论述的范围却超出了庄严。从 12 世纪开始，出现了一些专论庄严的诗学著作。这以鲁耶迦和阿伯耶·底克希多等人为代表。

鲁耶迦《庄严论精华》专论庄严。它基本上剔除了庄严以外的诗学命题，集中论述各种庄严。他论述了八十一种庄严。他对一些庄严的内涵和性质所作的辨析比前人更加精密，为毗首那特、维底亚达罗、维底亚那特和阿伯耶·底克希多等所采用。"鲁耶迦的著作是关于各种庄严的标准论述，后来绝大多数庄严论者都追随他。"[14]鲁耶迦论述的音庄严有六种，义庄严七十五种。他对婆摩诃、檀丁、伐摩那、优婆吒、楼陀罗吒和曼摩吒等人论述的庄严"去粗取精"，形成自己的庄严论体系。鲁耶迦还创造了几个新的庄严，如"转化"、"多样"等。

阿伯耶·底克希多著有《莲喜》和《画诗探》等。底克希多认为，音庄严缺乏魅力，因此他在《莲喜》中抛开音庄严单论义庄严。他在胜天论及的义庄严基础上，增加了许多种，从而达到了一百二十多种，这使他的义庄严数目达到了梵语诗学史之最。他论述了一些新的义庄严如微妙称颂等。《莲喜》的影响至今可见。南印度的学校至今仍然在使用《莲喜》。因为，这是一部关于庄严的"标准手册"。它"与其说是一本学术著作，不如说它是一本标准的实用手册"。[15]在西方学者编写的《梵英词典》中，也能查询到底克希多论述的很多种庄严。

13 S. K. De, *History of Sanskrit Poetics*, Calcutta: Firma K.L. Mukhopadhyay, 1960, p.252
14 Ruyyaka, *Alaṅkāra-sarvasva*, "Introduction," Delhi: Meharchand Lachhmandas, 1965, p.53.
15 Edwin Gerow, *Indian Poetics*, Wiesbaden: Otto Harrassowitz, 1977, p.286.

恭多迦的代表作是《曲语生命论》。他是梵语诗学曲语论的代表人物。“曲语”（vakrokti）由表示“曲折”的 vakra 和表示“语言”ukti 两个单词组合而成。作为对韵论的反拨，恭多迦创造性地发掘婆摩诃最先提出的曲语概念，构建了自成体系的曲语论。他以庄严论继承者面目出现而又力求突破创新。恭多迦是一位新时代的庄严论者，或曰新庄严论者。他的理论出发点是庄严论。他有时也将曲语称作“庄严”。但这种“庄严”是广义的，并不局限于庄严论中的音庄严和义庄严。他把“庄严”这个批评概念改造成涵盖面更广的“曲语”。恭多迦具体论述六种曲语，即音素曲折性（包括谐音和叠声等音庄严）、词干曲折性（包括同义词和复合词等的特殊运用）、词缀曲折性（指时态和词格等的特殊运用）、句子曲折性（指比喻和夸张等义庄严）、章节曲折性（指产生曲折动人效果的章节或插曲）和作品曲折性（指创造性地改编原始故事）。曲语论的确是对庄严论内涵的前所未有、甚至是空前绝后的改写。恭多迦试图用曲语这一批评概念囊括庄严、诗德、风格、味和韵等所有文学因素。整个后期梵语诗学，占据主流地位的始终是韵论和味论。因此，恭多迦“发动了一场猛烈却短命的反叛运动，想利用一种颇有创意的方式调和新旧观念，回归庄严论立场……面对被人广泛接受的欢增等人的韵论，恭多迦想复兴和发展婆摩诃的旧理论，他显然是在为一场注定失败的事业而奋斗”。[16]但从庄严论的发展来看，恭多迦的贡献是值得肯定的。

总之，庄严论作为最早出现的梵语诗学体系，在探索文学的特性和语言艺术的奥秘方面起了先驱作用。梵语诗学研究专家认为：“英语中的文学批评有一个古老的名字‘诗学’……在梵语里，这一学科最常用、实际上叫到最后的惟一名字是‘庄严论’。”[17]值得注意的是，在古典梵语文学中，存在着一种崇尚形式主义的文风，以雕琢的文体和奇巧的修辞显示诗才，甚至陷入文字游戏。庄严论热衷于修辞技巧的立场，或多或少助长了这种文风。[18]

第三节　庄严的外延与内涵

按照逻辑学术语，一个概念包含了它的内涵与外延。内涵指概念所概括的

---

16 Kuntaka, *Vakroktijivita*, “Introduction,” ed. by Sushil Kumar De, Calcutta: Firma K. L. Mukhopadhyay, 1961.

17 V. Raghavan, *Studies on Some Concepts of the Alaṅkāra Śāstra*, Madras: The Adyar Library, 1942, p.258.

18 黄宝生：《印度古典诗学》，北京：北京大学出版社，2000 年，第 278 页。

思维对象的本质属性，外延指思维对象的数量或范围。从梵语诗学的发展历程来看，“庄严”的外延和内涵均发生过变化。虽然现代学者用“修辞格”或figure of speech等中英文来翻译“庄严”（alaṅkāra）一词，但并不能准确地表述“庄严”的真实含义，也就无法概括它的内涵与外延。这是因为，庄严论者把修饰和美化诗歌的因素与语言文学、宗教哲学、因明逻辑等各个领域联系起来。这使梵语诗学的“庄严”成为一种无所不包的泛修辞话语，其内涵与外延难以为现代人准确理解。

在婆罗多的《舞论》中，庄严只有明喻、隐喻、明灯和叠声等四种。这些都与戏剧语言的艺术运用有关。庄严还只是狭义的文学修辞表达方式。到了婆摩诃时期，梵语诗学庄严论正式产生。婆摩诃论述了三十九种庄严，其中的谐音和叠声属于音庄严，另外三十七种属于义庄严。这些庄严中，谐音、叠声、隐喻、明灯、夸张和奇想等体现了婆摩诃对文学语言的深入思考，这些庄严多属于语言形式的艺术使用。但有情、有味、有勇、高贵和祝愿等庄严则基本与作品的情感表达有关，而“藏因”带有因明学色彩，天助更带有一些神秘的宗教气息。如果说各种庄严是构成诗的魅力因素的话，诗病就是对魅力的破坏。运用庄严和避免诗病，是诗歌创作的两个有机方面。婆摩诃主要从语法修辞和因明逻辑等角度论述诗病。这同他论述庄严的思路是一致的。例如，他的第二组十种诗病包含了缺乏连声和违反地点、时间、技艺、人世经验、正理和经典等项，这些诗病与作品违反语法规则和宗教经典等有关。

早期庄严论者基本上沿着婆摩诃的诗学足迹继续探索庄严的内涵与外延。如檀丁论述的三十九种庄严中，原因涉及因明学，而微妙和掩饰与内容表达有关。优婆吒提到了涉及因明的诗因。他的定义是：“一旦听说某事，就会回忆或体味另外的事。这种产生效果的原因被称为诗因。”[19]楼陀罗吒的六十多种义庄严中，有三十多种是新增的，这包括：本事类庄严的聚集和推理，夸张类庄严的分离和非因和双关类庄严的真谛等。这些新的庄严均与因明或宗教有关。到了后来，梵语诗学家基本上采纳婆摩诃等人论述的庄严和诗病，同时不断地增删，形成了一个庞大的庄严论体系。他们因循婆摩诃的广义庄严论模式。如曼摩吒的六十四种和毗首那特的九十四种庄严中均出现了聚集、推理、分离、藏因、微妙、天助等。世主的七十一种庄严分为八类，第六类包括诗因和推理，第七类八种庄严以句子推理为主，包括推断、聚集和三昧等。胜

19 Udbhata, *Kāvyālaṅkārasarasaṅgraha*, Delhi: Vidyanidhi Prakashan, 2001, p.142.

天的一百多种庄严包括了选择、聚集、推理、推断、诗因、藏因和三昧等。两位专论庄严的诗学家鲁耶迦和阿伯耶·底克希多也采纳了推理、诗因、选择和聚集等庄严。上述诸家除曼摩吒以外，均认可有情有味、有勇等庄严。这反映了他们的泛庄严论立场。

最能体现泛庄严论立场的还是 11 世纪的诗学家波阇。他的代表作是《辩才天女的颈饰》和《艳情光》。波阇的诗学出发点是广义的庄严论，即认为诗德、庄严、风格和味都是装饰诗的庄严因素。他对庄严的内涵做了新的定义，因此，庄严的外延势必随之扩展。波阇力图有所创新，但其泛庄严论的形式主义分析走到了极端。他把庄严分为三类，即各二十四种音庄严、义庄严和音义庄严。他认为："诗神教导说：外在的音、内在的义和内外结合的音义组成庄严。"[20]波阇打比方道："装饰有三类：外部、内部和内外结合的。这三类装饰中，外部装饰指服饰、花环和首饰等等，内部装饰指净齿、剪指甲和梳发等等，内外结合装饰指在身体上涂抹沐浴的香料和在面庞涂膏等等。诗的身体上，犹如经过服饰、花环和首饰等装饰的音节组合等等是音庄严，犹如通过净齿等装饰的自性等等是义庄严，仿佛涂抹过沐浴香料的明喻等等是音义庄严。"[21]波阇论述的音庄严有二十四种，包括音节组合、语调、隐语和戏剧表演等。维达巴等语言风格居然被视为音庄严。戏剧表演也属于音庄严的一种。其他如学问、文体等也被视为音庄严，这充分体现了波阇将庄严外延空前扩展的立场。他的义庄严也分二十四种，包括藏因、天助、现量、推理、圣言量和喻量等。他的音义庄严同样分为二十四种，包括明喻、隐喻、聚集、明灯、夸张和双关等。由此可以看出，为了达到整齐划一的效果，波阇不惜削足适履，如把戏剧表演等归入音庄严中，这使他的庄严论体系显得十分僵硬呆板。这是波阇泛庄严论思想的必然体现。

很多庄严论者在论述庄严时，有一个共同的特点，那就是对一些庄严一分再分，不断地扩大其外延。例如，婆摩诃把叠声分为头叠声和四音步叠声等五种。檀丁把明喻分为三十二种，如性质明喻、本事明喻和原因明喻等。楼陀罗吒的双关包括字母双关和词语双关等十一种，而图案包括车轮和剑刃等十五种。曼摩吒把明喻分为十九种不完全的明喻和六种完全的明喻，还把双关分为二十四种。毗首那特把夸张分为五种，把明喻分为二十一种不完全的明喻和六

20 Bhoja, *Sarsvatī-Kaṇṭhābharaṇa*, Gauhati: Publication Board, Assam, 1969, p.49.
21 Bhoja, *Śṛṅgāraprakāśa*, Vol.2, Mysore: Coronation Press, 1963, p.371.

种完全的明喻。上述不厌其烦地扩展每种具体庄严之外延的做法在鲁耶迦、胜天、阿伯耶·底克希多和世主等人那里也有不同程度的体现。

第四节　庄严论的时空传播和现代运用

国内外梵学界一般认为，梵语诗学家世主的《味海》代表古典梵语诗学的终结。但是，梵语诗学庄严论在世主之后并没有销声匿迹。相反，它以梵语和印地语、孟加拉语等各种印度地方语言为载体存活下来。印度学者的研究表明，从现有资料来看，18 和 19 世纪里，印度一共出现了八十到八十五部左右梵语诗学著作。这些著作中，二十六部是论述梵语诗学（包括戏剧学）各个方面的综合性著作，其余大部分著作都只论述庄严问题。

后世主时代的两百年即 18 至 19 世纪，梵语诗学家们虽然失去了理论创新的动力，但鉴于婆罗多到世主所积累的文学理论遗产非常丰富，一些人仍然潜心于钻研梵语诗学，以各种方式与婆罗多到世主之间的古典诗学家们进行隔代的心灵对话，偶尔还闪现出崭新的智慧火花。这种对话使梵语诗学得以薪火相传，梵语诗学理论精华得以保护和传承。对 20 世纪以来的印度文学理论发展而言，两个世纪来卓有成效的诗学对话功莫大焉。例如，当代印度学者接续了梵语诗学的“诗魂”说：“庄严是诗的灵魂，因为只有庄严以诗的形式存在……味是诗的效果，它并非存在于诗中。”[22]

中国西藏地区因为历史和地理原因，在语言文化和宗教信仰上深受梵语文化和印度佛教的影响。在长期的影响过程中，梵语诗学庄严论进入西藏，从此开始对藏族文论即中国古代文论的一个分支产生深刻影响。梵语诗学对藏族文论的影响，以庄严论为主。具体说来，以 7 世纪檀丁的《诗镜》为代表。

在《诗镜》流传西藏地区的过程中，学者们对文学形式与内容的关系问题展开讨论。他们一致认为，檀丁把内容归并在语言形式中进行论述是一个缺陷。这种共识使得藏族学者们开始有意识地对檀丁的诗学观进行改造调适，以适应藏族文学创作和文论发展的需要。在这种改造梵语诗学的过程中，本土的藏族文学理论得以丰富。藏族学者从理论上纠正了檀丁只重文学形式和语言修辞、忽视思想内容表达的偏颇与缺陷。藏族学者不仅从宏观层面考察《诗镜》的得失，还从微观角度思考檀丁提出的每种庄严，并在吸收利用的基础

22 Rewaprasada Dwivedi, *Kavyalankarakarika*, “Author’s Note,” Varanasi: Kalidasa Samsthana, 2001.

上，作了若干补充与发展。《诗镜》中有一些音庄严乃至诗病是根据梵语的特殊结构和语音实践总结出来的。在实际运用中，藏族学者淘汰了某些不适合藏族语言特点和结构的“清规戒律”，而代之以合适的规律。[23]总之，藏族学者们对《诗镜》进行改造，最终使庄严论产生文化变异，庄严论成了独具特色的藏族文论。

《诗镜》为代表的梵语诗学庄严论不仅影响了中国西藏地区的文学创作和文学理论，它还通过藏族文论对中国蒙古地区文论产生过影响。这是一条错综复杂而又妙趣横生的诗学影响链。庄严论是这一链条的起点。《诗镜》首先传入西藏。它在西藏得到广泛接受和长足的发展之后，随着蒙藏文化关系的日益发展而逐渐在蒙古族文学创作和文学理论领域中产生了影响。蒙古族文学自从进入自觉发展的那天起就与梵语诗学庄严论开始“亲密接触”。与藏族学者当初的做法类似，蒙古族学者们也对檀丁的著作进行注疏改造，以使其成为本民族文学创作的指南。[24]随着时间不断流逝，《诗镜》逐渐成为蒙古族文学理论的有机组成部分，同时也成为蒙古族文学创作的营养元素。庄严论通过藏族文学理论，再影响蒙古族文学理论，这是印度古代文学理论的独特魅力所在，也是中世纪东方文学理论跨文化对话的题中之义。书写一部客观的中印文学交流史，如果缺少这斑斓多彩的一章，将是不完美的。

在梵语诗学庄严论对中国少数民族地区文学创作和诗学建构产生影响的同时，它还对某些与印度历史文化联系紧密的泰国等东南亚国家的文学理论和创作产生了潜移默化的影响。这进一步扩大了梵语诗学的国际辐射范围。历史上，对泰国诗学影响最大的印度文论著作是巴利文的《智庄严》，这部著作脱胎自 7 世纪的梵语诗学庄严论。音庄严和义庄严都被泰国诗人用来指导和评价古典诗作。总体来看，梵语诗学核心原理即诗德、庄严和味虽都已传入泰国，但庄严和诗德的影响有限，有影响力的当属味论。[25]这和中国西藏地区只接受梵语诗学庄严论形成反差。

庄严论不仅成为中国藏族文论、蒙古文论及泰国文论的有机组成部分，它

---

23 佟锦华：《藏族文学研究》，北京：中国藏学出版社，1992 年，第 176-195 页。另参见赵康：《〈诗镜〉及其在藏族诗学中的影响》，《西藏研究》，1983 年第 3 期；赵康：《〈诗镜〉与西藏诗学》，《民族文学研究》，1989 年第 1 期。

24 参阅娜仁高娃：《〈诗镜论〉对蒙古族诗论的影响》，《内蒙古师范大学学报》，2003 年第 3 期。

25 裴晓睿：《印度诗学对泰国诗学和文学的影响》，《南亚研究》，2007 年第 2 期。

还在印度和中国的现代文化语境下被运用在文学批评中。这就是梵语诗学的现代运用。

20 世纪以来，以泰戈尔等人为起点和代表，印度学者利用庄严论和味论等梵语诗学理论评价东西方文学已经蔚然成风。这种梵语诗学现代运用可以称之为“梵语批评”或“梵语诗学批评”。梵语诗学批评有其深刻的历史文化成因，也有时代发展的外部动力和印度民族自信心增强的内部因素。[26]

梵语诗学不仅在本土得到现代运用，这一趋势甚至还“感染”了中国梵语诗学研究者黄宝生。他在 20 世纪九十年代发表文章，以梵语诗学理论话语（庄严论、味论和韵论）为工具，对著名诗人和学者冯至的诗集《十四行集》进行阐释。他发现，冯至诗歌中采用了谐音、比喻、奇想等庄严（修辞）手段。冯至诗歌除了具有深远含蓄的韵外，还利用恰当的情由和情态的描绘，达到了新护等强调的感情普遍化的境界，从而唤起悲悯味等美学情感。[27]作为中国第一篇梵语诗学批评的范文，其尝试是成功的。

1990 年，印度学者帕德科出版了《关于跋娑戏剧庄严的分析》一书。因为前人对梵语戏剧家跋娑的研究成果非常丰富，他在研究中决定另辟蹊径。帕德卡在书中先利用已有的五十八种梵语诗学庄严（修辞法）如夸张和明喻等逐一分析跋娑十三剧，再自创讥刺、委婉、警句、感叹和设问等五种新庄严对跋娑戏剧中的修辞手法进行评析。最后，帕德卡还从跋娑戏剧中析出了八种味和两种韵。帕德卡写道：“跋娑已经运用了五十八种庄严，显示了他高度的原创性。本书研究可以得出这样的结论：跋娑是一位在文学中运用庄严技巧和艺术的大师（master)。”[28]帕德卡的贡献在于，他是最早以几十种庄严集中分析一位印度古典作家的学者。他还创造了五种新的庄严，以解释跋娑戏剧的修辞手法。

某种意义上，梵语诗学对语言修辞、审美情感和意境等方面的关注，使文本阐释多了一个审美的维度。目前的文化批评强调身份政治、性别政治等文学外部因素，对于文学内部因素的审视显得有些冷场，梵语诗学庄严论和味论等的现代运用不失为明智之举。梵语诗学的批评运用，对中国古代文论的现代转换和批评运用具有重要的参考价值。

---

26 参阅尹锡南：《梵语诗学的现代运用》，《外国文学研究》，2007 年第 6 期。
27 黄宝生：《梵学论集》，北京：中国社会科学出版社，2013 年，第 142-154 页。
28 S. S. Phadke, *Analysis of Figures of Speech in Bhasa's Dramas*, Goa: Panaji, 1990, p.116.

第五章　般努达多的《味花簇》

般努达多（Bhānudatta）生活在 15 世纪，他的诗学著作包括《味花簇》（*Rasamañjarī*）、《味河》（*Rasataraṅgiṇī*）、《庄严吉祥志》（*Alaṅkāratilaka*）等。从印度中世纪虔诚味论的发展来看，般努达多无疑是一个承上启下的关键人物。“般努达多因其论及男、女主角和味的两部流行著作而知名，它们是《味花簇》和《味河》。”[1]他的《味花簇》在 16 世纪至 17 世纪出现了至少 17 种梵文注疏，便是一个很好的例证。其中最有名的两种注疏是 S.金铎摩尼（Śeṣa Cintāmaṇi）的《芳香注》（Parimala）和 T.密湿罗（Trivikrama Miśra）的《味喜注》（Rasāmoda）。“所有这些学者的著作和研究体现了《味花簇》深刻而广泛的基础。它除了是一部具有美学和社会文化价值的著作外，还说明了男女心理和行为的本质。它对印度中世纪时期文学产生了深远而有趣的影响。”[2]婆罗多和胜财对男女主角的论述基本上平分笔墨，而般努达多主要论述女主角，对男主角的论述相对简略，配角等则是一笔带过。《味花簇》不仅是兼涉剧论和诗论的著作，也是基于梵语诗歌优秀传统的一部文学作品。它可以视为梵语戏剧味论的受惠者，也是迦梨陀娑以来的梵语诗歌传统的受益者之一。换句话说，这是一部同时向婆罗多、欢增等为代表的梵语戏剧理论家、诗学家和迦梨陀娑、胜天等为代表的梵语作家致敬的著作。这部诗律体著作对于后世梵语戏剧学、诗学产生了影响。当代学者所见、印度某些博物馆珍藏

1　Sushil Kumar De, *History of Sanskrit Poetics*, New Delhi: New Bharatiya Book Corporation, Third Edition, 2019, p.237.

2　Bhānudatta, *Rasamañjarī*, ed., by Ram Suresh Tripathi, “Introduction,” Aligarh: Viveka Publications, 1981, XXXVI.

的艳情画所刻画的几种爱情状态，虽然其文化根源在《舞论》甚或《爱经》，但与《味花簇》等味论著作的流行，显然是密不可分的。这说明，《味花簇》对印度传统绘画产生了某种影响。美国梵文学者谢尔顿·博洛克指出，作为一位在印度的伊斯兰宫廷供职的婆罗门诗人，般努达多为印度文学史和印度绘画史研究者所熟悉，正是因为其创作了影响深远的《味花簇》。它不仅详细论述了艳情味的基本因素即女主角，也是“拉贾斯坦传统绘画在 17 世纪兴起的一个重要动因，这种绘画在他非凡美妙的诗歌典范中发现了灵感，并将其转化为线条与色彩”。[3]《味花簇》虽然只有短短的 138 颂，但却充分体现了梵语诗歌的语言美、情感美和意蕴美，换句话说，它典型地吸纳了梵语戏剧味论和诗学庄严论、韵论的思想精髓。“梵语诗学体系中最重要的三个批评原则是庄严、味和韵，分别体现诗的语言美、感情美和意蕴美。”[4]因此，本章尝试从主角论（涉及味论）、诗律运用和语言美（涉及庄严论）、情感美和意蕴美（涉及味论和韵论）等三个视角出发，对《味花簇》进行较为全面的分析。

第一节　角色分类

源远流长、内容丰富的味论源自婆罗多的《舞论》，它的核心之一是艳情味论，而艳情味涉及男主角和女主角。作为味论名作之一，《味花簇》的论述主题自然与男、女主角相关。

印度学者指出：“从婆罗多的《舞论》到般努达多的《味花簇》、从《十色》到《情光》的各种著作，关于女主角（nāyikā）和男主角（nāyaka）的科学分类，是一种非常令人激动的精神体验。”[5]还有人指出：“从许多方面看，般努达多的《味花簇》的出现，是男、女主角分类上的一个重要转折点，因为此前没有哪位作者单就男、女主角的分类写出一部著作……般努达多首次在其书中单独论述这一主题。”[6]从整个内容看，《味花簇》以一半篇幅对女主角

3 Sheldon Pollock, ed. & tr., *A Rasa Reader: Classical Indian Aesthetics*, New Delhi: Permanent Black, 2017, p.280.

4 黄宝生：《梵学论集》，北京：中国社会科学出版社，2013 年，第 142 页。

5 Bhānudatta, *Rasamañjarī*, tr by Pappu Venugopala Rao, “Preface,” Chennai: Pappus Academic & Cultural Trust, 2011, V.

6 Bhānudatta, *Rasamañjarī*, tr by Pappu Venugopala Rao, “Introduction,” Chennai: Pappus Academic & Cultural Trust, 2011, p.8.

进行分门别类的论述或排列组合式阐释，充分体现了古印度发达的数学思维对文艺理论无形而深刻的影响，这便是前辈学者归纳的“形式主义”[7]、“分析计数”[8]或曰“形式化批评”[9]即形式分析。

般努达多对男、女主角的分类，须溯源至《舞论》、《诗庄严论》、《艳情吉祥志》和《十色》等梵语文艺理论著作。婆罗多的《舞论》将演员扮演的男、女角色一律分为三等：上等、中等、下等。他还将男主角分为四类。公元 9 世纪的楼陀罗吒在《诗庄严论》中也将男主角分成四类：忠贞型（anukūla）、谦恭型（dakṣiṇa）、虚伪型（śaṭha）和无耻型（dhṛṣṭa）。这种四分法也为 10 世纪的胜财在《十色》中采纳。楼陀罗跋吒（Rudrabhaṭṭa）大约生活在公元 10 世纪。他在《艳情吉祥志》（*Śṛṅgāratilaka*）中重点阐发婆罗多的戏剧味论。和楼陀罗吒一样，楼陀罗跋吒先论及四类男主角，再论使者、伴友和丑角等三类配角，接着详细地论述女主角。

婆罗多依照性格特征对男主角分类，楼陀罗吒和胜财等依照对待女性的态度对男主角进行界定，而般努达多有机地融合了婆罗多和楼陀罗吒、胜财等的分类模式，对男主角进行分类说明。般努达多指出：“男主角分三类：丈夫（pati）、出轨者（upapati）、浪子（vaiśika）。丈夫是按照仪轨结婚的人……丈夫分为四类：忠贞型、谦恭型、无耻型和虚伪型。”[10]般努达多将出轨者也分为四类，浪子则分上、中、下三等。

总计 138 颂的《味花簇》中，第 3 至 97 颂共 95 颂涉及女主角，第 100 至 116 颂共 17 颂论及男主角，其他的涉及女信使（第 98 至 99 颂）、四种配角（第 117 至 120 颂）等。这种文字比例的严重失衡，无疑说明了般努达多对男主角和女主角、信使、配角等的重视程度差异明显。换句话说，《味花簇》几乎就是一簇专门献给女主角即女性的“艳情花”。

印度教对女性力量的崇拜，产生了后来的性力派，女性形象无形中得到某种程度的升华，而虔诚味论的主角除了毗湿奴大神以外，罗陀等诸多女性形象

7　金克木译：《古代印度文艺理论文选》，“译本序”，北京：人民文学出版社，1980 年，第 14 页。

8　金克木：《概述：略论印度美学思想》，曹顺庆主编：《东方文论选》，成都：四川人民出版社，1996 年，第 75 页。

9　黄宝生：《梵学论集》，北京：中国社会科学出版社，2013 年，第 159 页。

10　Bhānudatta, *Rasamañjarī*, ed. by Jamuna Pathaka, Varanasi: Chaukhamba Vidyabhavan, 2011, pp.117-118.

也不可或缺。这些女性如缺席“表演”的话，诗学家们的文学理论思考或宗教美学演绎将成为“无米之炊”。由此可见，般努达多在《味花簇》中专论女性为主的艳情味，似乎是水到渠成之事，而他的承上启下也是自然之举。般努达多以《味花簇》为切入点，将女主角的分类研究发展为一个“独立的知识和探索领域。这是般努达多对梵语文学最卓越的贡献”。[11]

般努达多的女主角分类并非“空穴来风”。在他之前，婆罗多将女性角色也分为上等、中等和下等。婆罗多还将女主角分成女神、王后、淑女和妓女四类。婆罗多在《舞论》第 24 章中，依据女主角的爱情状态，将其分为 8 种：妆扮以候型（vāsakasajjikā）、恋人爽约型（virahotkaṇṭhitā）、恋人钟情型（svādhīnabhartṛkā）、恋人失和型（kalahāntaritā）、恋人移情型（khaṇḍitā）、期盼恋人型（vipralabdhā）、恋人远游型（proṣitabhartakā）、追求恋人型（abhisārikā）。（XXIV.210-211）[12]可以看出，与其对男主角的相关论述相比，婆罗多对女主角的论述更为详细。这种模式影响了后世几乎所有的梵语诗学家。

楼陀罗吒将女主角分为自己的女子（ātmiyā）即忠实于丈夫的妻子、他人的女子（anyāsaktā）即出轨者或偷情者、公共的女子（sarvāsaktā 或 sāmānya）即妓女等三类。这种三分法后来也为胜财所认可。楼陀罗吒把第一类即自己的女子又分为无经验的（mugdhā）、较有经验的（madhyā）和有经验的（pragalbhā）三类。有经验的和较有经验的女子又分为稳重的（dhīrā）、不稳重的（adhīrā）和较稳重的（madhyā）三类。较有经验和有经验的女主角又分为年长的（jyeṣṭhā）和年轻的（kaniṣṭhā）两类。他人的女子分为已婚妇女（ūḍhā）和未婚少女（kanyā）两类。如此计算，楼陀罗吒提及的女主角共计 16 种，她们包括：妓女一种、他人的女子两种（已婚和未婚）、自己的女子 13 种（无经验的、较有经验的、有经验的、较有经验且稳重的、较有经验且较稳重的、较有经验且不稳重的、较有经验且年长的、较有经验且年轻的、有经验且稳重的、有经验且较为稳重的、有经验且不稳重的、有经验且年长的、有经验且年轻的）。楼陀罗吒虽然简略提到了男、女主角的上、中、下三分法，但未展开论述，因此可以略去他的这种分类。

楼陀罗跋吒对女主角的分类类似楼陀罗吒但又有所发挥。楼陀罗跋吒认

11 Bhānudatta, *Rasamañjarī*, ed. by Ram Suresh Tripathi, “Introduction,” Aligarh: Viveka Publications, 1981, XXVI.

12 Bharatamuni, *Nāṭyaśāstra*, Part.2, Vol.1, Varanasi: Chaukhamba Sanskrit Series Office, 2017, p.189.

为，将自己的女子、他人的女子和妓女的全部16种亚类进行综合，女主角可以分为384种："自己的女子为13种，他人的女子为两种，妓女一种。她们按照爱情状态（avasthā）又分8种，所有的女子又可按照上、中、下三等划分，这样便有 384 种女子。"（I.154-155）[13]这里的话包含了一种计算过程：（13+2+1）×8×3=384。

与婆罗多的八分法不同的是，楼陀罗吒将所有女主角分为追求恋人型（abhīsārikā）和恋人移情型（khaṇḍita）两类，自己的女子分为恋人钟情型（svādhīnapatikā）和恋人远游型（proṣitapatikā）两类。这是关于爱情状态的四分法。楼陀罗跋吒则完全遵循婆罗多的女主角八分法。婆罗多和楼陀罗跋吒等对女主角8种爱情状态的描述，不仅影响了14世纪毗首那特的《文镜》，也深刻影响了15世纪的《味花簇》。

胜财把女主角分为上、中、下三等，但他并未提及婆罗多的女主角四分法。胜财认为："女主角有三类：自己的女子，他人的女子，公共的女子，各有各的品德。"（II.24）[14]自己的女子即妻子分为无经验、稍有经验和有经验三类。其中，后两类又可分别分为年长和年轻两类。胜财虽然声称共有12种女主角，但由于其表述含混，实则不易计算。胜财也论述了婆罗多提到的女主角8种爱情状态。

14世纪的毗首那特在《文镜》第3章《论味等等》中论及女主角分类、女主角的8种爱情状态等。他的观点源自《舞论》、《艳情吉祥志》等。他说："这十六种（即自己的女人十三种，别人的女人两种，公共的女人一种）又按照情况各自分成八种：丈夫顺从，受到错待，追求情人，吵架分离，受到冷落，丈夫出门在外，在家中做好准备，在分离中期待。"（III.72-73）[15]这16种女主角按照8种情况再行细分，总计128种（16×8=128）。他还说："以上一百二十八种（女主角）又各自分成上等、中等和下等，这样，女主角共有三百八十四种。"（III.87）[16]

般努达多的下述观点决定了他对男主角分类简单而对女主角分类繁复的根本缘由，也决定了他和婆罗多、楼陀罗吒、楼陀罗跋吒等人的思想联系及某

13 R. Pischel ed., *Rudraṭa's Śṛṅgāratilaka and Ruyyaka's Sahṛdayalīlā*, Varanasi: Prachya Prakashan, 1968, p.40.
14 黄宝生译：《梵语诗学论著汇编》（上册），北京：昆仑出版社，2008年，第449页。
15 黄宝生译：《梵语诗学论著汇编》（下册），北京：昆仑出版社，2008年，第853页。
16 黄宝生译：《梵语诗学论著汇编》（下册），北京：昆仑出版社，2008年，第856页。

些差异："不能说有多少种女主角，便有多少种男主角，因为女主角是按爱情的状态区分的，而男主角以其本性差异为特色。男主角的四种本性是：忠贞、谦恭、无耻和虚伪。如果按照爱情状态区分男主角，那么人们得接受期盼恋人型、恋人爽约型和恋人移情型等男主角。那么，幽会的时机、按照传统区分的出门、与他人有染的担忧、欺骗、与他人偷欢所遗留的痕迹等特征，都属于男主角，而非女主角。真的如此，将会产生假味或曰类味（rasābhāsa）。"[17]婆罗多认为，艳情味"以男女为原因，以美丽的少女为本源"。（VI.45 注疏）[18]《味花簇》开头的话与婆罗多的观点几乎是一脉相承的："为了智者品尝蜜汁，吉祥的般努达多阐释这部《味花簇》。在各种味中，艳情味至关重要，因此，这里论述作为所缘情由的女主角。"（2 及注疏）[19]般努达多对女主角的各种分类和详细分析，某种程度上印证了婆罗多的观点。这种皈依传统思维且在某一方面有所发展和突破的论述模式，体现了《味花簇》的风格。

般努达多在《味花簇》的开头部分先借鉴楼陀罗吒等人的观点指出："女主角分为自己的（妻子）、他人的（出轨者）和公共的（妓女）三类。倾心于丈夫的是自己的，而与他人有染者不在此列。这里只描述忠于丈夫的（妻子）。与他人有染者，就是出轨者。"[20]由此可见，这是与楼陀罗吒、胜财等人一脉相承的女主角三分法。

般努达多将自己的女子即妻子分为 3 种：纯朴的（mugdhā，无经验的）、中等的（madhyā，较有经验的）和大胆的（pragalbhā，有经验的）。"中等的和大胆的女子根据恼怒（māna）的状况又分三类：稳重、不稳重和较为稳重。稳重者含蓄地表达愤怒，不稳重者直率地发泄怒气，较为稳重者比较含蓄地表达愤怒。"[21]般努达多根据年龄标准，再将较有经验和有经验的女子即中等的、大胆的女主角分为 6 种："（前述中等的、大胆的）稳重者有 6 类，它们还可分为年长的、年轻的两类，即稳重而年长的、稳重而年轻的、不稳重而年

17 Bhānudatta, *Rasamañjarī*, ed. by Jamuna Pathaka, Varanasi: Chaukhamba Vidyabhavan, 2011, p.135.

18 黄宝生译：《梵语诗学论著汇编》（上册），北京：昆仑出版社，2008 年，第 47 页。

19 Bhānudatta, *Rasamañjarī*, ed. by Jamuna Pathaka, Varanasi: Chaukhamba Vidyabhavan, 2011, pp.2-3.

20 Bhānudatta, *Rasamañjarī*, ed. by Jamuna Pathaka, Varanasi: Chaukhamba Vidyabhavan, 2011, pp.4-5.

21 Bhānudatta, *Rasamañjarī*, ed. by Jamuna Pathaka, Varanasi: Chaukhamba Vidyabhavan, 2011, p.17.

长的、不稳重而年轻的、较为稳重而年长的、较为稳重而年轻的。年长者指（已婚的几个）妻子中丈夫最宠爱的一个，年轻者指其中丈夫恩宠较少者。无论是宠爱较深或较少，都不涉及出轨者与妓女，因为这些概念只与那些嫁给男主角的妻子们有关，从而排除了其他的情况。”[22]这里的话暗含了另外 4 种女主角：中等的年轻者、大胆的年轻者、中等的年长者、大胆的年长者。由此可见，自己的女子即妻子可以分为 13 种（3+6+4）。

关于他人的女子亦即出轨者或偷情者，般努达多的界定是：“隐秘地爱着别的男子，她是出轨者（他人的）。她分两类：已婚的、未婚的。未婚者也是出轨者，因为她受到父母的保护。未婚者的所有行为都是隐秘的。”[23]这就是说，出轨者包括两种。在此基础上，加上妻子的 13 种类型和妓女，三类女主角共有 16 种（13+2+1）。

在此基础上，般努达多对女主角的数量进行归类。他说：“前述 16 种女主角又可按照以下 8 种情形再次划分：恋人远游型、恋人移情型、恋人失和型、恋人爽约型、期盼恋人型、妆扮以候型、恋人钟情型、追求恋人型。与这 8 种（爱情状态联系起来进行）计算，得到的女主角种类为 128（16×8=128）。如果将这 128 种女主角再按上、中、下三等计算，总数为 384（128×3=384）。”[24]

与毗首那特《文镜》中关于女主角十六分法的来源完全相同，般努达多的女主角分类源自楼陀罗吒、楼陀罗跋吒和胜财等人的十六分法，但也融合了婆罗多的三分法（上中下三等）和八分法（8 种爱情状态），同时摒弃了婆罗多的另一种三分法。般努达多认为，女主角只能按其爱情状态（avasthā）分类，不能将她们与天神（divyā）、凡人（adivyā）、半神半人（divyādivyā）等联系起来进行计算。实际上，如果联系起来计算，得到的女主角总数为 1152 种（384×3=1152）。至此，梵语诗学家的女主角分类基本定格在 384 种上，般努达多是这种定型的关键人物之一。

般努达多还对婆罗多等人的女主角八分法作了某种改进，即增加了第 9

22 Bhānudatta, *Rasamañjarī*, ed. by Jamuna Pathaka, Varanasi: Chaukhamba Vidyabhavan, 2011, pp.25-26.

23 Bhānudatta, *Rasamañjarī*, ed. by Jamuna Pathaka, Varanasi: Chaukhamba Vidyabhavan, 2011, p.29.

24 Bhānudatta, *Rasamañjarī*, ed. by Jamuna Pathaka, Varanasi: Chaukhamba Vidyabhavan, 2011, p.50.

种爱情状态："根据前述古代经论所载，最开头时，爱人决定去另一个地方，她应视为第 9 种情形的女主角：预知分离型女主角（proṣyatpatikā）……预知分离型女主角将出现内心的强烈痛苦，她的主要特征是：爱人一开头就到另一个地方去。她是预知分离型女主角，她的表现是：语调有变化、沮丧、出现障碍、忧郁、苦恼、昏迷、叹息、流泪，等等。"[25]究其实，般努达多增加的这一类女主角，似乎可以溯源至 7 世纪檀丁的《诗镜》第二章对"略去"庄严的描述。关于妻子面对爱人即将远行的情形，檀丁在"略去"庄严的名目下，从文学修辞的角度进行思考。例如："表面上允诺，而暗示自己会死去，阻止爱人出行，这是允诺略去。"（II.136）[26]

般努达多在不断的分类中，还对上述女主角进行更加细致的划分，而这些分类并未计算在理论上的 384 种之中。例如，他把无经验的纯朴女子分为四类：不觉自己已到青春期的、觉察自己已到青春期的、带着羞涩而害怕情爱的新媳妇（navoḍhā）、恭顺而信任丈夫的新媳妇；他把出轨者分为以下 6 类：保密型（guptā）、机智型（vidagdhā）、暗示型（lakṣitā）、风流型（kulaṭā）、恼怒型（anuśayānā）、喜悦型（muditā），其中的保密型出轨者分为三类：掩饰过往情事的、掩饰未来情事的、掩饰过去和未来情事的；机智型出轨者分两类：行为机智型、语言机智型；恼怒型出轨者分三类：现在的幽会地被毁的、将来的幽会地被毁的、爱人已到而自己却不能按时赶到幽会地点的。爱人的恼怒分为轻微的、中度的、严重的三种。下边以自己的女子（妻子）和他人的女子（偷情者）为例，以示意图略作说明。[27]

试想一下，如果将这么细致的分类与上述 384 种女主角联系起来再行计算，其种类将会是一个天文数字。这和欢增关于韵的无限划分论有着相同的文化基础：分析计数或曰数理思维。

表一：女主角分类示意图

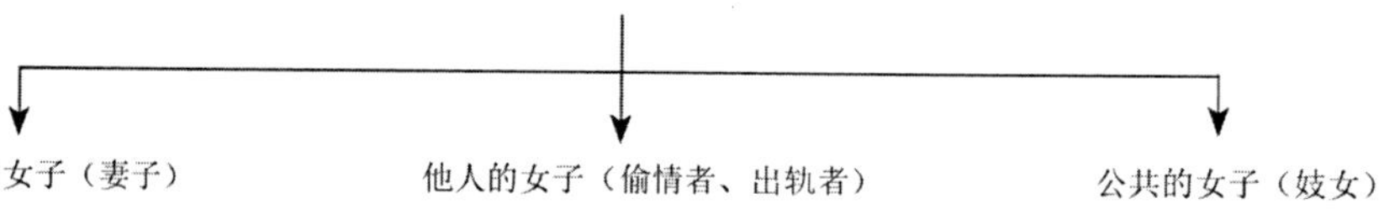

25 Bhānudatta, *Rasamañjarī*, ed. by Jamuna Pathaka, Varanasi: Chaukhamba Vidyabhavan, 2011, pp.98-101.

26 黄宝生译：《梵语诗学论著汇编》（上册），北京：昆仑出版社，2008 年，第 177 页。

27 Bhānudatta, *Rasamañjarī*, tr by Pappu Venugopala Rao, Chennai: Pappus Academic & Cultural Trust, 2011, p.15.

表二：自己的女子分类示意图

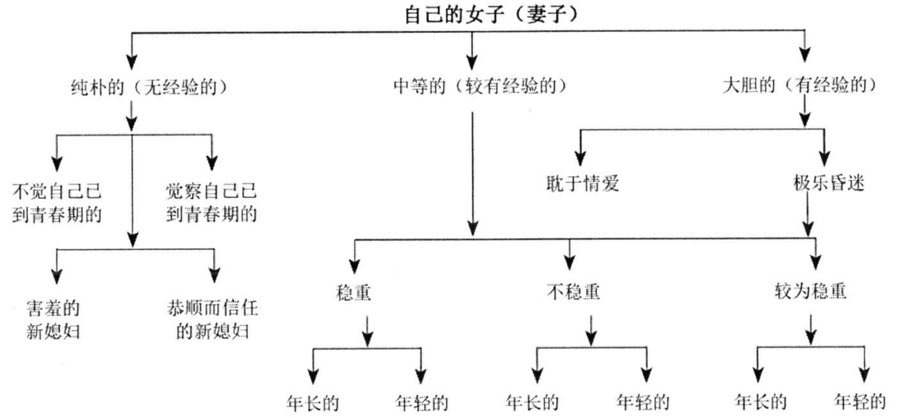

表三：他人的女子分类示意图

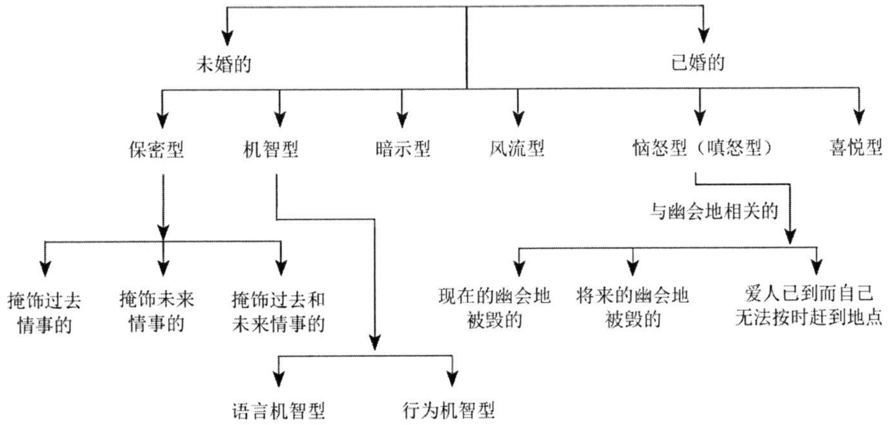

印度古代的数学成就在世界数学史上占有重要地位。对于《舞论》和《诗律经》等梵语文艺理论著作而言，印度古代的几何学知识影响有限，然而，其中的代数学知识，特别是其排列组合原理，对于梵语诗学的影响更加明显。这是因为，印度学者很早以来就知道从 n 个元素中取 m 个元素的组合数。据记载，早在公元前 2 世纪，印度人就知道了组合数的求法及求解公式。“排列组合问题的研究可能与印度人见长于诗歌有关，为求出 n 个诗步中长短音的配置方法而出现了组合学。”[28]他们论及重复的排列数和组合数的计算方法。公元 12 世纪的数学家小婆什迦罗（Bhaskāra）写成《历数论精华》（Siddhānta

28 杜石然、孔国平主编：《世界数学史》，长春：吉林教育出版社，1996 年，第 169-170 页。

Śiromaṇi），有人也译为“天算妙要”。[29]该书第一部分名为 Līlāvatī（直译是“美女”或“难近母”），涉及平方、立方、排列组合等基本原理，其中的所谓“小山”（khaṇḍameru）原理即学界所称“代数阶乘”，与中国的“杨辉三角”、法国的“帕斯卡尔三角”有异曲同工之妙。印度学者指出：“婆什迦罗阿阇梨提及‘小山’原理，它以帕斯卡尔三角闻名。古印度数学家熟悉它。宾伽罗阿阇梨曾经用它建构诗律。在这一三角形中，每一行都与下一行相关。每一行同牛顿的二项式一样，包含着二项式系数。”。[30]该书正文还明确写道：“朋友，伽耶特利诗律第四个音步上有 6 个音节。如果这个音步分别包含 1、2、3、4、5、6 重音节，将分别出现多少种诗律？”（XXVI.1）[31]当代学者给出的答案分别是：6、15、20、15、6、1。

翻译宾伽罗《诗律经》的印度学者指出：“宾伽罗的著作与更为知名的波你尼著作可谓同样重要……宾伽罗的《诗律经》之于组合数学（combinatorics）、数列与数理论、诗律的意义，恰如波你尼《八章书》之于语法学家、语言学家和形式系统论的价值。”[32]换句话说，对于诗律学和数学研究者而言，《诗律经》同样重要。换个角度看，这又恰恰是宾伽罗诗律论的一个显著特色，即以某种程度的自觉意识，以组合数学原理建构印度原初的诗律学“大厦”。我们再看看《舞论》第 15 和 16 章关于各种梵语诗律的介绍，就会明白排列组合论对婆罗多的思想影响是如何地深刻而直接。

再以梵语音乐理论为例。受到《舞论》影响的 13 世纪的《乐舞渊海》将变化音阶分为四种。《乐舞渊海》指出，完全变化音阶的总数为 56 种（$7\times2\times4=56$）。对 56 种变化音阶来说，由于 7 个音调皆可充当首音，它们的每一种变化音调都有 7 种。这便形成基本变化音阶（krama），其总数达到 392 种（$56\times7=392$）。如剔除完全音阶和不完全音阶中的基本变化音阶，理论上存在的音阶变化组合式为 317930 种。（I.4.19-60）[33]由此可见，《舞论》和《乐舞渊海》等

29 刘建、朱明忠、葛维钧：《印度文明》，北京：中国社会科学出版社，2004 年，第 316 页。

30 Krishnaji Shankara Patwardhan, Somashekhara Amrita Naimpally, Shyam Lal Singh, tr., *Līlāvatī of Bhāskarācārya*, Delhi: Motilal Banarsidass Publishers, 2017, p.103.

31 Krishnaji Shankara Patwardhan, Somashekhara Amrita Naimpally, Shyam Lal Singh, tr. *Līlāvatī of Bhāskarācārya*, Delhi: Motilal Banarsidass Publishers, 2017, p.102.

32 Kapil Deva Dwivedi and Shyam Lal Singh, *The Prosody of Pingala with Appreciation of Vedic Mathematics*, “Foreword,” Varanasi: Vishwavidyalaya Prakashan, 2008, II.

33 Śārṅgadeva, *Saṅgītaratnākara*, Vol.1, New Delhi: Munshiram Manoharlal Publishers, 2007, pp.175-202.

体现了印度古典乐论的数理化趋势或形式分析色彩。

综上所述，印度古代数学知识发达，对于文艺理论的建构产生了实实在在的影响。这种数学与文艺理论共生共荣的景象，在古代文明世界非常独特，确实令人惊叹。如此看来，《味花簇》女主角论的数学因子不难破解。这种名副其实的形式主义批评，在当代学者看来，其弊端显而易见。但是，当我们将其放入印度古代文明发展史中打量时，似乎会感觉到非同寻常的艺术魅力。关乎小宇宙身体情感的味论与探讨大宇宙现象世界的数学天衣无缝地衔接在一起，不能不让人拍案称奇。

第二节　诗律运用与诗歌庄严

一部传世之作的流行，无论是文艺作品，还是理论著作，必然或多或少与其语言载体相关。《味花簇》也不例外。它的流行与其继承梵语诗歌的优秀传统是分不开的，其中以自觉承袭迦梨陀娑以来的诗律体创作传统和不同程度地运用各种梵语诗学意义上的语音庄严、意义庄严为代表。当然，这种继承也是一种兼具变异性、创造性的继承和发展。这里先对迦梨陀娑的诗律运用作一简介，再对般努达多的诗律选用进行简说。

梵语诗律分为两类，一类是音节律或音组律（gaṇa），另一类是音量律（mātrā）。这里先对前一类作一简介。10 世纪的安主在《绝妙诗律吉祥志》中，对重音节、轻音节以及 8 种音组（三个音节为一个音组）作了说明：“长元音或在辅音前出现的元音，称为重音节；短元音或不在辅音前出现的元音，称为轻音节。（在三个元音构成的八个音组中），三个音组具有重音节，或在前，或在中，或在后；三个音组有轻音节，或在前，或在中，或在后。它们分别被命名为 M 音组、B 音组、J 音组、S 音组、N 音组、Y 音组、R 音组、T 音组。la 代表轻音节，ga 代表重音节。”（I.6-8）[34]这里以表格形式进行说明（s 代表重音节，｜代表轻音节）：[35]

34 Dipik Kumar Sharma, *Suvṛttatilaka of Kṣemendra*, New Delhi: New Bharatiya Book Corporation, 2007, pp.4-5.

35 Kapil Deva Dwivedi and Shyam Lal Singh, tr. *The Prosody of Pingala with Appreciation of Vedic Mathematics*, Varanasi: Vishwavidyalaya Prakashan, 2008, p.12.图表和文字内容参考该页，但作了较大改动。

音组名（गण）	例 子	符 号	音组名（गण）	例 子	符 号
M 音组（मगण）	māyāvī	s s s	N 音组（नगण）	nayana	| | |
B 音组（भगण）	bhāvana	s | |	Y 音组（यगण）	yaśodā	| s s
J 音组（जगण）	jaleśa	| s |	R 音组（रगण）	rādhikā	s | s
S 音组（सगण）	sarasī	| | s	T 音组（तगण）	tāmbūla	s s |

从三个音节所构成的这些音组可以发现，其中蕴含了前述的排列组合原理，即轻音节和重音节在三个音节中通过任意组合，得出音组的数量，其结果是：2^3=8。

安主在《绝妙诗律吉祥志》中指出："如同好人因为好的言辞而优秀，作品因为绝妙诗律（suvṛtta）而显得优美。无知者出于痴迷而将珍珠项链般的诗律用错地方，这好比将腰带挂在脖子上。"（III.12-13）[36]这话用来观察迦梨陀娑、薄婆菩提等梵语诗人和般努达多等诗学理论家的著作是非常合适的，因为他们的作品采用了合适的诗律。"迦梨陀娑很好地把握了缓步律，它好比一匹来自坎波迦的母马，在优秀驯马师的调教下悠然漫步。王顶（Rājaśekhara）以善用狮嬉律而闻名于世，像一座高峰耸立于极为险峻的山脉……因此，人们应该熟悉创作对象，遵循（古代）诗人运用诗律的范例，形成（合适的）诗律风格。对于无法把握语言的人来说，这一规则并不适用。"（III.34-38）[37]

一位学者在研究迦梨陀娑运用的诗律时指出，《云使》通篇运用缓步律；《鸠摩罗出世》前八章运用了春天吉祥律（vasantatilakā）等，后九章增加了金鹿律（hariṇī）、缓步律（mandākrāntā）、狮嬉律（śārdūlakrīḍita）等。[38]这说明，迦梨陀娑对于各种诗律的运用是非常娴熟的。这里仅对迦梨陀娑的梵语名诗《云使》通篇采用的缓步律作点说明。

宾伽罗的《诗律经》提到了缓步律："缓步律的每个音步由 M 音组、B 音组、N 音组、两个 T 音组和两个重音节构成，（吟诵时在每音步）第 4、6、7

36 Dipik Kumar Sharma, *Suvṛttatilaka of Kṣemendra*, New Delhi: New Bharatiya Book Corporation, 2007, p.66.

37 Dipik Kumar Sharma, *Suvṛttatilaka of Kṣemendra*, New Delhi: New Bharatiya Book Corporation, First Edition, 2007, pp.79-81.

38 于怀瑾："浅析迦梨陀娑《鸠摩罗出世》前八章的诗律结构"，载《徐州师范大学学报》，2012 年第 2 期，第 53 页，注释 5。此处的各种诗律名系笔者依据该文罗列的梵文名逐译而成。

个音节处停顿。”（VII.19）[39]安主在《绝妙诗律吉祥志》中也提到了它：“每个音步有 17 个音节，包含 M 音组、B 音组、N 音组、T 音组、T 音组和两个重音节，在第 4、6、7 个音节处停顿，这是缓步律。”（I.35）他还以迦梨陀娑的诗举例说明。

黄宝生先生综合国外学者的观点指出，《云使》的韵律运用别具一格。它是一种通篇采用“缓进”（mandākrānta）的诗律体作品，完全适合表达药叉的离愁别绪。这种诗体作品的每节为四行（即四个音步），每行即一个音步为 17 个音节。前四个是长音节或曰重音节，表示思念；接着是五个短音节，表示焦急；最后是一短二长的三组切分音节，表示既思念又焦虑，前途未卜，忧心忡忡。“《云使》的各国译本很多，但再好的译本，也无法把这种韵律照搬过去。”[40]这说明，迦梨陀娑作为娴熟运用各种诗律的创作高手，通篇采用一种诗律描述药叉与妻子的分离之苦亦即婆罗多所谓的分离艳情味，似乎有其语音效果方面的考虑。[41]安主对缓步律特点的描述是：“每个音步的前四个音节为慢速（吟诵），中间的第六个音节极为巧妙地慢吟，这种缓步律悦耳动听。”（II.34）[42]安主关于缓步律吟诵速度的规定，对于前边的话是一种有益的补充或正面的印证。

与迦梨陀娑采用一种诗律创作以描述、渲染和呈现分离艳情味为主味的《云使》相比，般努达多为创作《味花簇》而选择诗律的情况不太相同。

根据印度学者的研究可知，般努达多在《味花簇》中至少采用了 16 种诗律，其中有 10 种规则的诗律可见于《舞论》和安主论及 27 种诗律的《绝妙诗律吉祥志》，按照出现的顺序，它们包括每音步 19 音节的狮嬉律、每音步 17 音节的大地律（pṛthvī）、每音步 14 音节的春天吉祥律（vasantatilaka）、每音步 11 音节的雷杵律（indravajrā）、每音步 15 音节的花环律（mālinī）、每音步 17 音节的山峰律（śikhariṇī）、每音步 11 音节的战车律（rathoddhata）、每音步 17 音节的缓步律、每音步 11 音节的组合律（upajāti）、每音步 11 音节的善来律

39 Pingala, *Chandahśāstram*, Delhi: Parimal Publications, 2012, p.159; Kapil Deva Dwivedi and Shyam Lal Singh, tr., *The Prosody of Pingala with Appreciation of Vedic Mathematics*, Varanasi: Vishwavidyalaya Prakashan, 2008, p.203.

40 黄宝生：《梵学论集》，北京：中国社会科学出版社，2013 年，第 9 页。

41 Dipik Kumar Sharma, *Suvṛttatilaka of Kṣemendra*, New Delhi: New Bharatiya Book Corporation, 2007, p.23.

42 Dipik Kumar Sharma, *Suvṛttatilaka of Kṣemendra*, New Delhi: New Bharatiya Book Corporation, 2007, p.53.

（svāgatā）。此外，还有 6 种不规则的诗律，它们是源自《舞论》或《诗律经》的本貌律（vaktra）、花蕊律（puṣpitāgrā）、副歌律（upagīti）、歌吟律（gīti）、吟诵本貌律（pathyāvaktra）、花冠律（mālabhāriṇī）。其中用得最多的是狮嬉律（47 次）和春天吉祥律（26 次）。《云使》通篇采用的缓步律只见于《味花簇》第 41、93、113、123、134 颂。[43]

由此可见，般努达多倾向于采用狮嬉律和春天吉祥律来创作《味花簇》的大部分诗歌，因采用这二者创作的诗歌为 138 颂中的 73 颂。狮嬉律的每一个音步为 19 音节，这是一种可以大幅传递语言容量、丰富信息的诗律。

当然，由于《味花簇》只是为了阐释复杂的理论思想而创作诗歌，这就决定了般努达多不可能像迦梨陀娑那样选择一种诗律，集中描述分离艳情味。事实上，般努达多不仅采用既可称作音组律也可称为音节律的狮嬉律、春天吉祥律和缓步律等规则的诗律，还采用了一些不规则的诗律如本貌律（vaktra）、花蕊律（puṣpitāgrā）等。其中的副歌律（upagīti）、歌吟律（gīti）是宾伽罗提及的音量律即阿利耶律。

通观《舞论》，其涉及诗律的部分主要是第 15、16 两章。这两章主要论及包括音节律和音组律的波哩多律（vṛtta）和以音量律为基础的阿利耶律（āryā）两种诗律，其中又以前一种为主。后一种诗律也是阇底律（jāti）的组成部分。论者指出，阇底律的产生或许与"诗人对诗律自由化的要求有关，因为阇底律突破了波哩多律的条条框框，让诗人能够较为自由地选择适合表达需要的词汇，但'jāti'（意为'出生'）一词仿佛暗示着这种诗律应导源于波哩多律"。[44]如果联系印度古代种姓制度，jāti 一词似乎还有另外的象征色彩，它暗示古典诗律的一种等级或级差意识。换句话说，波哩多律更为正统、高贵，阇底律更接地气，当然也就更为世俗化。由此可知，与迦梨陀娑、薄婆菩提、胜天等多采用规则的音节律或音组律相比，般努达多以规则的音节律、音组律为基础，但也采用了不少的音量律即阇底律。这似乎反映了 15 世纪梵语文学受到地方语言文学影响或冲击的时代潮流，其举措契合了梵语文艺理论的发展趋势。这在某种程度上似乎可以《文心雕龙》的话来印证："时运交移，

43 Bhānudatta, *Rasamañjarī*, ed. by Jamuna Pathaka, Varanasi: Chaukhamba Vidyabhavan, 2011, pp.157-158.本貌律（vaktra）和吟诵本貌律（pathyāvaktra）的原文分别被写为 vakra 和 pathyāvakra，应为误写。

44 于怀瑾："梵语诗歌韵律发展述略"，载《徐州工程学院学报》，2012 年第 1 期，第 61 页，脚注 6。

质文代变；”“故知文变染乎世情，兴废系乎时序。”[45]这种继承传统又偏离传统的做法，或许是15世纪梵语作家、理论家面对时代潮流所能做出的选择之一。

问题还存在复杂的另一面。如果对照《梨俱吠陀》的诗歌原貌，仔细观察吠陀诗人自由采用的各种诗律，并对宾伽罗详细记载吠陀语诗律和梵语诗律的《诗律经》进行思考，我们或许会发现，古代印度的“最初的”诗歌或诗人，是以自然质朴的面貌出现的，这和中国的《诗经》古朴自然的诗风有些类似。在此意义上，般努达多随意地选择音量律、音组律、音节律即各种规则的、不规则的诗律，其实可以视为一种回归吠陀传统的初心。

基于梵语而成型、发展的梵语诗学庄严论聚焦于文学语言的优化和修饰。庄严即美化、装饰之意。除了遵循传统诗律外，般努达多在创作中还综合利用各种语音庄严（主要是谐音）和意义庄严（明喻、隐喻、双关等），进一步增添了诗歌的魅力和张力、丰富了诗歌的内涵。

根据婆摩诃的规定，属于语音庄严的谐音（anuprāsa）指“重复使用相同的字母”。(II.5)[46]般努达多在诗中运用谐音的例子甚多，例如：

vāsastadeva vapuṣo valayam tadeva（40）[47]

purasudṛśah smaraceṣṭitam smarāmi（115）[48]

dantacchadam ca daśanena daśodakasmāt（135）[49]

在上边的例子中，第一个是va、deva重复，第二个是smara重复，第三个是daś重复。这些重复的成分要么是辅音字母，要么是单音节与多音节字母。

有学者指出：“诗歌要求语言凝练优美，而达到凝练优美的最有效办法是做到字字句句形象化。在诗歌的形象化手段中，比喻占据重要的地位。”[50]《味花簇》中的比喻比比皆是，其中一些以名词和名词、名词和形容词构成的

45 郭绍虞主编：《中国历代文论选》（第一册），上海：上海古籍出版社，2003年，第283、285页。

46 黄宝生译：《梵语诗学论著汇编》（上册），北京：昆仑出版社，2008年，第118页。

47 Bhānudatta, *Rasamañjarī*, ed. by Jamuna Pathaka, Varanasi: Chaukhamba Vidyabhavan, 2011, p.54.

48 Bhānudatta, *Rasamañjarī*, ed. by Jamuna Pathaka, Varanasi: Chaukhamba Vidyabhavan, 2011, p.133.

49 Bhānudatta, *Rasamañjarī*, ed. by Jamuna Pathaka, Varanasi: Chaukhamba Vidyabhavan, 2011, p.153.

50 黄宝生：《梵学论集》，北京：中国社会科学出版社，2013年，第142页。

同位复合词（持业释，karmadhāraya）的形式出现，例如：śaśimukhī（长着月亮脸的女子，5）、ambhojalocanā（莲眼女，6）、mṛgadṛśā（鹿眼女，17）、adharapallava（嫩芽唇，19）、ambujamukhī（莲花脸，39）、aravindasundaradṛśā（美丽的莲花眼，72）。这些复合词形式的比喻（括号中的数字代表该词在原文中的序号），在迦梨陀娑等古典梵语诗人笔下屡见不鲜，许多已经成为梵语诗歌的创作定则或修辞程式。

婆摩诃的《诗庄严论》指出："感受到这样或那样的相似性，这是明喻。"（II.14）[51]曼摩吒的《诗光》指出："明喻是不同事物有相似性。"（X.87a）[52]毗首那特的《文镜》指出："明喻是在一个句子中表达两个事物的相似性，而不表达差别性。"（X.14cd）[53]《味花簇》中的比喻更加出彩的是包含明喻的诗句，例如：

大腿是芭蕉，眼睛是青莲，发束如水草，
面庞是月亮，语言是甘露，腰部是莲藕，
肚脐是井泉，肚纹是小溪，双手是嫩叶，
爱人住心间，驱散热与苦，安宁有何愁？（113）[54]

这里的众多明喻中，喻体皆为令人感到凉爽的事物，它们看似解除旅人的暑热亦即旅人在外思念爱人的孤寂痛苦，实则增加了分离之苦。这是该诗的巧妙或耐人寻味之处，即以表面的语言中和与事理平衡，增加文本内在的矛盾和张力。当然，仔细分析，明喻的功劳首先应该肯定。

檀丁在《诗镜》中指出："将有生物或无生物的固有活动方式想象成别种样子，人们称之为奇想。"（II.221）[55]曼摩吒的《诗光》指出："奇想是想象描写对象与相似者同一。相似者是喻体。"（X.92）[56]毗首那特的《文镜》指出："奇想出自其他庄严，更添魅力。"（X.45cd）[57]这说明，奇想是多种意义庄严巧妙嫁接后的艺术结晶体。《味花簇》中出现了这类奇想。例如：

新鲜雨云升起时，为了一睹你的路，

51 黄宝生译：《梵语诗学论著汇编》（上册），北京：昆仑出版社，2008 年，第 164 页。
52 黄宝生译：《梵语诗学论著汇编》（下册），北京：昆仑出版社，2008 年，第 744 页。
53 黄宝生译：《梵语诗学论著汇编》（下册），北京：昆仑出版社，2008 年，第 1069 页。
54 Bhānudatta, *Rasamañjarī*, ed. by Jamuna Pathaka, Varanasi: Chaukhamba Vidyabhavan, 2011, p.132.
55 黄宝生译：《梵语诗学论著汇编》（上册），北京：昆仑出版社，2008 年，第 185 页。
56 黄宝生译：《梵语诗学论著汇编》（下册），北京：昆仑出版社，2008 年，第 751 页。
57 黄宝生译：《梵语诗学论著汇编》（下册），北京：昆仑出版社，2008 年，第 1094 页。

莲花脸啊莲花脸，呼吸提到喉咙边。
她的胸口长翅膀，飞去看你月亮脸，
翅翼宛如莲花叶，对此我能再多言？（123）[58]

再如：

女友啊！女人想快去会合爱人，
乌云是太阳，夜晚是白天，
黑暗是光焰，树林是客店，
误入歧途的邪路却大路朝天。（78）[59]

以上的几个例子，无论是胸口长出莲叶般飞翔的翅膀，还是把乌云、夜晚、黑暗和树林分别视为太阳、白天、光焰和客店，都是有悖常理但又契合主人公彼时彼刻心理状态的神奇想象。将其命名为奇想，似不为过。

双关是中印古代诗人最常用的修辞手法之一。《诗光》指出："在一句中，有不止一种意义，这是双关。"（X.96cd）[60]《文镜》指出："原本表示一种意义的词表示多种意义，这是双关。"（X.58ab）[61]《味花簇》中多处运用了双关的表达方式。例如，般努达多描写妆扮以候型女主角时，原文中的 bahalasneha 意为"丰富的油"、"大量的油"，它还可以表示"浓烈的爱情"、""深厚的情谊""。(64) [62]这是音双关。

关于"较喻"庄严，婆摩诃指出："通过喻体显示本体优异，称之为较喻。"（II.75）[63]《诗光》指出："另一种事物优于喻体，这是较喻。另一种事物是本体。优于是高于。"（X.105ab）[64]《文镜》指出："本体高于或低于喻体，这是较喻。"（X.52cd）[65]般努达多描述因美丽而骄傲的女主角的情形，可以视为较喻：

女友啊！爱人将我的眼睛比作青莲，

58 Bhānudatta, *Rasamañjarī*, ed. by Jamuna Pathaka, Varanasi: Chaukhamba Vidyabhavan, 2011, p.143.
59 Bhānudatta, *Rasamañjarī*, ed. by Jamuna Pathaka, Varanasi: Chaukhamba Vidyabhavan, 2011, p.92.
60 黄宝生译：《梵语诗学论著汇编》（下册），北京：昆仑出版社，2008 年，第 756 页。
61 黄宝生译：《梵语诗学论著汇编》（下册），北京：昆仑出版社，2008 年，第 1112 页。
62 Bhānudatta, *Rasamañjarī*, ed. by Jamuna Pathaka, Varanasi: Chaukhamba Vidyabhavan, 2011, p.79.
63 黄宝生译：《梵语诗学论著汇编》（上册），北京：昆仑出版社，2008 年，第 126 页。
64 黄宝生译：《梵语诗学论著汇编》（下册），北京：昆仑出版社，2008 年，第 765 页。
65 黄宝生译：《梵语诗学论著汇编》（下册），北京：昆仑出版社，2008 年，第 1103 页。

他还把我的语言比作甘露，
我对他还能怎么样呢？
忍耐就是我的错误。(35)[66]

这里的意思是，女主角觉得爱人还没有完全表达自己语言和眼睛的魅力，从而暗示主体即女主角的眼睛和语言优于或高于喻体青莲（kamala）和甘露（sudhārasa）。

从另一个角度看，这首诗也可以视为“反喻”庄严。关于“反喻”庄严，《诗光》指出：“摒弃喻体，或者出于贬意，将喻体设想为本体，这是反喻。”（X.133）[67]而《文镜》指出：“将众所周知的喻体设想成本体，或者将喻体说成无效，这是反喻。”（X.87-88）[68]般努达多的诗句表达的意思是，女主角因为自己美丽而产生骄傲，从而摒弃喻体青莲和甘露，将喻体说成无效。通过这个例子也可发现，梵语诗学家对于某些庄严的描述和规定存在一定的模糊性或艺术张力，这似乎也说明了人文科学无法做到像自然科学那么精确的基本道理。

否定与确认是两种互相对立的庄严即艺术修辞法。《诗镜》指出：“否定某种事物，指出另一种事物，这是否定。”（II.304）[69]《诗光》提到了“否定”庄严：“否定原物，确认另一物，这是否定。否定本体的真实性，确认喻体的真实性，这是否定。”（X.96ab）[70]《味花簇》也有这种类似的“确认”或“否定”的庄严。例如，般努达多这也描述黑夜中出门与爱人相会的女主角的情形：

自由追求爱情的人，黑暗中闪烁的眼睛，
白天绽放的水莲怎能与之相比？
即便是那青莲也不匹配，
因为它只是开在月光里。(80)[71]

如果将水莲和青莲视为本体，勇敢追求爱情的女主角在黑暗中闪烁的眼

66 Bhānudatta, *Rasamañjarī*, ed. by Jamuna Pathaka, Varanasi: Chaukhamba Vidyabhavan, 2011, p.45.
67 黄宝生译：《梵语诗学论著汇编》（下册），北京：昆仑出版社，2008 年，第 790 页。
68 黄宝生译：《梵语诗学论著汇编》（下册），北京：昆仑出版社，2008 年，第 1139 页。
69 黄宝生译：《梵语诗学论著汇编》（上册），北京：昆仑出版社，2008 年，第 194 页。
70 黄宝生译：《梵语诗学论著汇编》（下册），北京：昆仑出版社，2008 年，第 755 页。
71 Bhānudatta, *Rasamañjarī*, ed. by Jamuna Pathaka, Varanasi: Chaukhamba Vidyabhavan, 2011, p.94.

睛视为喻体，那么对于本体即水莲和青莲的否定，确认了眼睛这一喻体的优越，这是确认。当然，换个角度看，如果借用“否定本体的真实性，确认喻体的真实性”亦即否定本体以确认喻体的标准，对于水莲和青莲的本体性否定，达到了确认喻体即女主角眼睛的真实性的目的，因此视其为“否定”庄严也是合适的。否定与确认，这两种庄严的相反相成，与前述的较喻、反喻的相辅相成，似乎存在相同的生成机制，将其用于当代文学批评或作品鉴赏时，似可采用灵活的原则。

《味花簇》还采用了“夸张”、“略去”和“排除”等其他庄严（修辞格）。以上是关于般努达多自觉继承梵语诗学理论优秀传统的一般性介绍。接下来对《味花簇》之所以流传至今的情感美和意蕴美因素作一简略探讨。

第三节　诗歌情感和意蕴

般努达多的《味花簇》之所以流传至今并对印度传统绘画产生了积极影响，不仅与它的理论总结和语言形式相关，也与其诗歌所包孕、渲染的情感浓郁热烈密切相关。这种情感以艳情味的渲染、烘托为主，它们构成了《味花簇》的情感美和意蕴美，这也是般努达多对于欢增韵论的自觉发挥。

根据一位学者的研究可知，印度文学史家一般将12世纪的梵语抒情诗《牧童歌》（Gītagovinda）的作者胜天（Jayadeva）称为“最后的古代诗人和最早的现代诗人”。“最后的古代诗人”暗示他之后的梵语古典文学彻底衰亡，而“最早的现代诗人”暗示他开了印度中古时期新兴方言文学虔诚诗歌的先河。事实上，胜天已经被毗湿奴教徒奉为“圣徒”，其力作《牧童歌》被誉为毗湿奴教的“圣歌”。[72]《牧童歌》通篇描写黑天（毗湿奴化身）和罗陀的爱情。“《牧童歌》中的爱情不是那种净化的情爱，而是直率的性爱。黑天和罗陀互相倾慕的主要是生理美以及性的艺术，所谓爱情的欢乐也就是性的欢乐……胜天的高超之处在于他能把这样一个简单的主题写得跌宕起伏，绚丽多彩，情人之间的热恋、妒忌、分离、相思、嗔怒、求情、和好、合欢……应有尽有，惟妙惟肖。”[73]

般努达多生活的时代正处印度中世纪的宗教改革运动高涨期间，这便是

---

72 黄宝生：《梵学论集》，北京：中国社会科学出版社，2013年，第27页。
73 黄宝生：《梵学论集》，北京：中国社会科学出版社，2013年，第29-30页。

11 世纪至 17 世纪的印度教虔信派改革运动，其关键词是对大神的虔诚崇信（bhakti）。“虔信运动的一大特点，就是宗教崇拜的中心已由主神崇拜转移到对其化身的崇拜，尤其是对毗湿奴大神的两个化身——黑天和罗摩的崇拜。”[74]

由此可见，般努达多承接的是迦梨陀娑为代表的古典梵语诗歌和胜天为代表的虔诚诗歌传统。毋容置疑，迦梨陀娑等古人的梵语诗歌对般努达多影响深远，这不仅表现在诗律方面，更体现在题材选择和情感抒发上。这是因为，迦梨陀娑与胜天一样，是描写人类情感与神灵情感的高手。这里且看《云使》中的一首：

舞女们身上的系带由脚的跳动而叮当作响，
她们的手因戏舞柄映珠宝光的麈尾而疲倦，
受到你那能使身上指甲痕舒适的初雨雨点，
将对你投出一排蜜蜂似的曼长媚眼。（35）[75]

再看迦梨陀娑描写自然六季中人间风情的《六季杂咏》：

这妇女在清晨手持镜子，
打扮莲花脸，噘嘴察看，
嘴唇的蜜汁已被心上人
吸干，还留下牙齿伤痕。（IV.13）[76]

远行的旅人身体憔悴，途中
看到芒果树开花，微风吹拂，
金色的花朵纷纷坠落，顿时，
被爱神的箭射中而神志迷糊。（VI.7）[77]

我们在《味花簇》中不难发现与上述引诗情境、情趣、情味类似的一些诗句：

欢爱后我才看清乳房的指甲伤痕，
下唇被牙齿咬出了伤疤，
波古罗花环掉下，珍珠链已坏，友人啊！

74 刘建、朱明忠、葛维钧：《印度文明》，北京：中国社会科学出版社，2004 年，第 399 页。
75 金克木：《梵竺庐集 · 乙 · 天竺诗文》，南昌：江西教育出版社，1999 年，第 127 页。
76 迦梨陀娑：《六季杂咏》，黄宝生译，上海：中西书局，2017 年，第 29 页。
77 迦梨陀娑：《六季杂咏》，黄宝生译，上海：中西书局，2017 年，第 45 页。

我哪里想得起你传授的交欢秘法？（11）[78]

傻丫头啊！长夜漫漫是友伴，闪电信使来邀请，
乌云雷声真吉祥，神汉指路可启程，
黑暗无边真吉利，蟋蟀有语赞美声，
会合爱人时机到，羞涩矜持不随行。（75）[79]

联系印度宗教传统和文化经典，般努达多以女性情感为起点和重点论述艳情味，其实早有所本。印度学者的研究表明，《梨俱吠陀》中已经出现不同女性形象及其情感的描述，而迦梨陀娑笔下的女性人物所体现的复杂情感更是如此。这些文学经典对女性情感的描述，成为后世梵语诗学家不断论述艳情味和虔诚味的重要思想资源。这也成为当代女性主义批评家相关思考的重要依据之一。这些均可在上述文学经典中找到线索和源头。[80]《舞论》第 24 章依据爱情状态将女主角分为 8 类（XXIV.210-211）。[81]婆罗多之后，自胜财至毗首那特、辛格普波罗，凡论及女主角的爱情状态，鲜有不从《舞论》者。

般努达多不仅对 8 种女主角作了最为充分的艺术描写，也对其 10 种爱情阶段的 9 种（死亡除外）作了诗性的阐释。例如："分离艳情味包括十个阶段：渴望、思念、回忆、赞美、烦恼、悲叹、疯癫、生病、痴呆、死亡。"[82]他和胜财不同，后者将其视为失恋艳情味的 10 个阶段。般努达多对这 9 种爱情阶段的描写，一半左右（如思念、回忆、赞美和疯癫等）以男主角的叙事为主，这与婆罗多完全以女主角的心理叙事为主明显不同，但与毗首那特以男主角的口吻描述渴望、思念、回忆和疯癫的做法相似。（III.193）[83]这与分离艳情味涉及男女主角的心理现实非常吻合。般努达多借鉴《文镜》的这一改动具有心理活动与艺术思维的逻辑合理性，因为虔诚味是以黑天或罗摩为基础、对象

78 Bhānudatta, *Rasamañjarī*, ed. by Jamuna Pathaka, Varanasi: Chaukhamba Vidyabhavan, 2011, p.16.
79 Bhānudatta, *Rasamañjarī*, ed. by Jamuna Pathaka, Varanasi: Chaukhamba Vidyabhavan, 2011, p.90.
80 Bhānudatta, *Rasamañjarī*, ed. by Ram Suresh Tripathi, "Introduction," Aligarh: Viveka Publications, 1981, XVII-XX.
81 这 8 种爱情状态决定了 8 种女主角：恋人远游型、恋人移情型、恋人失和型、恋人爽约型、期盼恋人型、妆扮以候型、恋人钟情型、追求恋人型。
82 Bhānudatta, *Rasamañjarī*, ed. by Jamuna Pathaka, Varanasi: Chaukhamba Vidyabhavan, 2011, p.143.
83 黄宝生译：《梵语诗学论著汇编》（下册），北京：昆仑出版社，2008 年，第 884-885 页。

而营造的、酝酿的。以“思念”为例，般努达多黑天的口吻写道：

今天我应在凉亭，模仿杜鹃甜美声。

罗陀误以春天到，搭起眼莲花拱门。(125) [84]

般努达多除了在《味花簇》开头和其他地方对湿婆神及其配偶的爱情进行赞美外，其重点描述对象还包括毗湿奴及其化身罗摩、黑天（克里希纳）的相关艳情场景。总之，般努达多不仅以黑天（克里希纳）和罗陀的爱情故事言说艳情味论，还艺术性化用湿婆和雪山女神的爱情典故，这似乎反映了当时文艺理论的丰富多彩。这也符合当时虔信派运动改革的大势所趋。从这个角度看，般努达多似乎是一个过渡性人物。因为，在他之后的梵语诗学家如鲁波·高斯瓦明（Rūpa Gosvāmin）聚焦于黑天和罗陀的爱情故事，而不旁枝逸出地穿插湿婆与雪山女神的爱情赞歌。

般努达多的《味河》共分八章，比《味花簇》的论题更为宽泛，但仍然没有超出艳情味论的范畴。某种程度上，《味河》是对《味花簇》的有机补充。在《味河》中，般努达多先将味（实际上是艳情味）分为两类即世俗味和超凡味：“味分为两类：世俗味（laukikarasa）和超凡味（alaukikarasa）。世俗味产生于与世俗相关的事物，而超凡味产生于非同一般的相关事物。”（VI.1）[85] 般努达多的味论观影响了16世纪的虔诚味论诗学家格维·格尔纳布罗（Kavi Karṇapura）。后者把味分为三种。(V.72) [86]

般努达多在《味花簇》中表现的情感之美，还有另一个维度，这便是伦理道德上的基本判断所折射出的人性之美、道德之美。迦梨陀娑在《云使》、《鸠摩罗出世》等诗作中着力表现爱情的忠贞不渝，与此类似，般努达多虽然因为论及各类女主角而无法避开偷情出轨与妓女等角色，也深受艳情味论、艳情文学的某些负面影响，但总体而言，他仍在某种程度上遵循迦梨陀娑、薄婆菩提等前辈诗人歌颂合乎伦理道德的爱情的思维。例如，他将丈夫分为四类：忠贞型、谦恭型、无耻型和虚伪型。他化用罗摩和悉多的爱情故事，这样描述忠贞型男主角：

地母，你变温柔点！太阳，你变凉爽些！

84 Bhānudatta, *Rasamañjarī*, ed. by Jamuna Pathaka, Varanasi: Chaukhamba Vidyabhavan, 2011, p.144.

85 Bhānudatta, *Rasataraṅgiṇī*, ed. by Devdutt Kaoshik, Munshiram Manoharlal Publishers, 1974, p.105.

86 Kavi Karṇapura, *Alaṅkārakaustubha*, Delhi: Parimal Publications, 1981, p.131.

大路啊，再短一点！风啊，吹走热汗！
弹吒迦林啊，再近一点！山峰啊！让到大路边！
悉多与我一起正在焦急地往树林赶！（101）[87]

般努达多对女性负面形象的描述，从反面体现了他对爱情的立场。例如，他描述预知分离型的出轨女主角的情形，体现了其对背弃伦理而偷情出轨者的谴责。这是女主角对自己的身体说话即自白，以自责口吻表达即将面临的分离之苦：

还有哪一种罪恶我没有为你犯下，
脚踏蛇顶，不敬尊者，背弃伦理，
你启程时，我的身体进了百苦狱，双眼进了
叫唤狱，内心煮在屈辱的铁锅狱。（87）[88]

综上所述，般努达多以艳情味论为主要论题，对女主角等进行了详细的评说。作为 15 世纪的诗学家，他不仅对婆罗多、檀丁等前辈的著作非常熟悉，对欢增《韵光》和曼摩吒《诗光》等涉及韵论的著作也了解颇深。在此基础上，般努达多在论述各种艳情味和女主角、男主角时，没有忘记适度运用韵论的原理。

韵论强调以暗示的方式委婉曲折地表现诗歌情味。这一点，其实早已在檀丁的《诗镜》中露出端倪："通过姿势或动作暗示意义，这称为微妙。"（II.260）[89]檀丁对"迂回"庄严的界定是："不直接说出想要说的事，而用另一种方式说出，达到同样目的，这称为迂回。"（II.295）[90]这些虽然是针对各种庄严的论述，但与韵论思想基本一致。例如，欢增界定韵的话就是一个例证："若诗中的词义或词音将自己的意义作为附属而暗示那种暗含义，智者称这一类诗为韵。"（I.13）[91]他在论述"庄严韵"时指出："那些在以韵为灵魂的艳情味中，恰当地使用的隐喻等等庄严才是名副其实的庄严。"（I.17）[92]作为韵论派诗学家的曼摩吒引述《七百咏》的诗句作为"韵诗"进

87 Bhānudatta, *Rasamañjarī*, ed. by Jamuna Pathaka, Varanasi: Chaukhamba Vidyabhavan, 2011, p.118.
88 Bhānudatta, *Rasamañjarī*, ed. by Jamuna Pathaka, Varanasi: Chaukhamba Vidyabhavan, 2011, p.104.
89 黄宝生译：《梵语诗学论著汇编》（上册），北京：昆仑出版社，2008 年，第 189 页。
90 黄宝生译：《梵语诗学论著汇编》（上册），北京：昆仑出版社，2008 年，第 193 页。
91 黄宝生译：《梵语诗学论著汇编》（上册），北京：昆仑出版社，2008 年，第 238 页。
92 黄宝生译：《梵语诗学论著汇编》（上册），北京：昆仑出版社，2008 年，第 255 页。

行说明，例如：

婆婆睡这里，我睡这里，趁白天你看仔细，

客人啊，夜里眼瞎，莫要睡到我俩的铺上。（V.47 注疏）[93]

这是给客人暗示自己的铺位，是成功的韵诗。

般努达多可谓曼摩吒的合格模仿者。例如，他这样写道：

细腰女啊！夜晚你要出门，何时何方都如密发漆黑，

河流岸边，树林附近，谁会作你的知心伴侣？（111）[94]

男子问女子的话，暗示他可以陪同她前往幽会。这是合格的韵诗。

般努达多接着描述利用动作暗示情人夜里幽会的情形：

爱人手上拿着一个金色的橘柑，

月亮脸在房墙画的太阳上涂了一团。（112）[95]

手里拿着金色的柑橘，暗示抚摸女子乳房；太阳画像上涂抹一点，暗示女子在夜晚即太阳下山后，可以与之幽会。这也是合格的韵诗。

《味花簇》作为一部味论著作，何以如此流行且影响深远，这是值得思考的一个问题。窃以为，般努达多顺应时代潮流，以语言美、情感美和意蕴美的形式，艺术地归纳和总结了艳情味论的精髓即女主角的 9 种类型、分离艳情味的 10 种状态、男主角的四分法等，抓住了虔信运动时期的艳情崇拜、毗湿奴崇拜的特点，因而以不求全而求精的巧妙方式，传达了承上启下、继往开来的理论旨趣和美学追求。般努达多的个案提示我们，只有将传统变为动力和灵感，把影响的焦虑变为影响的喜悦或助推力，才可传承前人的智慧结晶，续写民族文化的辉煌。

近年来，国内梵语名著翻译和研究出现了积极的新气象。但是，有一个问题很少引起注意：翻译或研究梵语文学、文化及梵语诗学著作，必须以印度古典文化的全面考察为前提，这是印度古代学术生产机制所决定的。一位学者指出："梵语文学与宗教、哲学、文化、历史等诸多门类交织在一起，其外延几乎可以扩展到印度学领域的各个方面。在考察近年出版的梵语文学研究专著的过程中可以发现，我们信手拈来的任何一部印度文学作品甚至印度文学研

93 黄宝生译：《梵语诗学论著汇编》（下册），北京：昆仑出版社，2008 年，第 661 页。

94 Bhānudatta, *Rasamañjarī*, ed. by Jamuna Pathaka, Varanasi: Chaukhamba Vidyabhavan, 2011, p.130.

95 Bhānudatta, *Rasamañjarī*, ed. by Jamuna Pathaka, Varanasi: Chaukhamba Vidyabhavan, 2011, p.131.

究专著或许都会有其他学科的影子。印度学研究领域内部的学科交叉一直存在。”[96]本文引入数学的视角，考察般努达多女主角分类背后的传统文化基因，便是此类跨学科研究的初步尝试。或许正因梵语艰涩难学，也因国内对印度古代语言学、数学、星象历算、医方明、工巧明、乐舞、性学、政事论、往世书乃至内明或宗教哲学等领域的名著介绍不够甚或存在诸多空白，迄今为止，关于上述领域的综合性研究著作较为少见。随着时间的推移、研究环境的逐步改善和年轻梵语学者的迅速成长，相信这些问题会逐步得以解决。有志于梵学研究（包括翻译）的学者，也可以主动求变，自动加码，自觉跨界，拓宽梵学领域的知识视野，从而在印度学内部学科交叉的前提下，为取得较有新意的研究成果打下坚实的基础。

96 张远：《梵语文学研究现状及前景展望》，载《外国文学动态研究》，2016 年第 2 期，第 12 页。

梵语戏剧论

第六章 “戏剧”的范畴研究

作为世界古代戏剧的重要分支，梵语戏剧在人类文明史上留下了许多杰作。从梵语戏剧土壤中发育、成长的梵语戏剧理论，同古希腊戏剧理论、中国古代戏曲（戏剧）理论一样，拥有许多重要的范畴。在最早的梵语戏剧论著即婆罗多的《舞论》中，表示“戏剧”的梵文词至少有两个：第一个是第1章出现且同时表示“舞蹈”的nāṭya，第二个是第20章开头第一颂出现的rūpa，它以daśarūpa（十色）[1]面世。同印度古代艺术理论语境中的舞蹈概念十分复杂相似，其戏剧概念也呈现出复杂难辨的特征。本节拟以下述主题为线索，对“戏剧”这一重要的理论范畴进行简析：戏剧的概念简析、戏剧的分类、戏剧的宗教起源与二重功能、戏剧与舞蹈音乐的关系等管窥。笔者希望在历史发展的语境中，对印度古代的重要范畴亦即非常关键的一个文类范畴、文类概念“戏剧”进行简介，以求管中窥豹，对印度古代戏剧理论的核心和精髓有一个大致了解。

第一节 戏剧概念简析

斯里兰卡学者对表示“戏剧”或“舞蹈”（叙事舞）的梵文词nāṭya的解说发人深思：“戏剧是所有艺术和科学的聚焦处（nāṭya is a meeting place of all arts and sciences）。”[2]按照这个说法，梵语戏剧论的“戏剧”内涵确实复杂，

1 Bharatamuni, *Nāṭyaśāstra*, Part.2, Vol.1, Varanasi: Chaukhamba Sanskrit Series Office, 2017, p.110.

2 E. W. Marasinghe, *The Sanskrit Theatre and Stagecraft*, Delhi: Sri Satguru Publications, First Edition, 1989, p.4.

值得回到梵语文艺理论历史发展的语境中进行深入思考。这种概念内涵的复杂性或不确定性，首先是与表达“戏剧”的梵文词先后出现了好几个有关。

历史地看，不同程度地表示戏剧概念的梵文词先后出现了至少如下五个：nāṭya、rūpa、nāṭaka、rūpaka、nṛtya。就文艺理论著作而言，前三者最早出现在《舞论》中，而10世纪胜财撰写的《十色》中出现了前述所有五个指涉戏剧或戏剧舞的梵文词。

《舞论》第20章第一颂提出了daśarūpa（十色或十类戏剧）的概念，《十色》开头的颂神诗也提出了daśarūpa的概念，这说明他们均将rūpa一词视为戏剧或戏剧形式、戏剧类型的同义词。《十色》将rūpa、rūpaka分别视为可见的“色”、“有色的”，这说明该二词表达“戏剧”内涵的功能毋庸置疑。但是，由《舞论》的梵文书名nāṭyaśāstra也不难看出，婆罗多似乎存在将nāṭya视为包含rūpa和rūpaka的更为广义的一个词汇，这一点的心理动因和历史文化背景值得学术界继续深入探索。《十色》的书名daśarūpa中的rūpa以及由此衍生的形容词和名词rūpaka则将戏剧的内涵暗示、概括为“可见性”或曰“观赏性”。这也是戏剧概念在10世纪左右开始固定下来的一个有力证明。

就某种程度上可以指涉、表达戏剧内涵的nāṭaka一词而言，它在《舞论》中具有特定的含义即“十色”之首的“传说剧”。nāṭaka在后来用来表示戏剧的一般内涵，似乎与稍晚于胜财和达尼迦的沙揭罗南丁将nāṭaka纳入其标题即书名Nāṭakalakṣaṇaratnakośa（剧相宝库）有关。

尽管现代学者对于前述五词中的三个即rūpa、rūpaka和nāṭaka的内涵较为肯定、清晰，但是，他们对于表示戏剧概念的其他两个梵文词nāṭya和nṛtya的内涵长期存在理解不一的问题。如果联系《舞论》中已经出现的nṛtta，nāṭya和nṛtya这两个梵文词内涵的微妙差异更难理解。造成这一状况的原因大约是由印度古代戏剧论者与舞蹈论者（或乐舞论者）面对同一对象或概念时的理解偏差或关注重点不同所造成的。

从婆罗多《舞论》的现存文本看，他似乎是在较为清晰的印象中运用nāṭya、rūpa、nāṭaka等三个梵文词，其内涵大致分别是“戏剧”、“色”（戏剧）、“传说剧”。胜财的《十色》开头出现了nāṭya、rūpa、rūpaka、nāṭaka、nṛtya等五个梵文词，其内涵依次为“戏剧”、“色（戏剧）”、“有色的（戏剧）”、“传说剧”、“情剧（情舞剧）”。《十色》还提及nṛtta（纯舞）的概念。由此可见，至少从10世纪开始，nāṭya、rūpa、rūpaka、nāṭaka、nṛtya和nṛtta这六个梵文词中的三个即 nāṭya、nṛtya 和 nṛtta 出现了意义的摇摆与混淆。由于《十色》的戏剧论流行程度在某些地域、某些时期甚至超过了《舞论》，再加上公元 5 世纪至 13 世纪之间成型的梵语舞蹈论著《表演镜》对印度古代舞蹈论的巨大影响，这便造成了现代学者对于 nāṭya 与 nṛtya、nṛtta 三个梵文词内涵理解的巨大困难。

事实上，笔者通过深入思考后发现，造成现代学者对上述三个梵文词理解的困难的主要原因是，婆罗多和胜财等主要是从戏剧分类角度思考它们，而喜主和角天等是从舞蹈分类角度考虑问题的。此外，印度古人很长时期似乎不严格区分戏剧、舞蹈的概念，以致于 nāṭya 与 nṛtya、nṛtta 三者（尤其是 nāṭya 与 nṛtya）既可视为舞蹈表演性质的戏剧，也可视为戏剧表演性质的舞蹈。婆罗多《舞论》提及的 lāsyāṅga（柔舞支）和后来出现的 uparūpaka（次色），更增加了区分上述概念的复杂性。《舞论注》提出了许多“次色”即次要戏剧类型，这些剧严格说来并非戏剧，更多地属于舞蹈和歌曲。新护称之为 nṛttātmakaprabandha（舞蹈类作品）。“事实上，新护是第一个提出后来称为 uparūpaka（次色）的这类作品的人。他列举了许多次色，最后两种是诃利娑迦（hallīsaka）和罗娑迦（rāsaka），它们与舞蹈风格的敬神舞（piṇḍībandha）相关。”[3]当然，首次明确提出 uparūpaka（次色）一词的是 14 世纪的《文镜》作者毗首那特。这样一来，现代学者如欲准确理解、翻译上述三个梵文词，自然是难上加难。

由于上述问题的复杂性，这里很有必要结合部分印度古代文化经典或文艺理论著作，对不易区分的三个关键概念即 nṛtta 与 nṛtya、nāṭya 进行简略辨析。

公元 5 世纪左右出现的《长寿字库》似乎将 nāṭya 和 nṛtya 视为舞蹈或戏剧舞，其第 1 章第七节以 nāṭyavarga（舞剧类）统摄表示音乐、舞蹈及各类情味的梵语同义词（近义词）。nṛtya（情舞）、nāṭya（味舞）与 nartana（舞蹈）、tāṇḍava（刚舞）、naṭana（纯舞）、lāsya（柔舞）并列，构成了 6 种舞蹈。[4]

公元 10 世纪左右的胜财所著《十色》在戏剧表演而非舞蹈表演的语境下论述舞蹈，因而将 nāṭya 视为戏剧表演，将 nṛtya 和 nṛtta 视为性质不同的两种舞剧或剧舞表演。这是古代印度相当有代表性的一种观点，它影响了后来的

3 Anupa Pande, *A Historical and Cultural Study of the Nāṭyaśāstra of Bharata*, Jodhpur: Kusumanjali Book World, 1996, p.120.

4 N. G. Sardesai and D.G. Padhye, eds., *Amarakośa of Amarasingh*, Varanasi: Chowkhamba Vidya Bhawan, 2009, p.20.

一些艺术理论家对戏剧和舞蹈艺术的看法。M.鲍斯认为："nṛtya（情舞剧）这一概念首先出现于《十色》，而 uprūpaka（次色）这一术语首次见于《文镜》。"[5]14 世纪的梵语诗学家毗首那特在《文镜》中写道："所有这些指创造剧等等'色'和那底迦等等'次色'。"（VI.6 注疏）[6]根据黄宝生先生的翻译，胜财写于 10 世纪的《十色》第 1 章的一段话是："此外，模拟以情为基础。舞蹈以时间和节奏为基础。前者是表演句义的方式，后者是通俗方式。这两者又分别分为刚柔两种，通过刚舞和柔舞的形式辅助传说剧等等。"（I.12-15）[7]这段话中的"模拟"即指情舞或曰"情剧"、"情舞剧"，而"舞蹈"即为"纯舞"或"纯舞剧"。

达尼迦（Dhanika）的《十色注》（*Daśarūpakāvaloka*）指出："戏剧（nāṭya）和情舞剧的功能不一致。以味为基础的戏剧和以情为基础的情舞剧不同，二者的表现对象有异。nṛtya 的词根是 nṛt（舞蹈），表示肢体挥舞的意思，nṛtya 主要指形体表演，即在世人面前表演。因此，吉言剧（śrīgadita）等次色不同于情舞剧，因为它们是传说剧等的决定因素。传说剧等表现味。戏剧不表现词义（padārtha），戏剧语言及其含义、情味、情态和不定情等一道，成为味的来源。表演（abhinaya）本质上表现句义（vākyārtha），因此成为味的基础。nāṭya 的词根是 naṭ，后者是轻快移动（avaspanda）之意，因此它主要表示行动（calana）的意思，包含许多真情（sāttvika）。这样，表演戏剧的人叫作 naṭa（演员）。[8]情舞剧与纯舞（nṛtta）不同，尽管二者都有肢体的舞动，但情舞剧本质上是模仿（anukāra）。因此，戏剧本质上表演句义，情舞剧本质上表现词义。[9]顺便解说一下纯舞。……本质上表现词义的古典舞称为情舞（剧），流行舞（地方舞）称为纯舞。"[10]

通过胜财和达尼迦二人的相关阐发，nṛtta 与 nṛtya、nāṭya 三者似乎可以从

---

5 Mandakranta Bose, *The Dance Vocabulary of Classical India*, Delhi: Sri Satguru Publications, 1995, p.155.脚注 2。

6 黄宝生译：《梵语诗学论著汇编》（下册），北京：昆仑出版社，2008 年，第 931 页。

7 黄宝生译：《梵语诗学论著汇编》（上册），北京：昆仑出版社，2008 年，第 442 页。

8 译者接着解说道，表演 nṛtya 的人就是 nartaka（舞者、舞蹈演员）。参见该书第 12 页。

9 这句话即"因此，戏剧本质上表演句义，情舞剧本质上表现词义"的大意是，戏剧表现完整的一段情节或一个故事，情舞剧并未如此，它只是模仿某个对象而已。句义指一段情节或一个故事，词义大约是指某个概念或具体的对象。

10 Dhanañjaya, *Daśarūpaka with the DaśarūpāvalokaCommentary by Dhanika*, Chapter 1, tr. by Jagadguru, Varanasi: Chowkhamba Sanskrit Series Office, 1969, pp.11-13.

两个角度进行理解和翻译。如从戏剧表演角度看，nṛtta、nṛtya、nāṭya 可以依次译为“舞剧”（纯舞剧）、“情剧”（情舞剧）、“戏剧”（味剧或味舞剧）；如从舞蹈表演角度看，nṛtta、nṛtya、nāṭya 可以依次译为“纯舞”、“情舞”、“味舞”。如综合考虑印度古代的戏剧表演、舞蹈表演、音乐歌唱艺术三合一的特色，nṛtta、nṛtya、nāṭya 似乎可以依次译为“纯舞剧”、“情舞剧”、“味舞剧”（戏剧或叙事舞）。正因如此，笔者对于上述三个概念的理解和翻译并不刻意追求统一，而是依据三个概念所处的具体语境（戏剧表演或舞蹈表演等）进行思考。

在胜财和达尼迦之后，许多梵语文艺理论家对于前述几个概念的运用仍然存在较为混乱的现象。例如，14 世纪的耆那教学者甘露瓶（Vācanācārya Sudhākalaśa）所著《乐舞奥义精粹》（*Saṅgītopaniṣat-sāroddhāra*）将纯舞（nṛtta）、情舞（nṛtya）、味舞（nāṭya）、戏剧（nāṭaka）并列。他说：“因此，我从舞蹈（nṛtya）的起源开始讲述，舞蹈愉悦五根（indriya），使人忘记痛苦，常怀喜乐……人们认为，纯舞由男子表演，情舞（nṛtya）由女子表演，而味舞（nāṭya）、戏剧（nāṭaka）则由男女表演。”（V.2，8）[11]他似乎主要是从舞蹈表演角度看待相关几个概念的。

加拿大印裔梵文学者 M.鲍斯主要从舞蹈表演角度出发，对味舞（nāṭya）、纯舞（nṛtta）和情舞（nṛtya）的区别进行了阐发。她说：“nṛtta（纯舞）和 nṛtya（情舞）是理论家们用来表示两种不同的舞蹈类型的术语。nṛtta 不表达任何含义，它包含身体优美但却高度程式化的动作，只是一种赏心悦目的动作表演。nṛtya 采取纯舞的形式，但增添了戏剧的意味。按照晚期某些理论家的看法，这两种舞蹈的差异，也是古典舞与地方舞（流行舞）的差异。人们熟悉这两个术语，显然是吠陀文献等运用过这些词语，但婆罗多显然没有用过 nṛtya。人们在其中发现的两颂诗，显然是（后人的文字）窜入。可以说，婆罗多关注的是舞蹈形式，因此讨论的是 nṛtta（纯舞）而非 nṛtta（情舞）。”[12]这些话存在的关键问题是，婆罗多从未运用过 nṛtya 一词。nṛtya 和 nṛtta 被文艺理论家视为两种不同性质的舞蹈形式，nṛtya 具有 nṛtta 的形式，但却加入了戏剧表演的因素。至于将这二者视为古典舞和通俗舞（地方舞）的观点，实属后来的理论

11 Vācanācārya Sudhākalaśa, *Saṅgītopaniṣat-sāroddhāra*, ed. & tr. by Allen Miner, New Delhi: Indira Gandhi National Centre for the Arts, 1998, p.138.

12 Mandakranta Bose, *The Dance Vocabulary of Classical India*, Delhi: Sri Satguru Publications, 1995, p.11.

家（如胜财）的创意和发挥。

印度学者认为："印度舞蹈包含三种成分——纯舞、态舞和剧舞。纯舞是身体自身的节奏型的动作。态舞增加了表演或表情。剧舞是通过节奏性的动作和表情来表现的戏剧或主题。不具备这三种成分，舞蹈就不完整。"[13]此处引文中的"剧舞"应指叙事舞，"态舞"应为"情舞"。有的学者由此认为，印度古典舞暗合中国古代乐舞三位一体的特征。"印度古典舞是典型的'用歌舞演故事'的模式，其舞段的结构安排，几乎都是由纯舞段、叙述性舞段（或称描述性舞段）与哑剧表演这三种成分组成。"[14]按此逻辑，纯舞段自然是指纯舞，叙事舞疑似叙述性舞段或曰戏剧性舞蹈、舞蹈化戏剧，情舞疑似哑剧表演。

关于 nṛtta、nṛtya、nāṭya 的区别，鲍斯指出，直到 13 世纪，nṛtya 才被用来专指舞蹈艺术，从而与表示戏剧艺术的 nāṭya 分离。第一部以 nṛtya 专指舞蹈的论著是这一世纪出现的《乐舞渊海》。从这时起，乐舞论著开始将 nṛtta 视为 abstract dancing（抽象舞），将 nṛtya 视为 mimetic dancing（模仿舞、表演舞或剧舞）。到 14 世纪时，舞蹈和戏剧这对姊妹艺术成为各自独立的艺术门类，舞蹈不再是一种 minor drama（次色）。这时用来称呼次要戏剧的词语是 uparūpaka（次色）。此后的文艺理论家均仿效《乐舞渊海》将 nṛtya 视为 mimetic dance（表演舞）或一般意义上的舞蹈，以 uparūpaka 代指戏剧。有的理论家将 nāṭya 归于 6 种舞蹈之一。[15]鲍斯还指出："nṛtya 一开始被视为戏剧表演的一部分，后来它脱离了戏剧领域，尽管它保留了表演的（mimetic）特征，但不再运用语言，演化为一种舞蹈形式。"[16]如不结合 13 世纪以后印度各个方言区文学、艺术发展格局的巨大变迁，理解 nāṭya 和 nṛtya 的内涵变化是十分困难的。

由此可见，婆罗多的 nāṭya 在漫长的历史发展过程中，在许多梵语文艺理论家、特别是在古典舞蹈理论家那儿，逐渐失去了表示戏剧的传统意义，进而演化为表现传奇故事的、带有浓厚戏剧表演色彩的舞蹈艺术。正是在此意义上，笔者尝试将其译为"叙事舞"而非其他学者所认可的"剧舞"，因为前者

13 （印）S.夏尔玛：《印度音乐与舞蹈美学》，马维光译，载《舞蹈论丛》，1985 年第 4 期；中国人民大学书报资料中心：《音乐、舞蹈研究》，1986 年第 1 期全文转载，第 111 页。

14 江东：《印度舞蹈通论》，上海：上海音乐出版社，2007 年，第 51 页。

15 Mandakranta Bose, *Movement and Mimesis*, New Delhi: D. K. Printworld, 2007, pp.169-170.

16 Mandakranta Bose, *Movement and Mimesis*, New Delhi: D. K. Printworld, 2007, p.172.

更能直观而形象地揭示作为舞蹈表演的 nāṭya 的语言性和故事性两个特点。当然，也有人认为，作为叙事舞的 nāṭya 重在呈现各种味，而 nṛtya 主要表现情，因此，将 nāṭya 和 nṛtya 分别译为“味舞”和“情舞”似乎更为保险和省事。但是，考虑到结合戏剧表演因素（哑剧）的 nṛtya 本身也有表达感情色彩的功能，而 nāṭya 的主要目的在于叙事，因此，笔者认为将 nāṭya 译为“叙事舞”、将 nṛtya 译为“情舞”是合适的。当然，在某些特定的场合，将 nāṭya 译为“戏剧”或“味舞剧”、将 nṛtya 译为“情舞剧”也未尝不可。

婆罗多将 nāṭya 视为对三界所有的“情境的模仿”（bhāvānukīrtana）（I.106）和对“世人行为的模仿”（lokavṛttānukaraṇa）（I.111）[17]，胜财将 nāṭya 视为 avasthānukṛti（情境的模仿或曰情状的模仿）[18]，这更加雄辩地说明了 nāṭya 的戏剧模仿（而非舞蹈表演）功能始终是占据首要位置的艺术真谛。

从婆罗多开始提出的 nṛtta（纯舞）和 nāṭya（戏剧）概念，经过公元 5 世纪（至 10 世纪）的舞蹈理论家喜主《表演镜》的重新阐发，再经过 10 世纪戏剧理论家胜财的再度解说，到了 13 世纪的《乐舞渊海》，其内涵开始定型，其结果就是舞蹈三分法：纯舞、情舞、叙事舞（味舞）。这种新的舞蹈理论格局形成的历史与文化背景是：一方面是古典戏剧或舞蹈早已定型，另一方面是民间的舞蹈理论与戏剧（次色）理论开始“话语软着陆”，它们逐渐远离婆罗门或梵语文化而向各个方言区、方言文艺理论语境，向民间层面而非婆罗门知识分子文化圈转移。由此可见，这种舞蹈三分法对我们在戏剧表演语境下理解三个相关概念既造成了某种困难或困惑，也在一定程度上提供了较为准确理解它们的一把“标尺”。这应该是我们观察、思考印度古代戏剧理论、舞蹈理论的一种艺术辩证法。

综上所述，前述的 nāṭya、rūpa、rūpaka、nāṭaka、nṛtya 这五个表示“戏剧”的梵文词，笔者已经尝试联系 nṛtta 一词，在戏剧表演和舞蹈表演的双重历史语境中辨析了其中两个梵文词即 nāṭya、nṛtya 的内涵。如前所述，其余三个表示戏剧概念的梵文词即 rūpa、rūpaka、nāṭaka 的内涵，则较为容易理解。

就表示“戏剧”的梵文词而言，abhinaya 似乎也存在这一功能。由于后边将对它进行专题论述，这里不再赘述。

17 Bharatamuni, *Nāṭyaśāstra*, Part.1, Vol.1, Varanasi: Chaukhamba Sanskrit Series Office, 2017, p.10.

18 T. Venkatacharya, ed., *The Daśarūpaka of Dhanamjaya*, Madras: The Adyar Library and Research Centre, 1969, p.6.

第二节 戏剧的分类

上边对 nāṭya、rūpa、rūpaka、nāṭaka、nṛtya 这五个表示“戏剧”的梵文词进行简略辨析后，我们可以结合 nāṭya 或 rūpa 亦即 rūpaka 的内涵的基础上谈一谈梵语戏剧理论的戏剧类型说。这也是深入理解、思考“戏剧”这一重要的文类范畴或理论范畴的必要前提之一。

从大的理论背景看，梵语戏剧论的戏剧类型说只有一种两分法：“色”（传统戏剧或曰古典剧）、“次色”（地方戏剧）。前者以婆罗多《舞论》提出的“十色”即传统的 10 种戏剧类型为核心，后者以沙揭罗南丁和毗首那特等提出的各种次要戏剧类型即地方戏剧（次色）为基础。

先看看婆罗多以来影响深远的梵语戏剧“十色”论体系。

婆罗多在《舞论》第 20 章开头写道：“传说剧（nāṭaka）、创造剧（prakaraṇa）、感伤剧（aṅka，即 utsṛṣṭikāṅka）、纷争剧（vyāyoga）、独白剧（bhāṇa）、神魔剧（samavakāra）、街道剧（vīthī）、笑剧（prahasana）、争斗剧（ḍima）、掠女剧（īhāmṛga），这些是 10 种各具特色的戏剧，我将依次讲述它们的特征。”（XX.2-3）[19]婆罗多的十色论成为后世理论家论述古典戏剧十分法的不二源头。

胜财遵循婆罗多的古典戏剧或曰传统戏剧十分法，因此将其戏剧论著命名为《十色》。他没有论及各自“次色”，这从另一个侧面说明了《舞论》对《十色》的戏剧类型说的巨大影响。

沙揭罗南丁介绍诗（即韵文诗和戏剧）的类别时指出：“智者将诗分为可以聆听的和可以表演的两类……可以表演的分为传说剧、创造剧、笑剧、感伤剧、纷争剧、独白剧、神魔剧、街道剧、争斗剧和掠女剧。这些是 10 种戏剧（rūpaka）。”[20]沙揭罗南丁在这里接受了婆罗多的戏剧十分法（排列戏剧的位置不同而已）。

沙揭罗南丁还论及混合类戏剧即那底迦（nāṭikā）和多吒迦剧（toṭaka）。他还论述了 15 种“次色”：集会剧（goṣṭhī）、对话剧（samlāpa）、艺术剧（śilpaka，工巧剧）、发愿剧（prasthāna）、诗剧（kāvya）、舞剧（hallīśaka）、

19 Bharatamuni, *Nāṭyaśāstra*, Part.2, Vol.1, Varanasi: Chaukhamba Sanskrit Series Office, 2017, p.110.

20 Myles Dillon, ed., *The Nāṭakalakṣaṇaratnakośa of Sāgaranandin*, Vol.1, Text, London: Oxford University Press, 1937, p.1.“其他各种戏剧”指各种“次色”即次要的戏剧类型。

吉言剧（śrīgadita）、小独白剧（bhāṇikā）、艳情剧（bhāṇi，广说剧）、恶蔓剧（durmallikā，恶花剧）、表演剧（prekṣaṇaka，杂耍剧）、摹拟剧（sāṭṭaka）、歌舞剧（rāsaka）、乐舞剧（nāṭya-rāsaka）、歌颂剧（ullāpyaka）。这样，沙揭罗南丁论及的“次色”为17种。

沙罗达多那耶的《情光》第8、第9两章则分别论述传统的“十色”和20种“次色”。沙罗达多那耶对nāṭya（戏剧）和rūpaka（色）、nṛtya（情舞或曰情舞剧）和nṛtta（纯舞）两对概念作了阐释。他说：“表现味（rasavyakti）就是所谓的nāṭya（戏剧），它是对于情境的模仿（avasthānukṛti），这是其一般的特征。其本质为娱乐，由演员（naṭa）表演所产生，这叫戏剧。rūpaka（有色的）即rūpa（色），因为观众们可以看见它。rūpakatva（戏剧性）的表现如同脸上描绘莲花。‘色’分为10种，牟尼（婆罗多）已经为它制定了分类的规则。所谓的‘以味为基础’即（色）以味等为依托。‘色’有10种，以表演句义为特征。”（VII.1-2）[21]

辛格普波罗的《味海月》第3章开头即引出《舞论》对十色的介绍，表明作者认可传说剧等10种传统戏剧。他引述了婆罗多《舞论》的观点言说戏剧十分法：“传说剧、创造剧、感伤剧、纷争剧、独白剧、神魔剧、街道剧、笑剧、争斗剧、掠女剧，这被视为10种戏剧。”（III.3注疏）[22]辛格普波罗并未论及各种次色。这似乎说明，《舞论》的戏剧十分法对他具有非常重要的影响。

《文镜》第6章专论戏剧类型和情节等。毗首那特指出：“诗又按照可看的和可听的分成两类……现在讲述‘色’的分类。传说剧、创造剧、独白剧、纷争剧、神魔剧、争斗剧、掠女剧、感伤剧、街道剧和笑剧，共有十种‘色’。”（VI.1-3）[23]

婆罗多对这些“十色”特征、表演规则的描述，影响了后世许多梵语戏剧理论家，当然后者对婆罗多《舞论》的相关规定也有不同程度的改写。

例如，婆罗多认为，传说剧以著名的传奇故事为表现对象，男主角知名而高尚，描写受天神保佑的国王与仙人一族的行为事迹，表现其威力、如意神通和调情等行为，它由各幕表演和引入插曲（praveśaka）构成。“国王的行为事

21 Śāradātanaya, *Bhāvaprakāśa*, Varanasi: Chaukhamba Surbharati Prakashan, 2008, p.260.
22 Śiṅgabhūpāla, *Rasārṇavasudhākara*, Madras: Tha Adyar Library and Research Centre, 1979, p.303.
23 黄宝生译：《梵语诗学论著汇编》（下册），北京：昆仑出版社，2008年，第930页。

迹源自欢乐与痛苦，以各种形体动作进行表演，其中蕴含各种情味，这是传说剧。”（XX.12）[24]婆罗多以一幕的表演为标志，对传说剧的具体表演方法作了解说。他指出：“在传说剧和创造剧中，两幕之间或一幕开头的支柱插曲常由普通演员、下等演员表演。传说剧和创造剧不应出现太多的仆从，这些随从以 4 至 5 人为宜。纷争剧、掠女剧、神魔剧和争斗剧，应包括 10 幕至 12 幕的表演……戏剧情节的结局应如牛尾（gopucchāgra），所有崇高的情境均应置于作品末尾。所有诗（戏剧）的结尾蕴含各种情味，行家应在此处引入奇异味。”（XX.38-47）[25]婆罗多对传说剧和创造剧等的相关上述规定，体现了戏剧法的基本要求，说明了道具和妆饰的必需。

关于传说剧这一主要剧种，胜财认为，传说剧的情节是著名的传说，主角是王仙或天神，它以英勇味或艳情味为主，结局是奇异味。

沙揭罗南丁在《剧相宝库》中指出：“在这些戏剧中，传说剧最为优秀，包含许多功德，以各种风格为基础质。”（II.注疏）[26]他还指出：“模仿天神、凡人、国王、世间灵魂高尚者从前的行为事迹，这叫传说剧。剧中以著名的情节为表现对象，男主角知名而高尚，描写与天神有关的国王与仙人一族的行为事迹，具有幸福、各种如意神通和调情等特征，包含各幕表演和引入插曲等，这是所谓的传说剧。国王的行为事迹源自欢乐与痛苦，以各种形体动作进行表演，其中蕴含各种情味，这是所谓的传说剧。”[27]

沙罗达多那耶指出，传说剧有 8 种味的表现，戏剧特征与要素完备，包含 5 种情节元素、5 种情节阶段、5 种情节关节、64 种情节关节分支、21 种情节关节要素、5 种剧情提示方式、4 种插话暗示、36 种诗相或曰剧相（bhūṣaṇa）。传说剧表现国王的事迹，蕴含各种形式的情味，产生快乐和痛苦的体验。国王的行为就像《璎珞传》中一样饱含情味，快乐时如同摩罗耶婆蒂（Malayavī），痛苦时如同《龙喜记》中所表现的云乘被金翅鸟喙所啄食。（VII.4-11）[28]

---

24 Bharatamuni, *Nāṭyaśāstra*, Part.2, Vol.1, Varanasi: Chaukhamba Sanskrit Series Office, 2017, p.111.

25 Bharatamuni, *Nāṭyaśāstra*, Part.2, Vol.1, Varanasi: Chaukhamba Sanskrit Series Office, 2017, p.114.

26 Sāgaranandin, *Nāṭakalakṣaṇaratnakośa*, Varanasi: Chowkhamba Sanskrit Series Office, 1972, p.3.

27 Sāgaranandin, *Nāṭakalakṣaṇaratnakośa*, Varanasi: Chowkhamba Sanskrit Series Office, 1972, p.5.

28 Śāradātanaya, *Bhāvaprakāśa*, Varanasi: Chaukhamba Surbharati Prakashan, 2008, pp.321-323.

辛格普波罗对传说剧的解说是，它不能少于五幕，不可多于十幕。（III. 298）[29]

毗首那特对传说剧的解说是：“传说剧应该以著名的传说为情节，有五个关节，有活跃和繁荣等品质，有各种变化，充满快乐和痛苦，有各种味，五幕至十幕。主角是著名家族的王仙，坚定，崇高，勇武，还有神或亦神亦人，富有品德。应该有一种主要的味，艳情味或英勇味，其他所有的味作为辅助，结尾应该是奇异味。”（VI.7-11）[30]毗首那特还提出“大型传说剧”（mahānāṭaka）的概念。他说：“含有所有的插话暗示和十种柔舞分支，智者们称为大型传说剧。”（VI.223-224）[31]

婆罗多论述、胜财等人认可并加以阐发的十色可以说是 10 种古典剧。换句话说，除了这 10 种戏剧外，印度古代还存在其他各种类型的梵语戏剧。14 世纪的毗首那特在《文镜》第 6 章中首次将十色之外的这些梵语戏剧统称为“次色”。14 世纪之前，这些次色有时被称作“乐诗”（rāgakāvya）或“舞诗”（nṛttakāvya），有时被称作“歌剧”（geyarūpaka）或“舞剧”（nṛttarūpaka）。[32]

对于这些次色，梵语诗学家和戏剧学家罗列的名目各不相同。“即使是同名的品种，各家描述的特征也不尽一致。但总的说来，“次色”即非正规的梵语戏剧和“色”即正规的梵语戏剧的主要区别在于前者以歌舞为主，而后者以歌舞为辅。[33]沙罗达多那耶对“色”和“次色”的区分值得注意：“在 30 种戏剧中，十色以味为灵魂，20 种次色以情为灵魂。”（VIII.3）[34]究其实，这不过是对胜财《十色》和达尼迦《十色注》相关观点的沿袭而已。

在《舞论》第 20 章中，婆罗多并未论述过十色之外的次色，但他提到了一种名为“那底迦”（nāṭikā）的戏剧。它是十色之外的一种戏剧类型或曰亚种，是传说剧和创造剧的一种嫁接产品。后人论述“次色”时，将这种那底迦视为其中之一。婆罗多说：“剧作家应知道，众所周知的另一种戏剧（nāṭikā，那底迦），是传说剧和创造剧二者结合的产物。它不同于创造剧和传说剧，情

29 Śiṅgabhūpāla, *Rasārṇavasudhākara*, Madras: Tha Adyar Library and Research Centre, 1979, p.420.
30 黄宝生译：《梵语诗学论著汇编》（下册），北京：昆仑出版社，2008 年，第 931 页。
31 黄宝生译：《梵语诗学论著汇编》（下册），北京：昆仑出版社，2008 年，第 986 页。
32 黄宝生译：《梵语诗学论著汇编》（下册），北京：昆仑出版社，2008 年，第 930、995 页。
33 黄宝生：《印度古典诗学》，北京：北京大学出版社，1993 年，第 85 页。
34 Śāradātanaya, *Bhāvaprakāśa*, Varanasi: ChaukhambaSurbharatiPrakashan, 2008, p.321.

节须原创，主角为国王，剧情涉及后宫逸闻趣事或音乐舞蹈等。那底迦多女主角，有 3 幕，以优美的表演为核心，内容紧凑，多舞蹈、歌曲和吟诵，艳情欢聚是其突出特色。那底迦的表演涉及国王的行为事迹、生气和抚慰，也涉及主角及其王后、女信使和仆从们。”（XX.59-62）[35]这是一种比较流行的古典梵语宫廷喜剧。现存剧本有戒日王的《璎珞传》、《妙容传》和王顶的《雕像》等。从另一个侧面看，这也是一种既格调高雅且接地气的雅俗共赏的剧种。这似乎再次体现了婆罗多的理论辩证法。梵语戏剧的历史发展更是这一剧种存在的必然前提，也是婆罗多戏剧观的思想源头。从婆罗多的叙述看，他显然意识到那底迦的独特之处，但为了达到凑齐“十色”的数目而不惜削足适履，拒绝承认那底迦的独立性。但是，他开风气之先而论及“次色”的历史功绩是一种客观的事实。婆罗多这种兼论古典戏之外的地方戏剧即“次色”的姿态，必将引发后世论者一连串的“良性效应”。

胜财未能摆脱婆罗多的影响，他也未能将那底迦视为一种独立的戏剧类型。在胜财之后，梵语诗学家和戏剧学家逐渐认识到那底迦的独立性问题，他们将之视为十色之外的一种“次色”。随着毗首那特明确提出“次色”的概念，那底迦的文类身份得以正式确认。

新护在《舞论注》中提到东必迦（Ḍombika）等 9 种次色。《火神往世书》持“27 色”说（即 27 种戏剧）。它所提到的戏剧包含了婆罗多的十色和 17 种次色。[36]

在古典剧“十色”之外，沙揭罗南丁还论及两种混合戏剧（次色）即那底迦和多吒迦剧（toṭaka）。沙揭罗南丁指出，那底迦的各类分支表现艳美风格，两种艳情味即分离艳情味和会合艳情味清晰可辨，它包括四幕。它不同于创造剧和传说剧，因其情节和对象须原创，主角为国王，剧情涉及后宫、少女等。那底迦多女主角，有四幕，以优美的表演为核心，内容紧凑，那底迦的表演涉及国王的艳遇，涉及生气和抚慰，也涉及主角即国王的女信使、王后和仆从们。关于多吒迦，沙揭罗南丁认为，它是一种传说剧。天女和凡人的相会，是多吒迦的主要特征，而每一幕纳入丑角是其次要特征。[37]在传统的十色和两种混合

35 Bharatamuni, *Nāṭyaśāstra*, Part.2, Vol.1, Varanasi: Chaukhamba Sanskrit Series Office, 2017, p.116.

36 Suresh Mohan Bhattacharyya, ed., *The Alaṅkāra Section of the Agni-puraṇa*, Calcutta: Firma KLM Private Ltd., 1976, p.143.

37 Myles Dillon, ed., *The Nāṭakalakṣaṇaratnakośa of Sāgaranandin*, Vol.1, London: Oxford University Press, 1937, p.114.

剧亦即“次色”之外，沙揭罗南丁还论述了15种次要戏剧即“次色”：集会剧（goṣṭhī）、对话剧（samlāpa）、艺术剧（śilpaka）、发愿剧（prasthāna）、诗剧（kāvya）、舞剧（hallīśaka）、吉言剧（śrīgadita）、小独白剧（bhāṇikā）、艳情剧（bhāṇi）、恶蔓剧（durmallikā）、表演剧（prekṣaṇaka）、摹拟剧（sāṭṭaka）、歌舞剧（rāsaka）、乐舞剧（nāṭya-rāsaka）、歌颂剧（ullāpyaka）。

波阇在《艳情光》第11章论述的戏剧，包括胜财的十色和吉言剧（Śrīgadita）、诗剧（Kāvya）等其他14种“次色”。[38]

沙罗达多那耶列举了30种戏剧的名称。就现存梵语戏剧学著作而言，沙罗达多那耶提到的“次色”数量似乎是最多的一种。这30种戏剧名称如下（其中前10种为婆罗多和胜财等认可的“十色”）：1.传说剧、2.创造剧、3.独白剧、4.笑剧、5.争斗剧、6.纷争剧、7.神魔剧、8.街道剧、9.感伤剧、10.掠女剧、11.多吒迦（toṭaka）、12.那底迦（nāṭikā）、13.集会剧（goṣṭhī）、14.对话剧（sallāpa）、15.艺术剧（śilpaka）、16.东必迦（ḍombikā）、17.吉言剧（śrīg-adita）、18.艳情剧（bhāṇi）、19.发愿剧（prasthāna）、20.诗剧（kāvya）、21.表演剧（prekṣaka，杂耍剧）、22.摹拟剧（sāṭṭaka）、23.乐舞剧（nāṭya-rāsaka）、24.歌舞剧（rāsaka）、25.歌颂剧（ullopyaka）、26.舞剧（hallīśaka）、27.恶蔓剧（durmallikā）、28.茉莉剧（mallikā）、29.劫蔓剧（kalpavallī）、30.神树剧（pārijātaka）。（VIII.3）、（IX.2）[39]上述30种戏剧，大部分见于沙揭罗南丁和波阇等人的著述。沙罗达多那耶提到的另外3种戏剧即茉莉剧、劫蔓剧、神树剧似乎不见于前人的著述。值得注意的是，他并未提出uparūpaka（次色）一词，相反，他以rūpaka统摄30种戏剧（即10种“色”和20种“次色”）的名称。

毗首那特的《文镜》第6章专论戏剧类型和情节等。他先介绍婆罗多的十色，然后逐一论述18种“次色”即次要戏剧。

婆罗多之后的戏剧理论家重视次色的研究，说明了一个新的艺术发展动向：次色代替正规的、传统的色，成为人们喜闻乐见的、歌舞丰富的大众文化活动。这与后文论述古代乐舞从传统经典化向地方化或通俗化、民间化转变的情况是同步的，道理自然也是类似的。这可以印度学者的分析为依据进行说明：“并不令人惊讶的是，在婆罗多以后的传统中，色让位于歌舞为主的次

38 Bhoja, *Śṛṅgāraprakāśa*, Vol.2, Mysore: Coronation Press, 1963, p.461.
39 Śāradātanaya, *Bhāvaprakāśa*, Varanasi: Chaukhamba Surbharati Prakashan, 2008, pp.321,374.

色，其动作表演比起色来更为抽象。我想，这是婆罗多戏剧方法的逻辑终点。现今的婆罗多戏剧纯属次色类，它的表演将故事线索降格为一枚钉子，舞蹈和音乐激发的情（bhava）挂于其上，这可不是历史的偶然……毫不奇怪，晚期的戏剧表演，大体上几乎成了情舞（nrtya）的代名词。”[40]一位学者指出，这些“次色”突出了舞蹈和音乐的比重与地位。在梵语戏剧局限于部分“素养高的观众”（cultured audience）时，次色成了大众的娱乐活动。这些次色似乎成了古典戏剧和晚期通俗戏剧的一种纽带。“当现代印度语言成为印度的口头语时，舞蹈和音乐突出的这种次色被印度传统的通俗剧场所接纳。梵语和俗语戏剧成了只有少数懂得文学的人理解的文学语言，因而成了虚假的语言（artificial language），因此，运用梵语和俗语的梵剧脱离了普通大众……这便是为何现代印度语言兴起后出现的剧场，要接纳这种非常流行的舞剧。”[41]还有学者指出：“在十色中，通过戏剧要素和题材的充分表演，展现一个完整的故事；但在次色中，只描述戏剧的片段，即便表现一个完整的题材，并非所有的舞台要素都得以表现。次色缺乏四种表演（即语言、形体、妆饰和真情表演）中的一个或多个，因此压缩了它的世间法表演空间，越来越多地求助于戏剧法的要素。”[42]这位学者还以《情光》、《剧相宝库》和《文镜》对次色的充分展示为例，对次色的作用和价值进行说明：“次色是经典与通俗之间的联系纽带或相通之处，高雅的与民间的形式（folk form）在此融汇。因此，深入探索次色的本质，意味着致力于将那些次要的、不流行的戏剧形式经典化（codify），使其在理论框架中占有一席之地。就我们现在的意图而言，如果我们用其别名 nrtyaprabandhas（舞蹈作品）指称它们，其价值和意义将一目了然。”[43]

在介绍传统十色和各类“次色”时，须注意另一类身份特殊的戏剧即柔舞支（lāsyāṅga）。它既是一类特殊的独白剧，又在历史发展过程中逐渐转变为一类特殊的舞剧或乐舞剧。将其视为十色和“次色”之间的一类特殊戏剧，似乎并无太大的不妥。

在介绍独白剧的过程中，婆罗多介绍了 12 种所谓的柔舞支。他对柔舞支

40 Amrit Srinivasan, ed. *Knowledge Tradition Text: Approaches to Bharata's Natyasastra*, New Delhi: Sangeet NatakAkademi, Hope Indian Publications, 2007, pp.140-141.

41 G. H. Tarlekar, *Studies in the Nāṭyaśāstra*, Delhi: Motilal Banarsidass, 1975, pp.43-44.

42 V. Raghavan, *Sanskrit Drama: Its Aesthetics and Production*, Madras: Paprinpack, 1993, pp.176-177.

43 V. Raghavan, *Sanskrit Drama: Its Aesthetics and Production*, Madras: Paprinpack, 1993, p.180.

的解说和分类是：“柔舞支的结构类似独白剧，由一人表演，在运用想象方面类似创造剧，表现各种情。演唱（geyapada）、坐吟（sthitapāṭhya）、痴等（āsina）、花段（puṣpagandikā）、隐痛（pracchedaka）、三痴（trimūḍhaka）、天竺人（saindhava）、二痴（dvimūḍhaka）、妙极（uttamottamaka）、妙足（vicitrapada）、喜怒（uktapratyukta）、诉情（bhāva），这些是（12 种）柔舞支。”（XX.133-135）[44]婆罗多接着对这些柔舞支的基本特征和表演规则逐一进行解说。例如，女主角入座后，在弦乐与鼓乐伴奏下，没有舞蹈表演，便开始唱歌，这叫演唱；女主角坐着，唱歌赞美恋人的优点，并伴以主要肢体和次要肢体的表演，这也是演唱；女主角与恋人天各一方，情火中烧，坐着吟诵俗语台词，这叫坐吟；女主角坐着，不梳妆打扮，内心满是焦虑和痛苦，眼神斜视，这是痴等；女角穿着男人衣服，以梵语吟诵优美的台词，以取悦女伴，这是花段……对话中表达了怒气与喜悦，也夹带着责备的语言，并演唱蕴含深意的歌曲，这是喜怒；梦见恋人后，女主角情火中烧，抒发各种情感，这是诉情。（XX.136-148）[45]

黄宝生先生指出，婆罗多的 12 种柔舞支描述的主要是剧中人物表演柔舞时的各种特殊情境，并不是柔舞的动作本身。柔舞支的概念有些模糊，这便造成了后来的学者理解不一。[46]印度学者认为柔舞支是以单人柔舞为主的一种独幕剧，有的则认为它是戏剧表演中的柔舞因素。“有证据支持这样一种说法：在新护之前，柔舞支的数量已经上升，尽管有时停在 12 个的数目上。新护坚持一种非逻辑的观点，但又有其合符逻辑的一面。他为自己进行辩论，声称柔舞只有 10 个分支，这 10 个就足够了。”[47]对于某些学者而言，柔舞的数量发展得越来越多。“事实上，许多次色就是柔舞……柔舞和柔舞支绝不应该视为十色中独白剧的一个独特要素。”[48]话句话说，次色可以视为柔舞或柔舞支，十色不等于柔舞或柔舞支，没有动作表演的十色中的独白剧，不等于包含动作表演的柔舞。进一步说，柔舞支其实就是柔舞的分类或多个分支，将其视为种

44 Bharatamuni, *Nāṭyaśāstra*, Part.2, Vol.1, Varanasi: Chaukhamba Sanskrit Series Office, 2017, p.124.

45 Bharatamuni, *Nāṭyaśāstra*, Part.2, Vol.1, Varanasi: Chaukhamba Sanskrit Series Office, 2017, pp.124-126.

46 黄宝生：《印度古典诗学》，北京：北京大学出版社，2000 年，第 175 页。

47 V. Raghavan, *Sanskrit Drama: Its Aesthetics and Production*, Madras: Paprinpack, 1993, p.173.

48 V. Raghavan, *Sanskrit Drama: Its Aesthetics and Production*, Madras: Paprinpack, 1993, p.175.

种细分的柔舞也并非不妥。

当然，从婆罗多关于 12 种柔舞支的介绍看，似乎也可视其为一种特殊的古代歌舞剧（乐舞剧），这是因为《舞论》第 31 章论述各种古代歌曲或声乐时，再次将柔舞支放在歌曲论语境下进行介绍。这并非一种偶然，它只能说明，柔舞支既具有独自表演的戏剧因素，也具有一人独舞的成分，还具有在舞蹈和戏剧环境中表演独唱的性质。由此可见，要准确翻译 lāsyāṅga 这个词，的确不易。

关于柔舞支的深入理解，胜财的相关阐发可以作为参考。他指出："独白剧是独幕剧……情节是虚构的，有开头关节和结束关节及其分支，还有十种柔舞分支。清唱、站着吟诵、坐着吟诵、女扮男装、怨夫曲、男扮女装、失恋曲、吉祥曲、情味诗和对答，这些是十种柔舞分支的名目。"（III.53-54）[49]这说明柔舞支似可视为独白剧的一种基本要素，或可视其为在独白剧基础上结合音乐、舞蹈元素而形成的一种特殊变体。论者认为，婆罗多最初将 lāsya（柔舞）视为一种运用舞蹈动作的"次色"而非舞蹈形式，他也没有为其添加"性别身份"（gender identity），即视其为女性舞。后来的论者将此词理解为女性舞蹈，其依据是《毗湿奴法上往世书》，因为，该书最早将其描述为 strīnṛtta（女性舞）。《舞论注》、《表演镜》和《乐舞渊海》等遵从这一说法。"围绕'柔舞'一词出现的这种认识混乱，提醒我们研究舞蹈文献时多加小心。"[50]

到了 13 世纪角天撰写的《乐舞渊海》，"柔舞支"的内涵似乎开始朝着舞蹈的方向逐渐定型。角天写道："吒厘（cāli）、吒厘婆荼（cālivaḍa）、罗提（laḍhi）、淑迦（sūka）、乌罗迦那（uroṅgaṇa）、陀娑迦（dhasaka）、盎迦诃罗（aṅgahāra）、奥耶罗迦（oyāraka）、吠诃司（vihasī）、摩纳（mana），这是通晓地方风格的智者认可的、流行于各个地方的 10 种柔舞支。双脚、双股、臀部、手臂同时表演，柔婉、娇媚、甜美，节奏不快不慢，大多采用奇数型节奏，这是吒厘……乳房有节奏地向下弯曲，极富魅力，这是陀娑迦。伴随优美的节奏，身体两边逐渐弯成弓形，无虑者（神弓天）说它是盎迦诃罗……具有歌曲中的匀速等要素，这是摩纳。以上为 10 种柔舞支。"（VII.1215-1225）[51]16 世纪的《乐舞论》基本上沿袭了角天的说法："身体所有部位精彩美妙的舞蹈（lāsya），叫

49 黄宝生译：《梵语诗学论著汇编》（上册），北京：昆仑出版社，2008 年，第 458 页。
50 Mandakranta Bose, *Speaking of Dance*, New Delhi: D.K. Printworld, 2019, p.24.
51 Śārṅgadeva, *Saṅgītaratnākara*, Varanasi: Chaukhamba Surbharati Prakashan, 2011, pp.793-794.

作柔舞支。吒厘、吒厘婆吒、罗提、俱迦、乌罗迦那、陀娑迦、盎迦诃罗、奥耶罗、吠诃司、摩纳，这是通晓地方风格的智者认可的、流行于各个地方的10种柔舞支。双脚、双股、臀部、手臂同时表演，柔婉、娇媚、甜美，节奏不快不慢，大多采用奇数型节奏，这是吒厘。”（IV.2. 344-347）[52]

由此可见，梵语戏剧论和乐舞论对柔舞支的各类描述充分说明，它是一类特殊的戏剧，这或许与婆罗多当初将其视为独白剧的一个特殊分支密切相关。将其冠以“次色”或乐舞剧、舞剧或歌剧的称谓，似乎都可以在某种程度上概括其主要的表演特征。当然，如果考虑印度古代戏剧、舞蹈、音乐艺术不断发展、演变的时代背景，柔舞支所包含的历史信息将会更加丰富。这些有待于学界进一步思考和深入持续地探索。

第三节 梵语戏剧论对戏剧的宗教与美学思考

与印度古代舞蹈一样，印度古代戏剧既是印度宗教文化的产物，也是印度古代艺术美学成长发育的基础或土壤之一。对于印度古代戏剧的深入思考，也可以放在宗教学、艺术美学的语境下进行。下边以梵语戏剧论和乐舞论为基础和切入点，从宗教与艺术美学维度出发，简略考察戏剧的宗教起源、戏剧的神圣功能与世俗功能、戏剧和舞蹈音乐的关系等。

研究舞蹈的论者指出：“研究亚洲舞蹈必先经研究印度舞蹈。理由之一是舞蹈的发生与原始的崇拜仪式密不可分。”[53]另一位学者说：“在印度舞蹈中，宗教的影响可谓无处不在。这种宗教性使印度舞蹈呈现出一种独有的魅力，并因此在整个东方舞蹈中具有重要的地位。”[54]的确如此，印度舞蹈蕴含的宗教属性使得它成为古代文明世界独具特色的一朵“奇葩”，印度古代舞蹈理论也因此具有特别浓郁的宗教色彩。沿着这一逻辑思考，印度古代剧舞交融的艺术传统足以说明，印度古代戏剧的宗教性也是非常浓郁的。

印度古代戏剧起源论与舞蹈起源论一样，均源自《舞论》，可称其为戏剧神授说、舞蹈神授说。

且看《舞论》中婆罗多对阿底梨耶等牟尼讲述梵天创造“戏剧吠陀”或曰

52 Puṇḍarīka Viṭṭhala, *Nartananirṇaya*, Vol.3, New Delhi: Indira Gandhi National Centre for the Arts, 1998, p.102.

53 于平：《舞蹈文化与审美》，北京：中国人民大学出版社，2005年，第171页。

54 闫桢桢：《东方舞蹈审美论》，北京：社会科学文献出版社，2015年，第41页。

“第五吠陀”的过程：“诸位婆罗门啊！从前，第一摩奴时期（svāyambhun-amanu）过去，第七摩奴时期（vaivasvatamanu）的圆满时代（kṛtayuga）也已结束，三分时代（tretāyuga）已经来临。世人深陷妒忌与愤怒，受贪欲与情欲的驱使，从事低贱庸俗的活动，感受欢乐与痛苦。大神、檀那婆、乾达婆、药叉、罗刹和巨蛇盘踞着护世天王（Lokapāla）护佑着的瞻部洲。据说，伟大的因陀罗为首的众天神向先祖（梵天）请求道：‘我们想要一种可以观赏且能听闻的娱乐！首陀罗种姓不能听闻吠陀的吟诵，因此，请创造另一种适合所有种姓的第五吠陀吧！’”（I.8-12）[55]梵天答应后，开始运用瑜伽，回忆四吠陀，苦心构思，创造了一种以四吠陀和六吠陀支（礼仪学、语言学、语法学、词源学、诗律学和天文学）为来源的“戏剧吠陀”。“因此，灵魂伟大、世人尊敬且通晓一切的梵天从《梨俱吠陀》中摄取吟诵，从《娑摩吠陀》中获取歌曲，从《耶柔吠陀》中提取表演，从《阿达婆吠陀》中采取味论，从而创造了与吠陀和副吠陀紧密相关的戏剧吠陀。”（I.17-18）[56]婆罗多将戏剧称为“第五吠陀”，应该说有一定的历史背景。“从公元前后不久的印度文献看，从事歌唱、舞蹈、杂技和表演艺术的艺人社会地位卑贱，相当于低级种姓首陀罗……因此，《舞论》作者为了确立戏剧的地位，杜撰（或借用）大神梵天创造戏剧的神话传说，将戏剧抬高为第五吠陀，并强调包括首陀罗在内的所有种姓都能享用这第五吠陀。”[57]以上是《舞论》第 1 章对戏剧起源的叙述。

在《十色》（公元 10 世纪）、《剧相宝库》（公元 10 世纪或 13 世纪）、《舞镜》（公元 12 世纪）、《情光》（公元 12 至 13 世纪）和《味海月》（公元 14 世纪）等《舞论》定型后出现的梵语戏剧学著作中，婆罗多戏剧起源说都有不同程度的再现。下边举例说明。

胜财《十色》的戏剧和舞蹈起源论完全源自婆罗多的《舞论》。胜财说：“向全知的毗湿奴大神和婆罗多致敬！他们的感情陶醉于十色的模仿。婆罗私婆蒂心地仁慈，在任何时候向任何智者提供任何题材，其他人由此变得聪明。梵天从所有吠陀中撷取精华，创造了戏剧吠陀；婆罗多作为牟尼，加以运

55 Bharatamuni, *Nāṭyaśāstra*, Part.1, Vol.1, Varanasi: Chaukhamba Sanskrit Series Office, 2017, pp.1-2.

56 Bharatamuni, *Nāṭyaśāstra*, Part.1, Vol.1, Varanasi: Chaukhamba Sanskrit Series Office, 2017, p.2.副吠陀指“生命吠陀”（即古代印度医学知识）、“弓箭吠陀”（箭术和兵法知识）、“乾达婆吠陀”（音乐和舞蹈知识）和“建筑吠陀”（建筑工艺知识）等四种知识门类。

57 黄宝生：《梵学论集》，北京：中国社会科学出版社，2013 年，第 71 页。

用；湿婆创造了刚舞，波哩婆提创造了柔舞。"（I.2-4）[58]

关于戏剧的起源，沙罗达多那耶的《情光》第 3 章秉承婆罗多戏剧起源论指出："劫波渡尽，在某个时辰，大自在天（湿婆）焚毁了世界。他依靠自身的威力存在，悠然自得中，缓缓地舒心起舞。大自在天凭意念创造了毗湿奴和梵天。毗湿奴的幻力化身为永远吉祥的安必迦（Ambikā）的形状，站在湿婆神的左边。在因陀罗的指令下，梵天创造了世界之尊。然后，他回忆起湿婆神（devadeva）的过往事迹。他想：'我如何才能亲眼目睹大神的行状？'此时，喜主（Nandikeśvara）到来，向四面神（梵天）传授'戏剧吠陀'的运用。南迪（喜主）意味深长地告诉梵天：'你把戏剧吠陀中这部具有特色的戏剧，按其表演规则，认真地教会演员们如何表演吧！通晓情味表演的演员们表演戏剧时，你就会亲眼看见（湿婆神）从前的业绩。'如此说完，南迪消失。尊敬的主人即梵天听到这些话很高兴，遂与诸神一道创作了题为《火烧三城记》（*Tripuradāha*）的戏剧。他对演员们说，好好地表演这出戏吧。于是，梵天一众表演所谓的《火烧三城记》。"（III.11）[59]

这段话中的喜主和南迪均指湿婆的侍从。结合婆罗多的《舞论》看，沙罗达多那耶的这些话其实早有所本，这便是《舞论》第 4 章的相关叙述。婆罗多在《舞论》中先以梵天传授婆罗多戏剧叙述戏剧起源，再以湿婆令侍从荡督传授婆罗多舞蹈叙述舞蹈起源。在《舞论》中，梵天创造戏剧，而湿婆创造舞蹈，梵天带着婆罗多面见湿婆并为湿婆表演学会的舞蹈。可以说，在戏剧艺术和舞蹈艺术上，梵天和湿婆各自创造了一种。如果考虑到印度古代戏剧艺术包含了舞蹈和音乐，则《舞论》中梵天的创戏功能远远大于湿婆的创舞业绩。

沙罗达多那耶生活的时代比婆罗多晚了数百年或上千年，他依据《舞论》的线索，匪夷所思地推陈出新，将梵天创造戏剧的情节别出心裁且别有深意地改为如下情节：湿婆令其侍从喜主为梵天传授戏剧表演技艺，喜主再令梵天教会演员如何表演戏剧。如此一来，梵天创造戏剧并亲自教会婆罗多表演戏剧、再由后者指导儿子们表演戏剧的情节，蝶变为湿婆的侍从（实则是代表湿婆本人）教会梵天表演戏剧、再由梵天指导演员们表演戏剧。这非常鲜明地反映了梵天神的地位急剧下降而以湿婆神崇拜为核心的湿婆教地位迅速上升的宗教史。

58 黄宝生译：《梵语诗学论著汇编》（上册），北京：昆仑出版社，2008 年，第 441 页。

59 Śāradātanaya, *Bhāvaprakāśa*, Varanasi: Chaukhamba Surbharati Prakashan, 2008, pp.78-79.

沙罗达多那耶还在《情光》第 10 章开头叙述了另一种戏剧起源说。（X.1-2）[60]这种戏剧起源说体现了《舞论》第 36 章关于戏剧下凡人间的神话传说对《情光》戏剧起源说的影响，同时印证了湿婆神地位快速上升、梵天神地位不断下降的历史事实。

辛格普波罗的《味海月》依据婆罗多《舞论》，追溯戏剧的神圣起源："尊者啊！我们想要一种圣典（吠陀）。它可以听闻，可以观看，令人愉悦，导向正法和荣誉，展示一切技艺。它是至高无上的第五部圣典（吠陀），可以教导所有种姓。他向梵天如此请求传授所有知识。因此，从这些知识精华中，戏剧吠陀得以创造。为了传授这种吠陀，生主（梵天）对婆罗多大师说：'你要和儿子们一道，在表演中阐释这部吠陀。'婆罗多和儿子们一道，开始疏解这部经典。"（I.46-49）[61]这一疏解和阐释的成果便是《舞论》。辛格普波罗的这种叙述，显然说明了他在戏剧起源论上引经据典的思维逻辑。

13 世纪晚期的神日（Trilocanāditya）的戏剧理论代表作是《剧光》（*Nāṭyalocanam*）。也有学者认为《剧光》可能是 14 世纪成书的著作。[62]神日在《剧光》开头叙述了戏剧的起源："心中怀念天神大舞者（湿婆），为了智者（准确地）击打各种节奏，神日撰写了这部《剧光》。传说很久以前，梵天从（四大）吠陀中汲取精华，创作了第五吠陀即'戏剧吠陀'，因陀罗恭敬地走近他。它从《梨俱吠陀》中吸纳吟诵，从《娑摩吠陀》中汲取歌曲，从《耶柔吠陀》中汲取表演，从《阿达婆吠陀》中吸纳了味。因此，在生主的要求下，带着对舍姬之主（因陀罗）的热爱，婆罗多上师（Bharatācārya）与其百子表演戏剧（nāṭya）。"（I.1-3）[63]这种戏剧起源说和前述的沙罗达多那耶非常近似。

普罗娑达摩·密湿罗（Puroṣottama Miśra）生活于 17 世纪印度东部奥里萨一带。他的乐舞论著是《乐舞那罗延》（*Saṅgītanārāyaṇa*）。《乐舞那罗延》共分为四章。第一章主要介绍声乐，第二章介绍器乐，第三章介绍舞蹈并涉及戏

60 Śāradātanaya, *Bhāvaprakāśa*, Varanasi: Chaukhamba Surbharati Prakashan, 2008, p.415.

61 Śiṅgabhūpāla, *Rasārṇavasudhākara*, Madras: Tha Adyar Library and Research Centre, 1979, p.18.

62 M. Krishnamachariar and M. Srinivasachariar, *History of Classical Sanskrit Literature*, Delhi: Motilal BanarsidassPublishers, 2016, p.860.

63 Amal Shib Pathak, ed. & tr., *Nāṭyalocanam of Trilocanāditya*, New Delhi: Chaukhambha Publications, 2012, p.1.

剧。第四章是歌词例举。密湿罗的一段话也涉及戏剧起源论：“先讲述戏剧吠陀的起源。人曰：很久以前，因陀罗请求梵天依据（其它四种）吠陀，创造一种叫作 nāṭyaveda（戏剧吠陀）的第五吠陀。四面神（梵天）首先将戏剧吠陀赐予婆罗多，后者在湿婆面前表演叙事舞（戏剧）、情舞和纯舞。此处（在戏剧吠陀中），舞蹈（nartana）依次包括叙事舞（nāṭya）、情舞（nṛtya）和纯舞（nṛtta）三种……行家说叙事舞是戏剧（naṭāka）不可或缺的（要素）。”（III.1-4）[64]密湿罗的戏剧起源论显然源自婆罗多的《舞论》。

由此可见，无论是戏剧还是舞蹈，都是大神的创造和赐予，但他们并未垄断表演的权利，而是不失时机地通过神灵的人间代表婆罗门仙人为中介，将戏剧或舞蹈传向人间。这种方式既接地气，又保证了艺术表演的神圣纯洁。从另一方面说，这也可以解释为何当代印度演艺界如此珍视库迪亚旦剧等古典戏剧的传承与保护。

当然，如果换一个角度看问题就会发现，印度戏剧的起源说背后隐藏着印度教文明繁衍至今、生生不息的“密码”，这就是宗教对戏剧艺术发生、发展的决定性意义。或许正是因为印度教及其前身婆罗门教的诸多仪轨天然地融汇了戏剧、舞蹈等艺术元素，才使得印度古代戏剧、舞蹈逐渐得以萌芽、成长，印度艺术理论家才可以在漫长的千年岁月中，以审美的方式或宗教修炼的方式，归纳、思考艺术发展的历史规律。婆罗多等人的戏剧和舞蹈神授说十分隐秘但却有力地说明了这一点。

关于古代印度、希腊和中国戏剧的起源问题，黄宝生先生的结论是：“古希腊戏剧起源于雅典时代酒神祭祀合唱队中的‘答话’演员，成型于埃斯库罗斯的悲剧。中国戏剧起源于先秦时代的‘俳优’，成型于唐代戏剧（以‘参军戏’为标志）。印度戏剧起源于波你尼时代 naṭa 中的‘戏笑’伎人。而它的成型时间还难以确指，只能说大约在公元前一、二世纪，或更宽泛一些，大约在公元前、后一、二世纪之间。”[65]因此，婆罗多的戏剧神创说或神授说，作为一种神话思想自然容易理解，但如作为严肃科学的理论思考，则显出极不和谐的格调。不过，正是这种极不和谐的色彩，方可显出印度古代戏剧理论的独特性。这种独特性的背后，闪烁着古代印度文明的宗教之眼和借天神言世俗的印度式“春秋笔法”。戏剧神授，使印度古代戏剧发展有了足够的精神动

64 Puroṣottama Miśra, *Saṅgītanārāyaṇa*, Vol.2, New Delhi: Indiara Gandhi National Centre for the Arts, 2009, p.402.

65 黄宝生：《梵学论集》，北京：中国社会科学出版社，2013 年，第 80 页。

力，这也是现代印度戏剧、特别是南印度地方戏可以保存诸多古风的根本原因之一。

就戏剧的神圣和世俗功能而言，婆罗多的思想也影响了后世理论家的相关言说。

婆罗多在《舞论》中假借梵天之口阐释了戏剧表演的艺术功能说。梵天告诉提迭们说："我所创造的戏剧吠陀虚构你们和天神们的幸福与灾难，涉及行为、情感与家族世系。戏剧中不单单描写你们和天神，也模仿三界中的一切情境。（戏剧中）有时表现正法，有时描写娱乐，有时揭示利益，有时体现安宁（解脱），有时展现欢笑，有时描摹战斗，有时展示爱欲，有时呈现杀戮。对于履行正法者而言，戏中提供（正法的）教诲；对于沉迷爱欲者而言，戏中提供享受享受欢爱（的仪轨）；对于粗野蛮横者而言，戏中有责备惩罚；对于谦恭文雅者而言，戏中有自律。戏剧赐予胆怯者以勇敢，赐予勇敢者以勇毅，赐予愚昧者以觉悟，赐予智慧者以知识。戏剧使国王们心情愉快，使受苦者意志坚定，使追求财富者知晓求财之道，使心烦意乱者心神安宁。我所创造的戏剧模仿世人的行为事迹，它包含（人的）各种情感，表现各种各样的情境。戏剧将根据上、中、下各色人等的行为，产生利益和教诲，赐予安宁、娱乐与欢喜。这种戏剧将从各种味、情及所有业果中产生一切教诲。这种戏剧将为世上的痛苦者、疲倦者、悲哀者和苦行者带去安心静息。这种戏剧将引导世人如何遵循正法、博取美名、延年益寿、获得利益和更为睿智。在戏剧中，智慧、技艺、知识、艺术、实践与活动等无一不涉。戏剧中包含了所有经论、技艺与种种活动，因此我创造了它。"（I.105-117）[66]

在《舞论》最后一章即第 36 章结尾处，婆罗多对自己这部旨在提供"娱乐指南"的戏剧学著作的宗教功能进行总结，同时也表达了对"戏剧吠陀"或曰"第五吠陀"的美好祝愿："《舞论》涉及三界的行为事迹，它是所有其他经论的典范。《舞论》出自梵天之口，它吉祥、优美、神圣、纯洁、有益，它可清除罪业，谁一直听闻梵天解说的《舞论》，谁表演戏剧，谁亲眼关注戏剧表演，将会达到通晓吠陀者、举行祭祀者和乐善好施者所达到的境界。在国王的所有善行中，（听闻《舞论》等）被视为无上业果。在所有布施中，免费赏戏最受敬重。天神们在香料和花环的祭拜中得到的满足，远不及在戏剧表演

66 Bharatamuni, *Nāṭyaśāstra*, Part.1, Vol.1, Varanasi: Chaukhamba Sanskrit Series Office, 2017, pp.10-11.

的吉祥赞颂中获得的喜悦。观赏神乐（gāndharva）和戏剧表演的人，死后确实会与婆罗门一道，到达美妙而幸福的境界。"（XXXVI.75-82）[67]源自宗教的戏剧，自然要为身为教徒的观众服务，宗教教诲与身心愉悦并行不悖，这就是印度古代的寓教于乐，也是戏剧艺术的神圣功能和世俗功能二合一的直接体现。明白这一点，自然也就不难理解婆罗多为何强调戏剧艺术令人神往的美好境界。他的相关思想深刻地影响了后世的戏剧论者。

沙揭罗南丁的《剧相宝库》依据《舞论》的相关内容指出："在这些戏剧中，传说剧（nāṭaka）最为优秀，包含许多功德（guṇa），以各种风格为基础，因此，这里讲述它的性质。正如神圣的先祖（梵天）所说：戏剧实现正法等（人生四要），祛除一切痛苦……经论、工巧、知识、艺术、仪式（karma）、解脱法（yoga），无不见于传说剧中。传说剧有庄严（alaṅkāra），充满情味，充满快乐，具有高尚的语言，描述伟人的行为事迹……师尊婆罗多说：模仿天神、凡人、国王、世间灵魂高尚者从前的行为事迹，这叫传说剧。"[68]

关于戏剧的艺术功能或表演目的，13 世纪晚期的神日借鉴婆罗多的观点指出："味作为戏剧的首要表现对象，令天神满意。那么，戏剧的目的何在？人们说，戏剧旨在达成人生三要。正法导致利益的实现，利益实现又带来爱欲（的满足）。这便是人生三要。神圣的生主说：戏剧是践行正法等（人生四要）手段，消除所有的痛苦。仙人们欣赏这种实现（人生四要的）戏剧。婆罗多说：智慧、技艺、知识、艺术、实践（yoga）与活动等全部存在于戏剧中。[69]此外，由于戏剧所体现的效果，它带来了愉悦和欢乐。正如有人所言：它是富人的游戏，是快乐者的依托，是对放逸者的教诲；在舍弃种种的苦行者看来，它是世间红尘的本来状态；它使人欣赏诗作的味，给诗人带来新的美名；这种称为戏剧的知识，可如女神般造福整个世界。以上所言为戏剧的目的。"（I.20-22）[70]

《毗湿奴法上往世书》也接受了婆罗多的戏剧功能说。它的作者指出了戏

67 Bharatamuni, *Nāṭyaśāstra*, Vol.2, Varanasi: Chaukhamba Sanskrit Series Office, 2016, pp.217-218. "到达美妙而幸福的境界"指升至天国。

68 Myles Dillon, ed., *The Nāṭakalakṣaṇaratnakośa of Sāgaranandin*, Vol.1, Text, London: Oxford University Press, 1937, pp.1-2.

69 源自《舞论》第 6 章（I.116）。梵语原文参见 Bharatamuni, *Nāṭyaśāstra*, Part 1, Vol.1, Varanasi: Chowkhamba Sanskrit Series Office, 2012, p.10。

70 Amal Shib Pathak, ed. & tr., *Nāṭyalocanam of Trilocanāditya*, New Delhi: Chaukhambha Publications, 2012, p.6.

剧表演的神圣目标和世俗功能："国王啊！应努力确保所有的戏剧创作充满味，因为味是所有戏剧的重心。王中之月啊！这些戏剧的创作应展现纯熟技艺，体现世间习俗（lokavidhāna），为了世人的幸福而教导正法、利益与爱欲。"（XVII.62-63）[71]

苏般迦罗（Śubhaṅkara）的《乐舞腰带》（*Saṅgītadāmodara*）大约成书于15世纪上半叶。他在书中提到《舞论》、《舞镜》、《剧相宝库》、《十色》等前人著作。在《乐舞腰带》第4章中，苏般迦罗仿照《舞论》的论述风格，指出了戏剧的缘起和神圣功能、世俗效益："从前，应因陀罗请求，梵天从四大吠陀中提取第五吠陀即戏剧。传承（smṛti）言及四大吠陀和副吠陀。湿婆把副吠陀'音乐'传授给自生者（梵天），梵天又将它传授给普利塔，婆罗多将其传授给凡人。因此，湿婆、梵天和婆罗多都是戏剧的创造者。戏剧的效益（nāṭyaphala）是：看见天神、仙人和国王从前的事迹，就会出现正法；表演那些角色的情感时，就有成功的利益（arthasiddhi）；听闻音乐后，女子心醉神迷，（这是爱欲）；侍奉湿婆，就获得（解脱的）智慧。这些是戏剧赠予的人生四果。什么样的亲昵之情，无不见于戏剧，因此，戏剧令所有人欢欣快乐。"[72]

婆罗多把戏剧表演视为综合性艺术表演的代名词。《舞论》第31章叙述吉祥歌时，将其与舞蹈表演水乳交融地结合在一起。这说明，完美的艺术境界是歌、舞、剧三者的自然融汇。婆罗多指出："四种节拍乐的结合，叫做吉祥歌。它之所以如此得名，是因其音节、节奏、速度、乐器和表演都在逐渐增加或强化，舞蹈者的表演也更加完美。吉祥歌和节拍乐如同连体，好比互相构造对方的因果关系。正如种子成长于树，树木成长于种子，互为因果的关系适用于此。"（XXXI.98-101）[73]

沙罗达多那耶的《情光》第7章讨论音乐时，涉及乐舞剧三合一的问题。他指出："在戏剧等（艺术）中，可以发现歌手的演唱。舞蹈、歌曲、器乐是戏剧等的辅助。歌唱表演是所有（艺术）的生命力，这叫歌曲。歌曲可以达成正法、利益、爱欲和解脱等四个目标。"（VII.9）[74]由此可见，沙罗达多那耶

71 Priyabala Shah, ed., *Viṣṇudharmottarapurāṇa, Third Khanda (Vol.1: Text, Critical Notes etc.)*, Vadodara: Oriental Institute, 1994, p.42.
72 Śubhaṅkara, *Saṅgītadāmodara*, Calcutta: Sanskrit College, 1960. p.70.
73 Bharatamuni, *Nāṭyaśāstra*, Vol.2, Varanasi: Chaukhamba Sanskrit Series Office, 2016, p.49.
74 Śāradātanaya, *Bhāvaprakāśa*, Varanasi: Chaukhamba Surbharati Prakashan, 2008, p.262.

在戏剧艺术论的语境下，将歌唱艺术提升到一个前所未有的高度。

婆罗多之后的13世纪的角天在论述舞蹈与音乐、戏剧的关系方面似乎走得更远。角天似乎是一个新概念即舞蹈、歌曲和器乐的“乐舞三合一（tauryatraya）”的首倡者，他在论及第三类舞者即乐舞上师等指出：“通晓乐舞三合一，健谈，容貌俊秀，服饰秀美，精通愉快地颂神和在大家面前逗笑，善于演奏乐器，他可称为乐舞上师（ācārya）。精通四种戏剧表演，通晓独白剧等各个剧种，他是演员（naṭa）……承担重任，精通旋转等动作表演，擅长绳索行走，通晓带着锐器起舞，巧于狭路相逢时运用武器，这种人可谓多面手（kohalāṭika）。”（VII.1337-1342）[75]

角天的歌舞一体或乐舞不分的思维，还表现在他对音乐或乐舞的定义上。他在《乐舞渊海》中明确指出：“声乐（gīta）、器乐（vādya）和舞蹈（nṛtta）三者的结合，叫做音乐（saṅgīta）。”（I.1.21）[76]该书认为：“器乐导引舞蹈，而声乐导引器乐，因此，声乐的地位重要，首先得说明它。”（I.1.24-25）[77]由此可见，古代印度艺术理论家将音乐与舞蹈视为水乳交融的一种艺术形式，因此，saṅgīta的准确译法应为“乐舞”，译为“音乐”很多时候只是一种权宜而已。在《舞论》中，我们不难发现这种乐舞不分、乐舞剧融为一体的理论萌芽早已存在。例如《舞论》第32章指出：“歌声在前，器乐在后，舞蹈相随。歌声与器乐、肢体（舞蹈）的配合，叫做表演（prayoga）。”（XXXII.435）[78]

婆罗多和角天等人的乐舞或歌舞剧交融观，在后来的乐舞论著中屡见不鲜。例如，16世纪出现的《乐舞论》提出了“音名表演”（svarābhinaya）和“配乐舞”的概念。它对前者的描述是：“具六音之外的其他（六个音名），是拉格（rāga）的首音（graha），应在舞台上以手势进行表演。通晓舞蹈表演和原理的人右手呈花蕾式，左手呈机灵式，呈环状表演（基本动作中的）孔雀游戏式，以表现具六音。右手呈天鹅嘴式，左手呈半月式放于臀部，头呈自然式，身体呈梵天式站姿，聪明的演员如此表现神仙音……一手呈象牙式，另一手放于臀部，眼神优美，头呈迅速摇头式，近闻音如此表现。”（IV.2.566-

75 Śārṅgadeva, *Saṅgītaratnākara*, Varanasi: Chaukhamba Surbharati Prakashan, 2011, pp.810-811.
76 Śārṅgadeva, *Saṅgītaratnākara*, Varanasi: ChaukhambaSurbharatiPrakashan, 2011, p.6.
77 Śārṅgadeva, *Saṅgītaratnākara*, Varanasi: ChaukhambaSurbharatiPrakashan, 2011, p.7.
78 Bharatamuni, *Nāṭyaśāstra*, Vol.2, Varanasi: Chaukhamba Sanskrit Series Office, 2016, p.136.

576）[79]它对后者的描述是："迷人的舞蹈在表演中契合（器乐作品的）变速风格（yati）及其相关的节奏体系……舞蹈演员拥有光彩照人的靓丽身姿，激情洋溢，眼神娇媚，音速和节奏表达完美，这便是令通晓舞蹈表演的人喜悦的配乐舞（svaramaṇṭha）。"（IV.2.577-581）[80]

综上所述，梵语戏剧论、乐舞论对戏剧的起源、戏剧的双重功能（目的）、戏剧和乐舞的关系等都有程度不一的论述。这些内容构成了梵语戏剧论的宗教、美学维度，值得我们在比较艺术学的视野下进行打量。

以上是对"戏剧"这一理论和文类范畴的简略思考和分析，涉及各种戏剧概念的辨析、戏剧和舞蹈的微妙复杂的联系、戏剧类型说、戏剧的宗教和美学内涵的分析等。通过这些简略的分析可以发现，印度古代戏剧理论或乐舞剧（歌舞剧）理论中的"戏剧"范畴，暗含着一个弹性十足亦即充满思想张力的文艺理论话语体系，它值得我们在比较文艺学（比较诗学）的语境下深入思考。

79 Puṇḍarīka Viṭṭhala, *Nartananirṇaya*, Vol.3, New Delhi: Indira Gandhi National Centre for the Arts, 1998, pp.146-148.

80 Puṇḍarīka Viṭṭhala, *Nartananirṇaya*, Vol.3, New Delhi: Indira Gandhi National Centre for the Arts, 1998, p.148.

第七章　毗首那特《文镜》的戏剧论

毗首那特（Viśvanātha，或意译为“宇主”），大约生活于14世纪。他是诗人和戏剧家，有“诗人之王”的称号，但其作品均已失传。作为文学理论家，毗首那特著有《文镜》(*Sāhityadarpaṇa*)，还曾为前辈诗学家曼摩吒的《诗光》作注，题为《诗光镜》(*Kāvyaprakāśadarpaṇa*)。曼摩吒指出：“诗人的语言（女神）胜过一切，她的创造摆脱命运束缚，惟独由愉悦构成，无须依靠其他，含有九味而甜蜜。”（I.1）[1]毗首那特对此疏解道：“九味（nava rasa）是指艳情味到平静味的各种味。知音品尝九味而心中愉悦。诗人的语言创造自由无碍，胜过一切，比梵天产生的意义更为丰富。”[2]论文认为，毗首那特身为诗人、学者和批评家，是最有资格的《诗光》注疏家。“因为毗首那特自己写过综合性诗学著作，他是评价《诗光》这样一部在当时享有盛名的研究著作的不二人选。在我看来，《诗光》是因为《文镜》对它的评价而引起重视的，曼摩吒应该为得到毗首那特这样的作者的评价而倍感荣幸。”[3]

毗首那特的《文镜》是一部以味论为核心的综合性文论著作。由于《文镜》兼论诗和戏剧，探讨梵语文学理论的各方面问题，是对古代文论的全面梳理和总结，自问世后便成为印度学者学习古典文论的标准读本，它的影响广泛而深远。[4]

毗首那特的《文镜》深受《诗光》影响。同样是综合性诗学著作，《诗光》

1 黄宝生译：《梵语诗学论著汇编》(下册)，北京：昆仑出版社，2008年，第599页。
2 Viśvanatha, *Kāvyaprakāśadarpaṇa*, Allahabad: Manju Prakashan, 1979, p.2.
3 Viśvanatha, *Kāvyaprakāśadarpaṇa*, “Foreword,” Allahabad: Manju Prakashan, 1979.
4 曹顺庆主编：《中外文论史》(第四卷)，成都：巴蜀书社，2012年，第3319-3327页。

以韵论为核心，而《文镜》以味论为核心。关于诗德、诗病和庄严，二者的基本观点一致。不同的是，《文镜》论述戏剧学和风格，而《诗光》却没有论述它们。毗首那特以味论为理论出发点，试图全面总结梵语诗学和梵语戏剧学。《文镜》分十章，分别论述诗的一般特征、词的功能和句义、味和情、诗的分类、诗病、诗德、风格和庄严等所有主要的文论话语。该书第 3 章介绍情味论，第 6 章介绍戏剧类型和情节等。这两章都不同程度地涉及梵语戏剧理论。这在当时的梵语诗学著作中不太多见。[5]学界一般认为只有《文镜》第 6 章涉及戏剧论，这其实是一种误解，因为其第 3 章的情味论、角色论无疑带有浓厚的戏剧论色彩。下边依次对《文镜》的戏剧情味论、戏剧类型论、戏剧情节论、戏剧角色论、戏剧语言论作一简介。

第一节　戏剧情味

毗首那特的味论既是一种诗学范畴的思考，也是一种戏剧学范畴的论述。例如，他指出："演员只是依靠学会的技艺表演罗摩等的形象，而不是味的品尝者。然而，由于思考诗的意义，演员也处在观众的地位。演员也思考诗的意义，由自己表演罗摩等的特征，因此，他也被列入观众。"（III.19-20）[6]他在稍后又指出："世俗中爱等的唤醒者，在诗歌和戏剧中是情由。"（III.29）[7]这句话的梵语原文是：ratyādyudbhodhakā loke vibhāvāh kāvyanāṭyayoh。[8]kāvya是诗，有时也涵盖戏剧作品，而 nāṭya 指称的是戏剧、舞蹈。正因如此，本节将《文镜》第 3 章纳入戏剧情味论的考察视野。

《文镜》第 3 章专论情味。毗首那特对味的定义是："由情由、情态和不定情展示的爱等常情，在知音们那里达到味性。"（III.1）[9]这一定义和此前味论者的相关定义没有什么差别。

毗首那特以潜印象（vāsanā）和普遍化（sādhāraṇa）[10]等术语解说味论。

---

5 本章对毗首那特和《文镜》的介绍，参考黄宝生：《印度古典诗学》，北京：北京大学出版社，2000 年，第 238、327-329、408-411 页。

6 黄宝生译：《梵语诗学论著汇编》（下册），北京：昆仑出版社，2008 年，第 837 页。

7 黄宝生译：《梵语诗学论著汇编》（下册），北京：昆仑出版社，2008 年，第 839 页。

8 Viśvanātha, *Sāhityadarpaṇa*, Varanasi: Chaukhamba vidyabhavan, 2012, p.79.

9 黄宝生译：《梵语诗学论著汇编》（下册），北京：昆仑出版社，2008 年，第 831-832 页。

10 Viśvanātha, *Sāhityadarpaṇa*, Varanasi: Chaukhamba vidyabhavan, 2012, p.91.

他说：“没有爱等的潜印象，就不会产生味的品尝……情由等具有一种名为普遍化的功能。由于它的力量，知音感到自己与跃过大海等的人物没有区别……情由等的功能是超俗的。这些超俗性是它们的优点，而不是缺点。”（III.9-14）[11]这些思想源自新护的主观味论，毗首那特此处并未表现出多少新意。

有人说悲悯味等含有痛苦的因子，不应该称作味。对此，毗首那特的答复是：“即使在悲悯等味中，也产生愉快。在这里，知音们的感受是惟一的准则……如果（厌恶味和恐怖味）这些味中有任何痛苦，谁也不会欣赏它们。”（III.4-5）[12]

毗首那特的情论依据前人，很少创见。他指出，情由分成所缘情由、引发情由两类。“所缘情由是主角等，味依靠它产生。”（III.29）[13]

关于情态，毗首那特的定义是：“展现由各自的原因激发的外在形态，在世俗中表现为结果，在诗歌和戏剧中表现为情态……它的特征包括上述妇女的肢体美和天然美，还有真情和其他姿态。”（III.132-134）[14]

毗首那特指出的瘫软等 8 种真情和忧郁等 33 种不定情的名称和婆罗多指出的完全相同。毗首那特依据婆罗多等前人的观点，对这些真情、不定情逐一解说，例如：“由于认识真谛、遭遇灾难和妒忌等，自我轻视，表现为沮丧、忧虑、流泪、叹息、变色和喘气等，这是忧郁。”（III.142）[15]

毗首那特对常情和不定情有一些自己的看法：“爱等在不被限定的味中也能成为不定情……笑在英勇味和英勇味中，怒在英勇味中，厌在平静味中，被称作不定情。其他可以由智者们自己判断……其他的情无论与它一致或不一致，都不能排除它。它是品尝的根源，被称作常情。”（III.172-174）[16]

毗首那特认可 9 种常情，自然也认可 9 种味。他说：“爱、笑、悲、怒、勇、惧、厌和惊，这是八种，还有一种是静……这些常情、不定情和真情被称作情（bhāva），因为通过各种表演，它们显示（bhāvayanti）味……艳情、

11 黄宝生译：《梵语诗学论著汇编》（下册），北京：昆仑出版社，2008 年，第 834-835 页。
12 黄宝生译：《梵语诗学论著汇编》（下册），北京：昆仑出版社，2008 年，第 833 页。
13 黄宝生译：《梵语诗学论著汇编》（下册），北京：昆仑出版社，2008 年，第 840 页。
14 黄宝生译：《梵语诗学论著汇编》（下册），北京：昆仑出版社，2008 年，第 869 页。
15 黄宝生译：《梵语诗学论著汇编》（下册），北京：昆仑出版社，2008 年，第 870 页。
16 黄宝生译：《梵语诗学论著汇编》（下册），北京：昆仑出版社，2008 年，第 881 页。

滑稽、悲悯、暴戾、英勇、恐怖、厌恶和奇异，这是八种味，还有一种味是平静。”（III.175-182）[17]

毗首那特延续传统论者先论艳情味的姿态，先详细论述艳情味。他说，艳情味分为分离艳情味和会合艳情味两类。“强烈的爱没有到达所爱对象，这是分离艳情味。所爱对象指男主角或女主角。它又分成初恋、傲慢、远行和苦恋四种。”（III.186-187）[18]毗首那特将初恋解释为具有 10 种爱情状态（渴望、忧虑、回忆直至死亡）的做法，与胜财在《十色》中将其视为失恋艳情味十阶段明显不同，但却与沙揭罗南丁的做法相似。沙揭罗南丁说：“接着讲述男女主角初次见面便陷入痛苦的爱情（manmatha）十阶段。全面了解它们是有益的，因为它们是戏剧中柔舞（lāsya）的辅助因素。（这十个阶段是）：渴望（abhilāsa）、忧虑（cintā）、回忆（anusmaraṇa）、赞美（guṇakatha）、烦恼（udvega）、悲叹（vilāpa）、生病（ātaṅka）、疯癫（unmāda）、痴呆（jaḍatā）、死亡（maraṇa）。”[19]

毗首那特将初恋分为靛蓝色（nīlī）、番红色（kusumbha）、赤红色（mañjiṣṭhā）三类，第一类以悉多和罗摩的爱情为例。他把傲慢称为嗔怒，分为源自亲昵、源自妒忌两类。他把远行的分离艳情味分为职业造成的、诅咒导致的、混乱产生的三类。他对苦恋的定义是：“一对青年恋人，其中一个去往另一世界，有待复活，而另一个苦苦守候，这称作苦恋。例如，《迦丹波利》中的白莲和太白的故事。如果不再复活或以另一个身体转生，那就成了悲悯味。”（III.209及注疏）[20]

毗首那特将会合艳情味也分为四类，它们分别与苦恋等四种分离艳情味相关。

关于平静味，毗首那特指出：“平静味以上等人物为本源，常情是静，颜色是优美的茉莉色或月色，天神是吉祥的那罗延。所缘情由是因无常等而离弃一切事物，以至高的自我为本相，引发情由是圣洁的净修林、圣地可爱的园林等以及与圣人接触等。情态是汗毛竖起等。不定情是忧郁、喜悦、回忆、自信和怜悯众生等……由于摒弃我慢，它不是慈悲英勇味等……处在摆脱束缚

17 黄宝生译：《梵语诗学论著汇编》（下册），北京：昆仑出版社，2008 年，第 882 页。
18 黄宝生译：《梵语诗学论著汇编》（下册），北京：昆仑出版社，2008 年，第 883 页。
19 Myles Dillon, ed., *The Nāṭakalakṣaṇaratnakośa of Sāgaranandin*, Vol.1, London: Oxford University Press, 1937, p.101.
20 黄宝生译：《梵语诗学论著汇编》（下册），北京：昆仑出版社，2008 年，第 890 页。

的状态中，常情静达到味性，其中存在不定情等，对它并无妨碍。”（III.245-250）[21]

实际上，毗首那特一共认可10种味，即婆罗多的8种味加上平静味和慈爱味。关于慈爱味，毗首那特指出：“由于明显具有魅力，人们确认慈爱味。它的常情是父母慈爱，所缘情由是儿子等，引发情由是他们的姿态动作、学问、勇气和仁慈等。情态是搂抱、触摸身体、亲吻额头、凝视、汗毛竖起和喜悦的泪水等。不定情是担忧、喜悦和骄傲等。颜色是莲花花心色，天神是世界母亲。”（III.251-254）[22]在毗首那特之前，慈爱味不太为人关注。此后，它逐渐为人认可。毗首那特所举的慈爱味的例子是：

说着奶娘刚才说过的话，牵着她的手指走路，
还学着俯首行礼，这孩儿令父亲满心欢喜。[23]

毗首那特还论述了不同味之间的对立情形：“艳情味与悲悯味、厌恶味、暴戾味、英勇味和恐怖味对立。滑稽味与恐怖味和悲悯味对立。悲悯味与滑稽味和艳情味对立。暴戾味与滑稽味、艳情味和恐怖味对立。英勇味与恐怖味和平静味对立。恐怖味与艳情味、英勇味、暴戾味、滑稽味和平静味对立。平静味与英勇味、艳情味、暴戾味、滑稽味和恐怖味对立。厌恶味和艳情味的对立。”（III.254-258）[24]

毗首那特对于情、味的某些规定值得注意。例如：“味、情、类味、类情、情的平息、情的升起、情的并存和情的混合，由于能品尝，这些都是味……主要的不定情，对天神等的敬爱，只是在被唤醒时，成为常情，因此称作情。”（III.259-261）[25]他还举例说明了思索、喜悦、绝望、流泪、焦灼、疑虑、沮丧、坚定和忧虑等不定情的平息、产生、共存和混杂的情形。

毗首那特还论述了艳情味、平静味等各种味在艺术实践中不合适的情形，意在为文学创作把脉。他说：“行为不合适，成为类味和类情……爱上次要角色，爱上牟尼和老师的妻子，爱上很多角色，爱没有出现在双方，爱出现在反

21 黄宝生译：《梵语诗学论著汇编》（下册），北京：昆仑出版社，2008年，第896-897页。
22 黄宝生译：《梵语诗学论著汇编》（下册），北京：昆仑出版社，2008年，第897-898页。
23 黄宝生译：《梵语诗学论著汇编》（下册），北京：昆仑出版社，2008年，第898页。
24 黄宝生译：《梵语诗学论著汇编》（下册），北京：昆仑出版社，2008年，第898页。
25 黄宝生译：《梵语诗学论著汇编》（下册），北京：昆仑出版社，2008年，第898页。

面主角，爱出现在下等人和动物等，这是艳情味中的不合适。愤怒的对象是老师等，这是暴戾味中的不合适。出现在卑微者，这是平静味中的不合适。嘲笑的对象是老师等，这是滑稽味中的不合适。勇气用于杀害婆罗门等或出现在下等人，这是英勇味中的不合适。惧怕出现在上等人，这是恐怖味中的不合适。其他以此类推。”（III.262-266）[26]

毗首那特为了解说类艳情味、类暴戾味、类恐怖味等类味，分别以梵语戏剧《茉莉和青春》、《璎珞传》等记载的诗句和自己与他人创作的诗为例进行说明。这进一步说明毗首那特戏剧情味论带有浓厚的诗化、诗性色彩。

第二节　戏剧类型与情节

《文镜》第 6 章专论戏剧类型和情节等。毗首那特依据婆罗多和胜财等人的戏剧学基本原理进行阐释，延续了梵语戏剧学传统。他再次对诗分类。他先逐一论述了婆罗多和胜财均认可的“十色”，然后再在波阇等人的基础上，逐一论述 18 种“次色”即次要戏剧。他在论述戏剧以后，还第三次对诗进行分类。他把诗分为传说诗、章回诗、库藏诗（诗集）、散文、故事、传记、占布和混合使用多种语言的迦伦跋迦。

毗首那特指出：“诗又按照可看的和可听的分成两类。其中可看的是表演的。它被赋予形态（rūpa），而称作‘色’（rūpaka）。表演是模仿状况（avasthānukāra），分成四类：形体、语言、妆饰和真情。表演是演员用形体等模仿罗摩和坚战等人物的状况。现在讲述‘色’的分类。传说剧、创造剧、独白剧、纷争剧、神魔剧、争斗剧、掠女剧、感伤剧、街道剧和笑剧，共有十种‘色’。”（VI.1-3）[27]

关于上述十色，毗首那特的解说与前辈学者大致相似。例如，他对传说剧的解说是：“传说剧应该以著名的传说为情节，有五个关节，有活跃和繁荣等品质，有各种变化，充满快乐和痛苦，有各种味，五幕至十幕。主角是著名家族的王仙，坚定，崇高，勇武，还有神或亦神亦人，富有品德。应该有一种主要的味，艳情味或英勇味，其他所有的味作为辅助，结尾应该是奇异味。”（VI.7-11）[28]

26 黄宝生译：《梵语诗学论著汇编》（下册），北京：昆仑出版社，2008 年，第 900 页。
27 黄宝生译：《梵语诗学论著汇编》（下册），北京：昆仑出版社，2008 年，第 930 页。
28 黄宝生译：《梵语诗学论著汇编》（下册），北京：昆仑出版社，2008 年，第 931 页。

毗首那特还提出“大型传说剧”（mahānāṭaka）的概念。他说：“含有所有的插话暗示和十种柔舞分支，智者们称为大型传说剧。”（VI.223-224）[29]

再如，毗首那特对创造剧的解说是：“在创造剧中，情节是世俗的，由诗人虚构。以艳情味为主。主角是婆罗门、大臣或商人，关注无常的正法、爱欲和利益，性格坚定而平静。主角是婆罗门，例如《小泥车》。主角是大臣，例如《茉莉和青春》。主角是商人，例如《花饰》。女主角有时是良家妇女，有时是妓女，有时两者兼有，据此分成三种。在第三种中，充满骗子和赌徒等以及食客和仆从。”（VI.224-227）[30]

又如，毗首那特对街道剧的解说是：“街道剧只有一幕和一个角色。运用‘空谈’方式，巧妙地应答。充分暗示艳情味，也暗示一些其他的味。只有开头和结束两个关节，而含有所有情节元素。一个角色可以是上等人、中等人或下等人。由于以艳情味为主，风格也以艳美风格为主。智者们指出了它有十三种分支：妙解、联系、恭维、三重、哄骗、巧答、强化、紊乱、跳动、谜语、叉题、谐谑和乱比。”（VI.253-256）[31]他还引述《优哩婆湿》、《结髻记》、《璎珞传》和《摩罗维迦与火友王》等梵语戏剧的例诗或其中的对话片段，对上述十三种分支进行解说。

和《味海月》聚焦传统的“十色”不同，毗首那特还论述了所谓的“次色”（uparūpaka），他也是首次采用 uparūpaka 指涉次要的戏剧类型（次色）的梵语戏剧理论家。他指出了 18 种“次色”。他说：“那底迦（nāṭikā）、多罗吒迦（troṭaka）、集会剧（goṣṭhī）、摹拟剧（sāṭṭaka）、乐舞剧（nāṭya-rāsaka）、发愿剧（prasthāna）、歌颂剧（ullapya）、诗剧（kāvya）、波伦迦那（preṅkhaṇa）、歌舞剧（rāsaka）、对话剧（samlāpaka）、吉言剧（śrīgadita）、艺术剧（śilpaka）、艳情剧（vilāsikā）、恶蔓剧（durmallikā）、次创造剧（prakaraṇī）、舞剧（hallīśa）、小独白剧（bhāṇika），这些是智者所说的 18 种‘次色’。它们除了各具特色外，还与传说剧的特征相似。”（VI.4-6）[32]

毗首那特对每一种“次色”予以详细的解说。他说，那底迦（nāṭikā）的情节是虚构的，有四幕，多女性人物，主角是著名的国王，与后宫、音乐有关，

29 黄宝生译：《梵语诗学论著汇编》（下册），北京：昆仑出版社，2008 年，第 986 页。
30 黄宝生译：《梵语诗学论著汇编》（下册），北京：昆仑出版社，2008 年，第 987 页。
31 黄宝生译：《梵语诗学论著汇编》（下册），北京：昆仑出版社，2008 年，第 990 页。
32 Viśvanātha, *Sāhityadarpaṇa*, Varanasi: Chaukhamba vidyabhavan, 2012, p.258.

女主角出身王族，与主角及大王后存在复杂的情感纠葛，最后如愿结合，该剧运用艳美风格，可以缺少停顿关节，代表作是《瓔珞传》和《雕像》等；多罗吒迦（troṭaka）有七幕或八幕、九幕或五幕，主角是天神和人，每一幕都有丑角出场，主味是艳情味，代表作是五幕的《优哩婆湿》；集会剧（goṣṭhī）的人物为 9 个或 10 个，采用艳美风格，缺少胎藏和停顿关节，有 5 或 6 个女性，表演艳情味，只有一幕；摹拟剧（sāṭṭaka）完全运用俗语，没有引入和支柱插曲，表现奇异味，与那底迦特征相似；乐舞剧（nāṭya-rāsaka）只有一幕，音乐和舞蹈因素浓郁，以滑稽味和艳情味为主，女主角为妆扮以候型（房中恭候型），有开头和结束关节及 10 个柔舞支；发愿剧（prasthāna）的男主角是男仆，配角是下等人，女主角是女仆，运用艳美风格，有两幕，音乐和舞蹈要素丰富；歌颂剧（ullapya）只有一幕，内容与天神相关，含有滑稽味、艳情味和悲悯味，也有人说它为三幕和四个女主角，音乐迷人；诗剧（kāvya）只有一幕，充满滑稽味、艳情味，包含诸多歌曲和诗律，包含开头和结束关节；波伦迦那（preṅkhaṇa）的主角是下等人，只有一幕，缺少胎藏和停顿关节，没有戏班主、引入和支柱插曲，运用所有风格，表现战斗和争论，幕后有歌唱、献诗等；歌舞剧（rāsaka）有 5 个演员，含有开头与结束关节，采用梵语、俗语和方言（vibhāṣā），运用雄辩和艳美风格，没有戏班主，只有一幕，含有街道剧分支和各种技艺表演，献诗有双关，女主角著名，男主角愚蠢；对话剧（samlāpaka）有三幕或四幕，主角是异教徒，包含艳情味和悲悯味之外的各种味，表演内容与围城、欺诈、战斗和逃跑相关，不表现雄辩和艳美风格；吉言剧（śrīgadita）只有一幕，情节是著名的，主角高尚而著名，女主角著名，没有胎藏和停顿关节，充满雄辩风格，经常说 śrī（吉祥）一词；艺术剧（śilpaka）有四幕，采用四种风格，含有平静味和滑稽味之外的所有味，主角是婆罗门，配角是下等人，含有 27 种分支；艳情剧（vilāsikā）充满艳情味，含有 10 种柔舞支，有丑角、食客和伴友，主角是下等人，没有胎藏和停顿关节，情节简单，妆饰优美；恶蔓剧（durmallikā）有四幕，运用艳美和雄辩风格，缺少胎藏关节，人物是市民，主角是下等人；次创造剧（prakaraṇī）是一种那底迦，男主角是商人，女主角与男主角出身相同；舞剧（hallīśa）只有一幕，一个男主角，7、8 或 9 个女角，其语言高雅，采用艳美风格，只有开头和结束关节，充满音乐和舞蹈；小独白剧（bhāṇika）只有一幕，妆饰优美，只有开头和结束关节，运用艳美和雄辩风格，女主角高尚，男主角愚蠢，包含暗示、展示、觉

醒、惊慌、怒斥、例证和结束等 7 个分支。（VI.269-313）[33]

介绍完所有的“十色”与“次色”后，毗首那特下了这样一个判断：“虽然所有戏剧以传统剧为原型，但都必须按照需要，合适地采用传说剧的特征。同时，所有戏剧都必定含有传说剧的特征。”（VI.313）[34]这说明，毗首那特与前人一样，高度重视始终位列“十色”之首的传说剧。

毗首那特还介绍了幕前准备、献诗的具体内容，并对两位戏班主（舞台监督）先后上场介绍剧情作了规定。由此，毗首那特自然过渡到雄辩风格、艳美风格、崇高风格、刚烈风格等四类戏剧风格的阐释中。他对四类风格的论述与前人相差无几。例如，他对雄辩风格的定义是：“雄辩风格是演员以梵语为主的语言风格……它包含这些分支：赞誉、街道剧、笑剧和序幕。”（VI.29-30）[35]他还指出：“用于艳情味的艳美，用于英勇味的崇高，用于暴戾味和厌恶味的刚烈，用于一切味的雄辩，这四种风格是一切戏剧之母。它们尤其用于传说剧等的主角等。”（VI.122-123）[36]

毗首那特依据婆罗多和胜财等人的规则，将情节分为两类：“智者们将本事分为两类，一类是主要情节，另一类是次要情节。支配成果者是成果的主人，诗人们将他的情节称为主要情节……辅助他的内容，称为次要情节。”（VI.42-44）[37]

具体而言，毗首那特先介绍四类插话暗示。他说：“在戏剧情节中，应该巧妙地安排插话暗示。偶然发现与思考中的某个事物特征相似的另一个事物，这是插话暗示。”（VI.44-45）[38]突然获得美好的结果，这是第一类插话暗示；依据各种关联，话语包含双关，这是第二类插话暗示；含蓄地、合适地暗示主题，含有双关的回答，这是第三类插话暗示；话中有双关，联系紧密，暗示另一层内涵，这是第四类插话暗示。

毗首那特继承了婆罗多等人的思想，对舞台表演的时间与情节表达方式做了相应的规定：“不合适的事件，有损于主角或味，可以删去，或可以改

33 黄宝生译：《梵语诗学论著汇编》（下册），北京：昆仑出版社，2008 年，第 995-999 页。
34 黄宝生译：《梵语诗学论著汇编》（下册），北京：昆仑出版社，2008 年，第 999 页。
35 黄宝生译：《梵语诗学论著汇编》（下册），北京：昆仑出版社，2008 年，第 935 页。
36 黄宝生译：《梵语诗学论著汇编》（下册），北京：昆仑出版社，2008 年，第 964 页。
37 黄宝生译：《梵语诗学论著汇编》（下册），北京：昆仑出版社，2008 年，第 938 页。
38 黄宝生译：《梵语诗学论著汇编》（下册），北京：昆仑出版社，2008 年，第 938 页。

编……在各幕中，不宜表演和不宜讲述的事情，时间延续两天至一年的事件，或者其他漫长的事件，智者们认为应该采用剧情提示方式……超过一年的事件应该限制在一年中……一天之内不能完成的事件，可以在一天结束之时，放在幕间，以剧情提示方式表述。”（VI.50-53）[39]

毗首那特接着逐个解说五类剧情提示方式：支柱插曲、引入插曲、鸡冠插曲、转化插曲、幕头插曲。他对它们的解说是：支柱插曲在一幕的开头表演，简要地提示已经发生和将要发生的部分事件。由一个或两个中等人物表演，是纯粹的支柱插曲；由下等和中等人物一起表演，是混合的支柱插曲。引入插曲在两幕之间，由下等人物演出，语言粗俗。鸡冠插曲是在幕后提示某个事件。转化插曲是在一幕末尾，由人物提示下一幕，不间断地转入下一幕。幕头插曲是在一幕中，由人物提示各幕中的所有事件，说明种子的意义，或者由一幕末尾的人物提示下一幕开头的事件。如果删除了冗长无味的事件，而剩下有些内容需要表演，那就在序幕之后，由五幕中提示的人物表演支柱插曲。如果事件一开始就有味，那就应该紧接着由序幕中提示的人物表演下一幕。即使在支柱插曲等插曲形式中，也不能表演杀戮主角。味和情节（本事）之间不能失去平衡。（VI.55-64）[40]

毗首那特接下来介绍了情节五元素、情节五阶段和情节五关节，他还介绍了五类情节关节的 64 个分支。他在介绍情节的最后指出：“这是智者们所说的六十四分支。它们可以不受限制地在关节中使用，但要考虑到适合味，因为一切以味为主……确定愿望的目的，令人惊奇，促进情节发展，产生感情效应，掩藏应该掩藏的事物，揭示应该揭示的事物，这是关节分支的六种作用。正如缺少肢体的人不能工作，缺少关节分支的剧作不能表演。主角和反主角应该具有关节分支。如果缺少分支，应该运用插话等；如果缺少插话等，应该运用其他方式……这些关节分支的运用要注意适合展现味，不必固守经典规定。”（VI.115-120）[41]

综上所述。毗首那特的戏剧类型和戏剧情节论大多依据前人，创见不多，但是其描述的简洁有力令人印象深刻。他对“幕中幕”（戏中戏）的描述，为独具印度特色的梵剧理论留下了又一处值得探索、思考的痕迹。

39 黄宝生译：《梵语诗学论著汇编》（下册），北京：昆仑出版社，2008 年，第 941 页。
40 黄宝生译：《梵语诗学论著汇编》（下册），北京：昆仑出版社，2008 年，第 941-943 页。
41 黄宝生译：《梵语诗学论著汇编》（下册），北京：昆仑出版社，2008 年，第 963-964 页。

第三节　戏剧角色与语言

《文镜》第 3 章涉及戏剧角色论。毗首那特先论男主角的类型和特征。

毗首那特对男主角的定义是："慷慨，能干，出身高贵，神采奕奕，年轻，英俊，有勇气，聪慧，受人爱戴，威严，练达，有品德，这是主角。"（III.30）[42]他依据婆罗多的做法，将男主角分为四类：坚毅崇高型（dhīrodātta）、庄严傲慢型（dhīroddhata）、勇敢迷人型（dhīralalita）、庄重安宁型（dhīrapraśāntaka）。其中，坚毅崇高型男主角不说大话，宽容大度，深沉，稳重，恪守誓言；庄严傲慢型男主角热衷阴谋诡计，暴戾，浮躁，骄傲自大，喜欢自吹自擂；勇敢迷人型男主角无忧无虑，温和，始终热爱艺术；庄重安宁型男主角具有许多美德，多为婆罗门拥有。

毗首那特还依据谦恭、无耻、忠贞和欺骗等主角性格，将其分为 16 种。他又将这 16 种男主角分成上、中、下三等，共计 48 种。这是梵语戏剧理论家对男主角分类的最大数量。

毗首那特还介绍了品质逊于主角的各类助手，其中包括清客、侍从、丑角等处理艳情方面的助手，也包括处理政务的大臣和执法方面的王子、官吏和士兵等，还包括处理宗教事务的祭官、祭司、知梵者和苦行者。上等助手是伙伴，中等助手是清客和丑角，下等助手是国舅和侍从等。毗首那特还依据婆罗多的思想，介绍了光辉、活跃、甜蜜、深沉、坚定、威严、多情和高尚等男主角的 8 种优秀品质。

毗首那特依据胜财，把女主角分为自己的女人、被人的女人和公共的女人三类，而自己的女人（妻子）有分成无经验的、稍有经验的、有经验的三类。"步入青春，情窦初开，交欢时畏缩，发怒时温和，充满羞涩，这是无经验。"（III.58）[43]另外两类的特征是："交欢奇妙，青春和爱情成熟，说话稍许大胆，羞涩稍许减弱，这是稍有经验……爱欲中盲目，青春迸发，精通交欢，情绪高昂，很少羞涩，驾驭男主角，这是有经验。"（III.59-60）[44]毗首那特延续此前论者的思维，将有经验的、稍有经验的女主角依据稳重、不稳重、既稳重又不稳重分为六类。这六类女主角按照对男主角的情爱深浅程度再分为两类。"这

42 黄宝生译：《梵语诗学论著汇编》（下册），北京：昆仑出版社，2008 年，第 840 页。
43 黄宝生译：《梵语诗学论著汇编》（下册），北京：昆仑出版社，2008 年，第 847 页。
44 黄宝生译：《梵语诗学论著汇编》（下册），北京：昆仑出版社，2008 年，第 848-849 页。

样，稍有经验和有经验这两种共分十二种。无经验只有一种。因此，自己的女人共有十三种。别人的女人分成别人的妻子和少女两种……公共的女人是妓女，稳重，精通技艺。”（III.65-67）[45]由此可见，自己的女人（妻子）13 种，加上别人的女子两种和妓女一种，共计 16 种女主角。这 16 种女主角又按照她们和男主角爱情状态分为八类：恋人钟情型（svādhīnabhartṛkā）、恋人移情型（khaṇḍitā）、追求恋人型（abhisārikā）、恋人失和型（kalahāntaritā）、恋人爽约型（vipralabdhā）、恋人远游型（proṣitabhartṛkā）、妆扮以候型（vāsakasajjikā）、期盼恋人型（virahotkaṇṭhitā）。“以上一百二十八种又各自分成上等、中等和下等，这样，女主角共有三百八十四种。”（III.87）[46]女主角的三百八十四分法，虽然没有打破女主角数量的“历史记录”，但也足够体现出传统主角论对毗首那特的浸润之深。

毗首那特还论及前人未曾提及的青年女子的 28 种美（alaṅkāra）：“青年女性产生自善性的美有二十八种：感情、激情和欲情这三种是肢体美。光艳、可爱、热烈、甜蜜、自信、高尚和坚定，这七种是天然美。游戏、娇态、淡妆、冷淡、兴奋、怀恋、佯怒、慌乱、妩媚、羞怯、苦恼（tapana）、幼稚（maugdhya）、迷乱（vikṣepa）、好奇（kutūhala）、嬉笑（hasita）、惊恐（cakita）和娱乐（keli），这是其他十八种。由天性产生的感情等十种也是男性的美。”（III.89-93）[47]毗首那特对这些“美”逐一举例说明。

毗首那特还对无经验的女人和未婚少女的爱情表现作了较为仔细的说明。他还对所有女主角的爱情表现作了阐释。例如：“看到后，面露羞涩；不直面相视；偷偷地看爱人，或在他行走时，或在他走远时。即使爱人一再询问，通常也是低着头，迟迟疑疑，吞吞吐吐，回答一点儿话。别人谈起她的爱人，她始终会竖耳谛听，而眼睛望着别处。这是少女的爱情表现。”（III.111-113）[48]

毗首那特对女角中的助手的介绍以女使者为核心：“女人可以通过发信、深情的目光、温柔的言语和派遣女使者传情。女使者可以是女友、女演员、女仆、女邻居、少女、女苦行者、女工和女艺人等，也可以是自己……

45 黄宝生译：《梵语诗学论著汇编》（下册），北京：昆仑出版社，2008 年，第 852-853 页。
46 黄宝生译：《梵语诗学论著汇编》（下册），北京：昆仑出版社，2008 年，第 856 页。
47 黄宝生译：《梵语诗学论著汇编》（下册），北京：昆仑出版社，2008 年，第 857 页。
48 黄宝生译：《梵语诗学论著汇编》（下册），北京：昆仑出版社，2008 年，第 866 页。

通晓技艺，能干，可靠，善解人意，记性好，甜蜜可爱，善于逗乐，语言节制，这些是女使者的品质。她们也依照各自的情况分成上等、中等和下等。”（III.127-130）[49]

他对反主角的描述是：“坚定而傲慢，作恶多端，恣意妄为，这是反主角。”（III.131）[50]

毗首那特的戏剧语言论出现在《文镜》第6章最后部分。他首先说明了戏剧表演中四类特殊的说话方式：“说话内容别人听不到，这是独白。所有人都能听到，这是明话。背转过身，透露另一个人的秘密，这是密谈。互相谈话时，竖起三个指头，以示挡开他人，这是私语。即使没有别人在场，却仿佛听到有人对他说话，问道：‘你说什么？’这是空谈。与另一个人说话，而不让别人听到，说话者举手竖起所有手指，弯下其中的无名指，这是私语。背转身去，讲述另一个人的秘密，这是密谈。”（VI.137-140）[51]

关于戏剧人物的命名方式，毗首那特遵循婆罗多的规则，如规定妓女的名字以 dattā（赐）、siddhā（成）或 senā（军）结尾，商人的名字以 datta（授）结尾，男女侍从的名字包含“春”等描述性的事物名称。毗首那特还规定说：“传说剧的剧名应该点明剧中内含的主题。创造剧的剧名应该采用女主角的名字。那迪迦和萨吒迦等应该采用女主角的名字。”（VI.142-143）[52]

关于戏剧中人物之间的相互称呼，毗首那特基本上延续了婆罗多的相关规则。例如，侍从称国王为“主人”或“大王”，下等人称国王为“王上”，仙人和丑角称国王为“朋友”，国王称丑角为“朋友”或直呼其名。女演员和戏班主互称“贤妻”和“贤士”，助理监督称戏班主（舞台监督）为“先生”，儿子的称呼为“孩子”或“孩儿”，王子的称呼是“太子”，等等。“称呼方式一般依据职业、技艺、学问或种姓。其他人也依次具有合适的称呼。”（VI.157-158）[53]

毗首那特还依据婆罗多的规定，结合戏剧艺术发展的实际情况，对戏剧人

49 黄宝生译：《梵语诗学论著汇编》（下册），北京：昆仑出版社，2008年，第867-868页。
50 黄宝生译：《梵语诗学论著汇编》（下册），北京：昆仑出版社，2008年，第868页。
51 黄宝生译：《梵语诗学论著汇编》（下册），北京：昆仑出版社，2008年，第968页。
52 黄宝生译：《梵语诗学论著汇编》（下册），北京：昆仑出版社，2008年，第968-969页。
53 黄宝生译：《梵语诗学论著汇编》（下册），北京：昆仑出版社，2008年，第970页。

物所说的语言类型作了规定。例如，有教养的上等人讲梵语，上等女子运用修罗塞纳语，后宫内侍采用摩揭陀语，侍从、王子和商主使用半摩揭陀语，丑角讲东部俗语，无赖讲阿槃底语，市民和士兵讲南部俗语，贱民讲旃陀罗语，毕舍遮人说毕舍遮语，女侍也说毕舍遮语。高等或中等的女仆讲修罗塞纳语。儿童、太监、低等星象师、疯子和病人使用修罗塞纳语时，偶尔也采用梵语。穷人和比丘等讲俗语。"高贵的女苦行者使用梵语。有些人说王后、大臣的女儿和妓女也使用梵语。低等和中等人物在必要时改变他们使用的语言。妇女、女友、儿童、妓女、赌徒和天女，为了显示机智，也可以时而适用梵语。"（VI.167-169）[54]

毗首那特指出："三十六种诗相（lakṣaṇa）、三十三种戏剧修饰（nāṭyālaṅkṛti）、十三种街道剧分支（vīṭhyaṅga）和十种柔舞分支（lāsyāṅga），在这里应该根据需要加以运用，并顾及味。"（VI.170-171）[55]他在另一处指出："虽然诗相和戏剧修饰两者的性质基本相同，但仍按传统习惯赋予不同名称。虽然其中一些也可以纳入诗德、庄严、情和关节分支中，但仍在这里特别提出，因为在传说剧中，应该努力运用它们。"（VI.212 注疏）[56]他把诗相（剧相）、戏剧修饰（戏剧庄严）、街道剧分支和柔舞支合在一处论述，这似乎透露了一种隐秘的信息，即它们都或多或少与戏剧语言的运用相关。

毗首那特的街道剧分支和柔舞支论依据前人，没有新意。他的 36 种诗相和婆罗多论及的诗相名称大致相同，但排列顺序不同：装饰（bhūṣaṇa）、紧凑（akṣarasaṅghata）、优美（śobhā）、例举（udāharaṇa）、原因（hetu）、疑惑（saṃśaya）、譬喻（dṛṣṭānta）、相似（tulyatarka）、集句（padoccaya）、例证（nidarśana）、想象（abhiprāya）、发现（prāpti）、考虑（vicāra）、描写（diṣṭa）、点示（upadiṣṭa）、反讽（guṇātipāta）、突出（atiśaya）、特殊（viśeṣaṇa）、解释（nirukta）、成功（siddhi）、失误（bhraṃśa）、逆转（viparyaya）、殷勤（dākṣiṇya）、调停（anunaya）、花蔓（mālā）、推测（arthāpatti）、谴责（garhaṇa）、提问（pṛcchā）、成就（prasiddhi）、同样（sārūpya）、简略（sakṣepa）、称颂（guṇakīrtana）、机智（leśa）、意愿（manoratha）、自明（anuktasiddhi）、赞词（priyavacana）。（VI.171-175）[57]

54 黄宝生译：《梵语诗学论著汇编》（下册），北京：昆仑出版社，2008 年，第 971 页。
55 黄宝生译：《梵语诗学论著汇编》（下册），北京：昆仑出版社，2008 年，第 971 页。
56 黄宝生译：《梵语诗学论著汇编》（下册），北京：昆仑出版社，2008 年，第 985 页。
57 黄宝生译：《梵语诗学论著汇编》（下册），北京：昆仑出版社，2008 年，第 971 页。

“戏剧庄严”（nāṭyālaṅkāra）或曰“戏剧修饰”的概念似乎源自沙揭罗南丁。他指出：“人曰：‘有庄严，方为剧’（sālaṅkāram tu nāṭakam）。尽管与诗美紧密相连的明喻等谓之‘庄严’，但这些所谓的‘戏剧庄严’也为戏剧增添魅力。那么，它们究竟是哪些？正如下述：祝愿（āśīs）、哀泣（ākranda）、高傲（abhimāna）、欺骗（kapaṭa）、恳求（yāñcā）、发展（pravartana）、渴望（spṛhā）、激动（kṣobha）、殊义（arthaviśeṣaṇa）、激励（protsāhana）、仪轨（nīti）、描述（ākhyāna）、蔓延（visarpa）、点明（ullekha）、刺激（uttejana）、告知（nivedana）、羞辱（parīvāda）、妥当（upapatti）、补救（parihāra）、努力（udyama）、依托（āśraya）、联系（yukti）、随顺（anuvṛtti）、自助（sāhāyya）、焦躁（akṣamā）、愉快（praharṣa）、懊悔（paścāttāpa）、希望（āśamsā）、自觉（ahaṅkāra）、决心（adhyavasāya）、称述（utkīrtana）、傲慢（garva）、颂德（guṇānuvāda），这些是（33种）戏剧庄严。”[58]

毗首那特也指出了33种戏剧庄严（戏剧修饰）：“现在讲述戏剧庄严：祝愿（āśīs）、哀泣（ākranda）、欺骗（kapaṭa）、焦躁（akṣamā）、傲慢（garva）、努力（udyama）、依托（āśraya）、嘲讽（utprāsana）、渴望（spṛhā）、激动（kṣobha）、懊悔（paścāttāpa）、妥当（upapatti）、希望（āśamsā）、决心（adhyavasāya）、蔓延（visarpa）、点明（ullekha）、刺激（uttejana）、羞辱（parīvāda）、仪轨（nīti）、殊义（arthaviśeṣaṇa）、激励（protsāhana）、自助（sāhāyya）、高傲（abhimāna）、随顺（anuvartana）、称述（utkīrtana）、恳求（yāñcā）、补救（parihāra）、告知（nivedana）、发展（pravartana）、描述（ākhyāna）、联系（yukti）、愉快（praharṣa）、示教（upadeśana），这些是戏剧庄严，它们是构成戏剧美（nāṭyabhūṣaṇa）之源。”（195-198）[59]毗首那特增加了两种戏剧庄严即嘲讽和示教，删除了沙揭罗南丁提出的自觉（ahaṅkāra）、颂德（guṇānuvāda）。

由此可见，毗首那特的戏剧语言论几乎涉及婆罗多《舞论》论述的每一个方面，并增加了沙揭罗南丁的“戏剧庄严”，这体现了他广采各家之说的一个特点。综上所述，毗首那特对印度古代戏剧情味、戏剧类型、戏剧情节、戏剧角色和戏剧语言等方面的概括，虽然新见不多，但是其综合百家之言、撰成一家编著的做法值得赞赏。后世学者将《文镜》和《诗光》等视为梵语诗学、梵语戏剧学的必修教材或入门指南，不是没有道理的。

---

58 Myles Dillon, ed., *The Nāṭakalakṣaṇaratnakośa of Sāgaranandin*, Vol.1, London: Oxford University Press, 1937, pp.72-73.

59 Viśvanātha, *Sāhityadarpaṇa*, Varanasi: Chaukhamba vidyabhavan, 2012, pp.325-326.